MW01710795

DIT VERHAAL

Alessandro Baricco

Dit verhaal

Vertaling Manon Smits

2007
DE BEZIGE BIJ
AMSTERDAM

De vertaalster ontving voor deze vertaling een werkbeurs van de Stichting Fonds voor de Letteren.

Copyright © 2005 Alessandro Baricco
Copyright Nederlandse vertaling © 2007 Manon Smits
Oorspronkelijke titel *Questa storia*
Oorspronkelijke uitgever Fandango, Rome
Omslagontwerp Marry van Baar
Omslagillustratie Hulton Archive/Getty Images
Foto auteur Chico De Luigi
Vormgeving binnenwerk Perfect Service, Schoonhoven
Druk Clausen & Bosse, Leck
ISBN 90 234 2191 4
NUR 302

www.debezigebij.nl

OUVERTURE

Lauwwarm, die meinacht in Parijs, negentienhonderddrie. Vanuit hun huizen lieten honderdduizend Parijzenaars de nacht voor wat die was, ze stroomden en masse naar de stations Saint-Lazare en Montparnasse, spoorwegstations. Sommigen gingen niet eens slapen, anderen zetten de wekker op een absurd tijdstip om vervolgens uit hun bed te glippen, zich te wassen zonder lawaai te maken en tegen van alles aan te lopen terwijl ze hun jas zochten. In sommige gevallen waren het hele gezinnen die vertrokken, maar meestal waren het enkelingen die de reis ondernamen, vaak tegen alle logica en gezond verstand in. Hun echtgenotes, in bed, strekten vervolgens hun benen uit naar de kant die nu leeg was. Hun ouders wisselden een paar woorden, voortbordurend op de discussie van de dag ervoor, van de dagen ervoor, van de weken ervoor. Het ging over de onafhankelijkheid van kinderen. De vader steunde op zijn kussen en keek hoe laat het was. Twee uur. Het was een heel vreemd geluid, want honderdduizend mensen om twee uur 's nachts klinken als een rivier die door een lege bedding raast, verdwenen zijn de stenen, geluidloos het grind. Alleen maar water op water. Zo razen hun stemmen tussen gesloten rolluiken, lege straten en stilstaande voorwerpen. Met honderdduizend tegelijk bestormden ze de stations Saint-Lazare en Montparnasse, omdat ze bang waren dat ze geen plaatsje meer zouden vinden in de wagons naar Versailles. Maar uiteindelijk vonden ze allemaal een plaatsje in de wagons naar Versailles. De trein vertrok om dertien over twee. Hij raast voort, de trein naar Versailles.

In de tuinen van de koning, grazend in de nacht, tot nu toe nog mak, onder hun ijzeren karkassen, rond hun hart van pistons, stonden 224 AUTOMOBIELEN hen op te wachten op het gras, in een vage geur van olie en roem. Ze waren gekomen om de grote race te rijden, van Parijs naar Madrid, zuidwaarts door Europa, van de mist naar de zon. Laat me gaan kijken naar die droom, die snelheid, het wonder, hou me niet tegen met een droevige blik, laat me vannacht daarginds op de rand van de wereld leven, alleen vannacht, daarna kom ik weer terug Bij de tuinen van Versailles, madame, vertrekt de droomrace, madame, Panhard-Levassor, 70 pk, 4 cilinders van gehard staal, net als kanonnen, madame Die AUTOMOBIELEN konden wel 140 kilometer per uur halen, over hobbelige zandwegen, tegen alle logica en gezond verstand in, en dat in een tijd waarin treinen op fonkelende rechte rails met moeite 120 haalden. Ze waren er in die tijd dus van overtuigd – overtuigd – dat een grotere snelheid menselijkerwijs onmogelijk was: dit was de ultieme grens, en dit was de rand van de wereld. Dat verklaart hoe het mogelijk was dat honderdduizenden mensen tevoorschijn kwamen uit het station van Versailles, om drie uur 's ochtends, tijdens die lauwe meinacht, laat me daar beneden gaan wonen, aan de rand van de wereld, alleen vannacht, alsjeblieft, daarna kom ik weer terug Als er maar ééntje over de landweg kwam aanrijden holden ze al hijgend door het graan om die stofwolk tegemoet te lopen, en kwamen ze als kinderen vanuit de winkelmagazijnen aanrennen om er een voor de kerk langs te zien rijden, heftig ja knikkend. Maar met 224 tegelijk, dat was gewoon een wonder. De snelste, de zwaarste, de beroemdste. Het waren koninginnen – de AUTOMOBIEL was een koningin, men kon haar nog niet beschouwen als een dienstmeid, ze was geboren als een koningin, en de race was haar troon, haar kroon, er bestonden nog geen automobielen, er bestonden KONINGINNEN, kom ze maar bekijken in Versailles, tijdens deze lauwe meinacht, Parijs negentienhonderddrie.

Ze wachtten tot het licht werd voor ze vertrokken. Toen gingen ze één voor één op pad naar Madrid. Het reglement schreef voor dat ze een minuut na elkaar wegreden. Het parcours was verdeeld in drie etappes: de som van de gereden tijden zou bepalen wie de winnaar was. Er waren ook motoren bij; maar dat was niet hetzelfde. De auto voor je was een stofwolk die net iets voor jou was vertrokken. Als je in die dikke wolk belandde, wist je dat je hem binnen handbereik had. Je zag hem niet, maar je wist dat hij er was. Dus stortte je je er blindelings in. Zo kon je wel kilometers doorgaan. Als je uiteindelijk de achterkant zag, begon je te roepen, of je er voorbij mocht. Je bleef in dat blinde stof rijden tot je langs hem kwam en met je neus voor hem uit kwam. Dan opende de wolk zich en kon je weer voor je kijken. Alles wat zich openbaarde was voor jou, dat had je zelf verdiend in de waanzin van de inhaalmanoeuvre, en nu wachtte het op je. Een kniebocht, de versmalling van een brug, de extase van een rechte lijn tussen de populieren. De wielen met rubberbanden scheerden rakelings langs sloten, paaltjes, brugleuningen en verbijsterde gezichten van ongelovige toeschouwers. Onbegrijpelijk dat ze daar levend uitkwamen.   Wat de Spanjaarden betreft, daar in Madrid, die wachtten op de aankomst van de race de volgende ochtend, bij zonsopgang. Weifelend besloten ze de nacht door te brengen – met dansen.   Met mijn haar keurig in een scheiding gekamd, als rijen graan op de heuvel die mijn *cabeza* vormt, ben ik de hoofdkelner van dit tafelgezelschap dat nu 224 couverts telt, precies zoveel als de koning er wilde hebben, onder het grote blauwe tentdak, in dit Spanje negentienhonderddrie. Recht voor de finishstreep schittert al dat zilver en kristal.   Eén voor één heb ik de kristallen kelken afgestoft, en over een paar uur zal ik het nog een keer overdoen, om de dauwdruppels weg te vegen. Ik heb beloofd dat ze volmaakt zullen tinkelen in het gebulder van de koninklijke automobielen – daarom laat ik de laatste honderd meter van het wegdek om de tweeënhalf uur besproeien. Niets geen stof op mijn kristal, *hombre*   Geef me de lippen van de juffrouwen die het kristal zullen beroeren, geef me hun adem die het zal doen beslaan – geef me de hartkloppingen waarmee ze hun jurk passen, op dit moment, voor Spaanse spiegels die ik mijn leven lang zal benijden   Intussen kwamen de eerste automobielen reeds in Chartres aan. Bij binnenkomst in de stad remden ze af en dan reden ze langzaam door de bebouwde kom, begeleid door wedstrijdleiders op de fiets, als dieren aan de leiband. Ze sisten nog na van het racen, en ze verspreidden de drukkende geur van iets wat gebeurd was. De coureurs maakten van de gelegenheid gebruik om wat te drinken, en om hun racebril schoon te maken.

Degenen die een mecanicien aan boord hadden, in de grotere automobielen, praatten wat. Als ze in de periferie aankwamen, ging de wedstrijdleider op de fiets aan de kant en gingen de motoren weer bulderend in de richting van het platteland.
De eerste die in Chartres aankwam was Louis Renault. In Chartres had je de kathedraal, en in de kathedraal had je ramen. In de ramen had je de hemel.

Met miljoenen waren ze toegestroomd om te kijken, vastgeplakt aan de randen van de wegen als vliegen op een zoet slijmspoor, een lange druppel die zich uitstrekte over de velden van Frankrijk. De eerste die de strijd moest staken was Vanderbilt, met een cilinder die het had begeven in het hart van zijn Mors, met het profiel van een torpedo. Ze zagen hem tot stilstand komen naast een kanaal. Baron De Caters passeerde de drie gehuchten van La Ronde, vrolijk zwaaiend, en zette vervolgens de aanval in op Jarrot en Renault, op de lange rechte stukken langs de rivier. Een bocht die hij over het hoofd had gezien nam hij te ruim, waardoor zijn Mercedes in een slip raakte en tegen een kastanjeboom tot stilstand kwam. Het eeuwenoude hout verbrijzelde het staal. Een vrouw in Ablis, die dat enorme lawaai al een halfuur aanhoorde, ging naar buiten om een kijkje te nemen. Ze legde de twee eieren die ze in haar hand had, omdat ze bezig was in de keuken, niet eens weg. Midden op de weg wachtte ze op de naderende stofwolk, om te begrijpen wat er aan de hand was. De stofwolk kwam dichterbij met een snelheid die de vrouw niet kende. De vrouw bewoog zich met een traagheid die de coureur was vergeten. Haar hand omklemde de eieren. Het gekraak van de eierschalen werd misschien gehoord door een god, terwijl de Panhard-Levassor van Maurice Farman de vrouw uit het leven wegrukte, en haar een paar meter verderop neerwierp, waar ze eerst nog lag te lijden en vervolgens een dood stierf die theoretisch gezien buiten haar bereik lag De eerste berichten gingen over Marcel Renault, een ongeluk, maar meer niet. Het kon ook om een mankement gaan. Daarna trok over het slijmspoor van de race het beeld van Marcel Renault languit op de grond, aan de kant van de weg, en van een pastoor die zich over hem heen boog, terwijl de andere automobielen langs hem heen denderden, in overeenstemming met het wedstrijdreglement, zodat het laatste oliesel onder het stof kwam te zitten. Hij was door iets uit de automobiel geslingerd, vertelden ze later, en de vier wielen waren stuurloos op de zwarte buik van de menigte afgeraasd. Het was onbegrijpelijk dat het geen bloedbad was geworden. Bij Marcel Renault zelf was er iets kapotgegaan vanbinnen. Hij was morsdood. Natuurlijk waaien de servetten van Vlaams linnen de hele tijd op door de wind, en dat is vervelend, dus hebben we ze moeten weghalen en nu ziet de tafel er toch iets minder mooi uit. In het midden mandjes met fresia's. Rode en gele, uiteraard, de nationale kleuren. Bij het nieuws van de dood van Renault, dat per kabeltelegram binnenkwam, stelden de Spanjaarden zich de minuut stilte voor die ze ter ere van hem zouden houden. En intussen kwam in hun hoofd de gedachte op dat de wedstrijd dankzij dat sterfgeval nu ineens werkelijk het aanzien kreeg dat hem toekwam, zodat ze gerust alles uit de kast konden halen en niets te gek was voor deze dag. Met een zekere opluchting drong dat tot hen door.

Terwijl zij, de jongste, zei dat ze tot zonsondergang binnen zou blijven, en pas 's avonds zou gaan dansen. Waarom doe je me dat aan, vroeg haar vader. Ze was van een verblindende schoonheid. Ze trok aan een krul, in haar hals Op een berichtenbord bij de finishstreep werden de mededelingen over de wedstrijd bijgehouden, dus vanaf het middaguur begonnen de kenners vanuit heel Spanje toe te stromen, en vervolgens de eerste adellijke families, sommige met kinderen. Velen hadden gepland om 's middags terug naar huis te gaan om zich om te kleden en zich op te frissen voordat de lange nacht een aanvang zou nemen. Toen zei iemand dat de Wolseley van Porter tegen een spoorwegovergang was geramd en in brand was gevlogen.

Wat ik maar niet kan vergeten is de windvlaag van de andere auto's die achter me langs rijden, zonder zelfs maar vaart te minderen, terwijl ik sta te kijken naar de man die heel waardig, zijn rug recht tegen de rugleuning, zijn armen omlaag, zit te branden, in het vuur van zijn automobiel – alleen zijn hoofd hangt opzij, om ons te laten weten dat hij al dood is. Straks krijg je van die lui die met emmers water aankomen. De zwarte rook heeft de geur van een karkas in de zon. Ik zeg je dat er auto's achter me langs reden, dat was geen verbeelding.   Vlak voor Angoulême, drie kilometer voor de controlepost, zei de boer dat het hem geen reet kon schelen wat er aan de hand was, hij had zijn werk te doen, dus floot hij naar zijn hond en die dreef de drie koeien de weg over. Richard kwam met honderdtwintig aanscheuren, hij probeerde niet eens te remmen, maar las in de ruimte tussen twee populieren de laatste kier naar het oneindige. Zijn Mercedes reageerde niet goed, en de twee populieren gingen zo dicht naar elkaar toe, dat had je niet voor mogelijk gehouden. Richard was op slag dood, en het glimmende hout van het stuur was plots een donkere rib tussen zijn andere ribben. De telegrammen brachten een onleesbaar verhaal in Parijs, want overal waar de wedstrijd passeerde barstte er een stortvloed aan telegrafische scherven los alsof er een explosie had plaatsgevonden. Ik bericht u over het ongeluk. fantastische omlijsting van mensenmassa. tussentijden bij de controlepost van Bartam. door de dood ingetreden om 11 uur 46. waardoor het inmiddels onmogelijk is de omstandigheden te garanderen.   In die chaos hadden degenen die belast waren met het berichtenbord in Madrid het behoorlijk zwaar onder de zon, die inmiddels hoog aan de hemel stond, ze plakten affiches op en haalden ze weer weg, en schreven veel met krijt op het schoolbord. Ze kregen blaadjes aangereikt, die ze aan een prikker regen nadat ze de inhoud in zich op hadden genomen en met grote letters hadden overgeschreven voor alle andere ogen. Wanneer de prikker vol zat, gooide een jongetje hem leeg in de vuilnisbak. Maar dat jongetje had een bepaald talent, en daarom gooide hij niets weg en las hij de volgende dag thuis alles nog eens over. Later in zijn leven kon hij nooit meer iets anders lezen, want alle literatuur kwam hem voor als een vereenvoudigde versie voor kinderen, of een nutteloze concessie aan het sentiment In elk geval werd overeengekomen dat het juiste woord *retirado* was, omdat dat geen opheldering verschafte over het nuanceverschil tussen gestopt zijn met een defecte motor of voorgoed zijn omgekomen in een kluwen van ijzer en benzine. De *retirados* werden onder aan het bord genoteerd, in blokletters. De mensen zagen de lijst groeien, en glimlachend begonnen sommigen zich af te vragen of ze nog wel iets te zien zouden krijgen, zij die langs het rechte stuk voor de finish van Madrid stonden te wachten. De schoonheid van mijn dochter, die zullen jullie nog te zien krijgen, dacht hij Precies op het moment dat de enorme De Dietrich van Stead de lucht in vloog over de leuning van de brug, in Saint-Pierre de Palais, overweldigd door zijn eigen snelheid. De mensen zwoeren dat de wielen nog als razenden door de lucht draaiden, en pk's produceerden, één tel voor het hele gevaarte in de laagstaande rivier te pletter stortte. Twee kilometer bergafwaarts zagen de wasvrouwen het water troebel van het bloed en de benzine langs stromen, maar ze begrepen er niets van. In Parijs echter begon een enkeling het wel te begrijpen.

Op schootsafstand van de rivier die nog altijd bloedde, in een plaats met de naam Bélamas, viel er een waas van vermoeidheid over de ogen van Tourand, toen hij voor de tweeëndertigste keer inhaalde, en zijn automobiel van de weg schoot, alsof hij er gewoon vandoor wilde Het kind schreeuwde, maar zonder stem, hij sperde alleen zijn keel open Toen wierp soldaat Dupuy, die met verlof was, zich ertussen, tussen de automobiel en het kind, enkel om de dodelijke lijn tegen te houden die het toeval aan het tekenen was en die van een monster naar een kind liep. De enorme, schelpvormige motorkap tilde hem als een lappenpop van de grond, en voor hij weer neerviel was hij al de heldendood gestorven Afgebogen door het slappe soldatenlijf bevond de automobiel zich nu weer in het midden van de weg, maar als een gewond dier ging hij nu helemaal door het lint en wendde zich gedecideerd naar rechts, waar hij zich zonder aanzien des persoons blindelings in het publiek boorde. Later bleek dat er één man was omgekomen. Maar de vaders bleven hun kinderen er mee naartoe nemen, en de meisjes lachten zenuwachtig terwijl ze in groepjes heen en weer drentelden langs de kant van de weg. Bij de winkels stond men urenlang in de deuropening, hoofdschuddend. En wie iets kwam kopen bleef staan, en keek toe. Sommigen beklommen de kerktorens om van bovenaf te kunnen kijken, want die dag leek alles mogelijk.

Drie miljoen mensen, werd er gezegd, op een rij gezet door de verwondering, en gehypnotiseerd door het wonder In de kantoren van Parijs tekenden de telegrammen langzaam maar zeker het beeld van een lange slang die zuidwaarts door Frankrijk trok, onbeheersbaar, blind van razernij of van vermoeidheid, hier en daar gif spuwend, tot het uiterste gedreven door het stof en door het kabaal van de mensen Terwijl op het berichtenbord van Madrid alles nog een koortsachtig schuiven met aanplakbiljetten was, schoon en stil, waaraan niets meer en niets minder af te lezen viel dan de legitieme bezieling van een wedstrijd en de trotse opeenvolging van sportieve wederwaardigheden. De fanfares oefenden blaasmuziek onder de zon, en de eersten die zich op de dansvloer waagden vonden pasjes terug die ze als kind hadden geleerd en waarmee ze tot onverwachte schoonheid reikten. Zullen ze met ons dansen, die heren onder het stof? Wat denk je, zullen ze met ons dansen? Ik heb alleen een zakdoek die ik ze zou willen geven, en ik heb een kus achter de hand, om te koesteren In Versailles, waar alles was begonnen, nemen de tuinmannen de schade op, in de inmiddels verlaten koninklijke stilte, en als kraaien dwalen ze doelloos over het zaaiveld, hier en daar bukkend om de restanten van het feest op te rapen. Een van hen komt overeind en kijkt in de richting van Spanje. Het gevoel bekruipt hem dat hij er een zal zien terugkeren, heel traag, bevangen door een onzegbare spijt. Maar de automobielen keren niet terug. Ze vroegen monsieur le Président wat hij ervan dacht, en hij zei dat het moeilijk te vatten was. Hij zei dat de situatie onduidelijk was. Hij wendde zich tot Dupin, want die vertrouwde hij. Dupin zwaaide met zijn arm door de lucht, alsof hij op een vlucht vogels wees. Een zwerm die op de vlucht is geslagen door een geweerschot.

En intussen kwamen de eerste automobielen in Bordeaux aan, de eerste stop die in het proza van de wedstrijd was vastgelegd. Chronometreurs in nette pakken bestudeerden de wijzertjes op donkere platen terwijl ze de poëzie opdreunden van ingewikkelde getallen die de tijd aanduidden. Dan stapten de coureurs uit hun stoelen en vroegen wankelend wat te drinken, terwijl ze plichtmatig glimlachten om de grapjes van de mensen. Om de schouderklopjes. Wanneer ze hun bril omhoog schoven, verschenen er verwilderde ogen in hun witte gezichten. De ogen van iemand die een spook heeft gezien, of een brand.   Af en toe werp ik een blik op het berichtenbord want een hoofdkelner moet overal van op de hoogte zijn, en zich nergens door laten verrassen. Een grapje over de winnaar, bijvoorbeeld, kan het gebaar waarmee je een gevallen vork van de grond raapt verzachten, en dat soort dingen leer je met de tijd. Al die tijd die ik heb doorgebracht met pirouetteren rond feestelijk gedekte tafels. Als ik al mijn voetstappen achter elkaar leg, de voetstappen van een heel leven, zou ik tot in Parijs komen, lichtjes voorovergebogen, een discrete zweem van eau de cologne achter me latend. Een engel die tegen het verkeer in gaat, hombre   Hij deed de deur open, nadat hij had aangeklopt, en zei tegen haar dat ze al in Bordeaux waren aangekomen, maar zijn dochter leek er niet van onder de indruk, ze draaide zich niet eens om en vroeg alleen verveeld of het een winderige dag was. Ik weet het niet, zei hij. Je weet het niet, zei zij, zachtjes.   In Parijs hingen de afgevaardigden in de wandelgangen rond, en sommige verzochten luidkeels om ingrijpen van de regering. Je zou kunnen zeggen dat ze tot de vorige dag niet eens echt hadden geweten wat automobielen waren: die hadden ze zich hooguit voorgesteld als buitenproportionele sieraden voor mannen. Nu waren het moordwapens. En dat maakte hen bang; als de onverwachte beet van een trouwe hond, of de gemene streek van een kind, of een trou-

weloze brief van een minnares.   De wijzertjes gaven aan dat Fernand Gabriel voorlopig eerste was, in de chaos van Bordeaux. Hij zei dat hij sinds het vertrek in Versailles tot de finishstreep 78 inhaalmanoeuvres had uitgevoerd. Zijn handen trilden, en hij lachte toen het hem niet eens lukte zijn sigaret aan te steken. Iedereen lachte, om hem heen.   Terwijl hij zijn ogen op Dupin richtte, vroeg monsieur le Président hoeveel uur het nog duurde voor ze allemaal van Franse bodem verdwenen zouden zijn, en de straten van Spanje met bloed zouden besmeuren. Dupin raadpleegde een blaadje dat hij in de hand had.
Lorraine Barrow zat nog altijd in de wedstrijd, in de tweehonderdeenenzeventigste kilometer, en hij had het gevoel dat zijn armen van een ander waren, en het stuur een vreemd voorwerp voor zijn ogen. Hij reed met zijn mecanicien naast zich. Hij probeerde iets te schreeuwen, maar er kwam niets uit zijn keel.

Misschien heb ik nog niet gezegd dat de koninklijke familie aan tafel zal plaatsnemen, en dat verklaart mijn onnatuurlijke kalmte, en mijn stille handelingen, en het vergulde licht van deze *après-midi*   Maar races meemaken als mecanicien was altijd zijn droom geweest, en daarom was hij niet bedroefd toen hij de eeuwenoude beuk op zich af zag komen, en de auto zag opslokken die zich had overgeleverd aan de slapende armen van Lorraine Barrow.   Wie had dat gedacht, eindigen als een versregel van een Spaanse dichter, met krijt op een schoolbord gekalkt, *Retirado Lorraine Barrow* – de explosie bleef in Frankrijk, het bloed en de rook – in Spanje enkel een versregel, als van een dichter, om op te dansen   Dupin corrigeerde het gegeven, en voegde het afgebroken leven van de mecanicien toe aan zijn boekhouding van de waanzin / de precisie van de chronometreurs, en het vrolijke applaus van de oudjes, aan de rand van de weg / bij het vertrek uit Bordeaux stonden ze alweer met duizenden te wachten om ze te zien wegrijden / hoeveel hebben ze er ook alweer doodgereden, vroeg monsieur le Président, vermoeid

maar zoals alleen kinderen rennen, zo rennen zij tweeën, van het veld naar de weg, de grote race tegemoet, in hun eentje, klein als ze zijn, stiekem, zonder dat iemand het weet, rennend, dan weer lopend, en dan weer hollend, SCHREEUWEND als de straat in zicht is, ze schreeuwen geluiden, zonder woorden, als vogels 's zomers in de lucht boven de pleinen; eindelijk komen ze bij de mensen, ze glippen tussen de broekspijpen van de andere wachtenden door, tot ze helemaal vooraan staan, met in hun ogen het witte spoor van de weg en op de achtergrond de contouren van de heuvel, de laatste horizon, de schoot die het wonder zal baren, een puffende stofwolk, een lawaai dat ze niet kennen, en iets dat ze zich voorgoed zullen herinneren als de eerste dageraad van hun leven. Helemaal buiten adem. Ze wisselen een blik. Vrienden voor altijd. Maar: Dupin vouwt het blaadje weer dicht en stopt het in zijn zak. een Spaanse windvlaag doet het Vlaamse linnen opwaaien, onder de kristallen kelken. in Versailles kijken de kraaien met een ruk op alsof ze een onbekende kerkklok horen slaan. *monsieur le Président maakt een kort gebaar, met zijn vlakke hand, witte hand, als een mes. Laat die idioten stoppen, zegt hij*. met zijn hand trekt de hoofdkelner de vouwen in het tafellaken weer recht, die de wind heeft getekend, en die hij uitwist. de zachtmoedige Dupin maakt een lichte buiging en verlaat het vertrek. veertigduizend mensen dansen op dat moment in Madrid, zonder dat ze het weten. Dat *c'est fini*.

De Franse regering maakte daadwerkelijk een einde aan de race, met een bliksemsnelle, plechtige verordening. Ze drukten het monster de kop in voor het nog meer dood en verderf kon zaaien.

De Fransen waren niet gespeend van de vrees de Spaanse koning te ontstemmen, Alfons XIII, die de koninklijke automobielen omringd door mondaine luxe in Madrid opwachtte. Dus stelden ze de organisatoren voor om de automobielen per trein van Bordeaux naar de Pyreneeën te vervoeren. En de race op Spaans grondgebied te hervatten, tot aan de geplande koninklijke eindstreep. Het was een idee. De Spaanse koning zag het echter niet zitten, om redenen die hij liever voor zich hield. Als teken van rouw liet hij nog voor het vallen van de avond de tribunes afbreken waarop de crème de la crème van Spanje had moeten plaatsnemen. Hij verbood dat er nog muziek werd gemaakt en verklaarde dat er vanaf zonsondergang drie dagen lang niet gedanst mocht worden. De blauwe zeilen waaronder de magie van het elektrische licht wachtte werden neergehaald. En langzaam, met een donkere lap, veegde iemand het krijt van het grote schoolbord, waarmee hij de roem van de namen en de waarheid van de chronometrische uitslagen reduceerde tot wit poeder, in de wind, op handen, en op kleren   Ik vernam het nieuws met mijn hoofd lichtjes naar voren gebogen, en met een glimlach. Ik eiste van mijn kelners dat ze hun witte handschoenen aanhielden, want aan deze tafel is eer verschuldigd, en respect. In zulke gevallen – die kunnen gebeuren – moet de tafel in deze volgorde worden afgeruimd: kristal, bestek, serviesgoed, servetten. Daarna de decoraties. Ten slotte zullen we het grote tafellaken van Vlaams linnen optillen – als een zeil – en het weer zeven keer opvouwen op de plek waar de stof de druk van het hete ijzer nog heeft behouden. Zo zal de cirkel der niet-gebeurde dingen zich sluiten, die in ons vak, net als in het leven zelf, het geheim en de diepste betekenis koestert van alles wat is. Ik zal langzaam naar huis lopen, met rechte rug, en een sigaret in de mond. Voor wat het waard is, ik sta er garant voor dat er geen stof op het kristal van mijn glazen zou zijn gekomen. Maar ook dat hoeft niemand ooit te weten, behalve ik. Tussen mijn drijfnatte lakens zal de slaap langzaam komen, in de zweterige nacht. God behoede me voor mijn eenzaamheid.   Dochter, waarom dans je in je eentje op de verlaten dansvloer van deze gemiste nacht, tussen reeds verdwenen mannen en denkbeeldige zuchten? Welke tijd houdt jouw aan traagheid en verwaandheid lijdende hart eigenlijk aan, dat je altijd komt als het geen zin meer heeft? Ze zullen niet nog eens op je schoonheid wachten, en mijn trots zal van ontbering sterven. Moge de straf mild zijn, voor zoveel verspilling. En moge de engel die over onze eenzaamheid waakt verstandig zijn.   De overgebleven automobielen werden naar het station gesleept, en daar op een eindeloos lange trein geladen die ze, met gematigde snelheid, terugbracht naar Parijs.

DE KINDERTIJD VAN ULTIMO

Ultimo heette zo omdat hij het eerste kind was.

'En het laatste,' had zijn moeder direct gepreciseerd, zodra ze weer wat was bijgekomen van de bevalling.

Dus heette hij Ultimo.

Aanvankelijk leek hij er niets van te willen weten. Tijdens zijn eerste vier levensjaren kreeg hij alle mogelijke ziektes. Hij werd drie keer gedoopt: de priester kon het niet over zijn hart verkrijgen om zo'n klein ding, met zulke ogen, het laatste oliesel te geven, dus koos hij telkens weer voor het doopsel, om maar niet weg te gaan zonder enig sacrament te hebben toegediend.

'Baadt het niet, dan schaadt het niet.'

En inderdaad bracht Ultimo het er steeds weer levend van af; klein, iel, bleek als een vaatdoek, maar wel levend. Hij heeft een sterk hart, zei zijn vader. Hij heeft mazzel, zei zijn moeder.

Vandaar dat hij in leven was toen zijn vader hem in november 1904, zeven jaar en vier maanden oud, meenam naar de stal, hem wees op de zesentwintig melkkoeien die zijn hele kapitaal vormden, en hem meedeelde dat hij het nog niet tegen mama mocht zeggen, maar dat ze zich binnenkort voorgoed zouden ontdoen van die berg stront.

Hij maakte een weids gebaar, tamelijk plechtig, dat de hele donkere, stinkende ruimte bestreek. Toen sprak hij heel langzaam:

'Garage Libero Parri.'

Libero Parri was zijn naam. Garage was een Frans woord dat Ultimo nooit eerder had gehoord. Op dat moment dacht hij dat het iets moest betekenen als 'veehouderij' of hooguit 'zuivelboerderij'. Maar hij snapte niet wat het nieuwe eraan was.

'We gaan automobielen repareren,' verduidelijkte zijn vader kernachtig.

Dat was inderdaad iets nieuws.

'Er bestaan nog helemaal geen automobielen,' was het commentaar van zijn moeder, toen ze uiteindelijk op de hoogte werd gebracht van de zaak, op een avond, in bed, met het licht uit.

'Het is een kwestie van maanden. Dan bestaan ze wel...' verklaarde Libero Parri, haar man, terwijl hij zijn hand onder haar nachthemd stak.

'De kleine is er ook nog.'

'Dat is geen probleem, voor hem zal er ook genoeg werk zijn, hij kan het leren.'

'De kleine is er ook nog, weg met die hand.'

'O ja,' zei Libero Parri, die zich nu pas herinnerde dat ze 's winters allemaal in dezelfde kamer sliepen, om minder te hoeven stoken.

Zo bleven ze een tijdje liggen, in een lichte communicatieve luwte. Toen begon hij weer.

'Ik heb het er met Ultimo over gehad. Hij vindt het een goed idee.'

'Ultimo?'

'Ja.'

'Ultimo is een kind, hij is zeven jaar, hij weegt eenentwintig kilo en hij heeft astma.'

'Wat doet dat ertoe, hij is een bijzonder kind.'

In de familie heerste dat idee dat hij een bijzonder kind was. Vanwege al die ziektes, en vanwege andere dingen die moeilijk uit te leggen waren.

'Zou je er niet beter met Tarìn over kunnen praten?'

'Die zou het niet begrijpen. Hij is net als de anderen, hij heeft alleen het land in zijn kop, land en dieren, hij zou me voor gek verklaren.'

'Misschien zou hij wel gelijk hebben.'

'Nee, hij zou geen gelijk hebben.'

'Hoe weet je dat nou?'

'Hij komt uit Trezzate.'

In die contreien was dat een ijzersterk argument.

'Praat er dan met de pastoor over.'

Dat Libero Parri geen atheïst en socialist was, was puur een kwestie van tijdgebrek. Als hij een paar uurtjes zou hebben om zich een beetje te informeren zou hij het binnen de kortste keren zijn geworden. Nu had hij gewoon een bloedhekel aan priesters.

'Nog meer adviezen?' vroeg hij.

'Het was maar een grapje.'

'Nee, het was geen grapje.'

'Ik zweer je dat het een grapje was...' en ze stak haar hand in de pyjamabroek van haar man. Dat deed ze altijd graag.

'De kleine...' mompelde Libero Parri.

'Doe maar net alsof er niets aan de hand is,' suggereerde ze.

Ze heette Florence. Haar vader was een Fransman die jarenlang door Italië had gereisd om een damesschoen te verkopen die hij zelf had uitgevonden. In principe was het een gewone schoen, waar je echter zonodig een hoge hak aan kon bevestigen. Die kon je aanbrengen en losmaken met behulp van een heel vernuftig systeem. Het voordeel was dat je met één paar schoenen eigenlijk twee paar had: een om te werken en een voor 's avonds. Nadelen waren er niet, volgens hem. Een keer was hij in Florence geweest, en hij was erdoor gefascineerd. Daarom had hij zijn eerste dochter die naam gegeven. Ook in Rome had hij trouwens een geweldige tijd gehad; vandaar dat hij de zoon die een jaar later kwam Romeo noemde. Vervolgens kreeg hij de Shakespeariaanse smaak te pakken en van toen af aan was het een en al Julia's, Richards en dat soort namen dat de klok sloeg. Het is belangrijk om te zien hoe mensen namen kiezen. Sterven en namen kiezen – dat zijn waarschijnlijk de enige *eerlijke* dingen die een mens doet zolang hij leeft.

Florence maakte het karweitje af door onder de dekens te glijden en met haar mond te eindigen. Dat waren geen praktijken die gewoonlijk gepast werden geacht voor een echtgenote, maar in die contreien werd deze manier om de liefde te bedrijven 'op z'n Frans' genoemd, en daarom voelde zij zich er wel toe gerechtvaardigd.

'Heb ik lawaai gemaakt?' vroeg Libero Parri even later.

'Ik weet niet, maar ik geloof het niet.'

'Laten we het hopen.'

Ultimo zou het hoe dan ook niet gehoord hebben, want hij bevond zich dan wel fysiek in zijn bed, achter in de kamer, maar in zijn hoofd was hij op de weg naar de rivier beland, op een dag twee winters geleden, waar hij naast zijn vader stond te wachten. Vroeg in de morgen. De velden kraakten nog van de nachtelijke rijp, onder het licht van een bereidwillige zon. Hij had een appel meegenomen van thuis, om op te eten, en die wreef hij nu op aan de mouw van zijn jas. Zijn vader rookte, en neuriede. Ze waren van hun huis tot aan de afslag naar Rabello gelopen, en nu stonden ze daar te wachten.

'Waar neem je hem mee naartoe?' had mama gevraagd.

'Mannenzaken,' had Libero Parri geantwoord, en vanaf dat moment had Ultimo zich niets meer afgevraagd, want als je vijf jaar bent en je vader neemt je mee, op zo'n manier, dan ben je gewoon blij. Dus was hij achter hem aan gedribbeld tot aan de afslag naar Rabello. Op dat moment had hij geen idee dat hij dat beeld later, als volwassene, nog oneindig vaak voor zich zou zien, juist dat ene beeld: de massieve contouren van zijn vader, die met grote stappen voor hem uit liep, tegen de ochtendnevel in, *zonder zich ooit om te draaien*, niet om op hem te wachten, noch om te kijken of hij er nog wel aankwam. In die starheid, en in dat volkomen gebrek aan twijfel, lag alles wat zijn vader hem had geleerd over vader zijn: je moet kunnen lopen zonder je ooit om te draaien. Lopen met de grote stappen van een volwassene, zonder mededogen, maar wel met heldere, regelmatige stappen, zodat je kind ze kan begrijpen en ze kan volgen, ondanks zijn eigen kinderstappen. En dan zonder je ooit om te draaien, als je daar sterk genoeg voor bent, zodat hij weet dat hij niet zal verdwalen, en dat samen lopen een lot is waarover je nooit hoeft te twijfelen, omdat het in de aarde geschreven is.

Toen zag Ultimo in de verte een stofwolk opstijgen. Zijn vader zei niets, maar gooide zijn sigaret weg en legde een hand op zijn schouder. De wolk kwam vanuit Rabello en volgde de bochten van de weg. Met de wolk naderde een geluid dat Ultimo nog nooit gehoord had, als het gebulder van een metalen duivel. Als eerste zag hij de grote wielen en de grijns van een reusachtige radiateur. Daarna een man die ongelooflijk hoog zat, rechtop in het stof, met gigantische insectenogen. Het vreemde ding kwam recht op hen af, met ongekende snelheid, en met een toenemend geraas van zijn ingewanden. Het was een angstaanjagend gezicht, en misschien voorvoelde Ultimo iets van zijn lot toen hij zich realiseerde dat er in zijn geest, in zijn hart, in zijn zenuwen, op dat moment geen angst heerste, nergens, nog geen zweem van angst, maar alleen verlangen, onvoorwaardelijk, en een drang om zich te laten opnemen door die stofwolk, die nu ratelend op hen af kwam, zich de heuvel af stortte en naar de tweesprong raasde; de insectenman onverstoorbaar daarboven, de wielen hotsend over de gaten in het wegdek, losjes deinend als een vlot vol schipbreukelingen op zee, maar dan een heel zelfverzekerd vlot, dat met een ijzeren getier uit zijn ingewanden de tweesprong in zich opneemt en hem zonder aarzeling ontcijfert, hem in zekere zin ontleedt, en het stel met rubber beklede wielen laat afbuigen naar rechts. Ultimo voelde hoe de hand van zijn vader in zijn schouder kneep, en hij zag hoe die man daarboven zich opzij wierp, met zijn handen aan het stuur hangend, alsof hij heel dat grote vurige dier eigenhandig verplaatste, puur met de kracht van dat gedurfde gebaar waar Ultimo hem meteen om benijdde, hij voelde het zelf bijna, alsof hij het altijd al gekend had – de inspanning van de armen, het schuine zicht op de weg, de onzichtbare kracht waardoor je wordt meegevoerd, die vlucht die tegen de wind in lijkt te gaan. Uiteindelijk, toen het plechtig de gewenste richting in gleed, ontblootte het grote dier zijn flank aan hun ogen, en onthulde heel elegant het silhouet van een vrouw, die eerder niet te zien was omdat ze op een meer beschut plekje tussen de metalen ribben zat, op een lagere zitplaats, die Ultimo echter zo koninklijk als een troon achtte, misschien vanwege de grote roze hoed die de vrouw op haar hoofd droeg, onder haar kin vastgeknoopt met een amberkleurig chiffon. Nooit zou hij van die vrouw vergeten hoe ze haar hals opzij boog, alsof ze de uitnodiging van de bocht aannam, in een houding die de halsbrekende toeren van de coureur imiteerde, maar dan veranderd in een onzegbare zachtheid – of in een elegant scepticisme, wie weet.

Op zijn nieuwe spoor, met de voorsteven naar de rivier en het zuiden gericht, verdween het dier razendsnel uit het zicht, opgeslokt door het stof. Ultimo en zijn vader bleven op hun plek staan luisteren hoe de verre tonen van het mechanische concert tussen de populieren wegsijpelden in het niets. In de lucht hing een geur die niet viel te herleiden tot het land, en die later jarenlang hún geur zou worden, de geur waar hun vrouwen van zouden leren houden.

Libero Parri wachtte tot de lucht weer helder werd, en stil. Toen verklaarde hij:

‘We zeggen niets tegen mama.’

‘Nee,’ beaamde Ultimo.

Hij had zojuist zijn eerste automobiel gezien. Om precies te zijn had hij hem *in de bocht* gezien, dat wil zeggen in de volmaakte en beheerste uitvoering van een richtingverandering, wat mogelijk deels een verklaring zou kunnen zijn voor de waanzin waaraan dat kind als volwassene zo’n groot deel van zijn leven zou wijden.

Ratelend in de bocht, zo zag hij hem voor zich, die automobiel, toen de slaap hem overviel, in het donker, op een paar meter van het bed waarin zijn vader en zijn moeder elkaar zojuist *op z’n Frans* bemind hadden. Daardoor hoorde hij ze niet zachtjes lachen en merkte hij ook niet dat zijn vader uit bed stapte en wegliep om iets te pakken. Toen hij terugkwam had hij een brandende kaars en een blaadje in de hand. Op het blaadje stond geschreven dat graaf Palestro zijn zesentwintig melkkoeien aankocht voor het tamelijk hoge bedrag van zestienduizend lire. Florence Parri pakte het blaadje en las wat er te lezen viel. Toen doofde ze de kaars.

Ze lagen naast elkaar, onder de dekens, roerloos.

Het hart van Libero Parri bonsde hevig.

Eindelijk zei ze iets.

‘Libero, jij weet helemaal niet hoe automobielen in elkaar zitten.’

Daar was hij op voorbereid.

‘Als het daarom gaat... dat weet niemand, meisje.’

Het boek waaruit Libero Parri en zijn zoon Ultimo leerden hoe automobielen in elkaar zaten was geschreven in het Frans (*Mécanique de l’automobile*, Editions Chevalier). Wat verklaart waarom Libero Parri de eerste jaren, als ze er echt niet uitkwamen, languit onder een 4-cilinder Clément Bayard gelegen, of ineengedoken in een 24-pk Fiat, gewoon was de impasse te doorbreken door tegen zijn zoon te zeggen:

‘Ga je moeder halen.’

Dan kwam Florence eraan met het wasgoed in haar armen, of met een koekenpan in de hand. Zij had dat boek woord voor woord vertaald, waardoor ze het helemaal uit haar hoofd kende. Ze liet zich het probleem uit de doeken doen, zonder de automobiel ook maar een blik waardig te keuren, zocht in gedachten de juiste bladzijde op en verkondigde haar diagnose. Dan draaide ze zich om en bracht haar wasgoed weer naar binnen. Of haar koekenpan.

'Merci...' mompelde Libero Parri, weifelend tussen bewondering en pure woede. Even later klonk uit de voormalige stal, thans garage, het geronk van de tot leven gewekte motor. Zo ging dat.

Dat gebeurde overigens vrij zelden, want gedurende al die eerste jaren moest Garage Libero Parri om de kost te verdienen genoegen nemen met allerhande reparaties, zonder al te nauw te kijken. Automobielen kwamen er maar weinig, zodat het van bladveren van karren via klokken tot gietijzeren kachels ging. Toen Libero Parri genoodzaakt was op veler verzoek een hoefijzerservice voor de paarden in de omgeving te openen, zou een ander dat als een vernederende nederlaag hebben beschouwd, maar hij niet, want hij had ergens gelezen dat de eerste mensen die geld hadden verdiend met het vervaardigen van vuurwapens dezelfden waren geweest die tot de dag ervoor nog zwaarden slepen. Feit is dat – zoals Florence destijds heel juist had opgemerkt – er nog geen automobielen bestonden, of tenminste, als ze bestonden, dan werden ze niet in die contreien gemaakt. Vandaar dat de verschijning aan de horizon van die zegenrijke stofwolk met bijbehorend mechanisch concert een zeldzaamheid was die door de hele buurt vol ironie werd begroet. Het gebeurde zo sporadisch dat, áls het gebeurde, Libero Parri op zijn fiets stapte en zijn zoon van school ging halen. Hij kwam de klas binnen, met zijn hoed in de hand, en zei enkel:

'Een noodgeval.'

De juffrouw wist ervan. Ultimo schoot weg als een kogel, en een halfuur later waren ze bezig hun gedachten te smeren onder motorkappen zo zwaar als kalveren.

Het waren dus jaren van hard werken, waarin ze op alles moesten bezuinigen, en moesten wachten op stofwolken die maar niet kwamen. Ze verkochten alles wat er te verkopen viel, en ten slotte moest Libero Parri het hoofd buigen en een stropdas omdoen om met de directeur van de bank te gaan praten. Een noodgeval, zei hij, met zijn hoed in de hand. In die contreien waren de mensen ziekelijk trots; wanneer de man met zijn hoed in de hand naar de bank ging, verstopten de vrouwen thuis het jachtgeweer, zodat niemand in de verleiding zou komen. Toen Libero Parri terugkeerde had hij ook het boerenhuis verpand, maar zelfs die dag zag hij er niet vertwijfeld uit. Hij lachte en maakte de hele tijd grapjes onder het eten. Hij wist dat de toekomst zou komen en dat alleen hij kon wachten zonder angst. Omdat er vijfentwintig blikken benzine in zijn schuur stonden, en omdat dat de enige benzine was in een straal van honderd kilometer. Omdat hij de enige man was, van hier tot aan de horizon, die wist wat een cardankoppeling was, en hoe je lagers moest vervangen. Omdat, hoe het ook zou gaan, hij sinds zes generaties de eerste Parri was wiens handen niet naar koeien stonken. Daarom at hij met veel smaak, die avond. Hij schepte zelfs twee keer soep op. Daarna ging hij voldaan buiten op de schommelstoel zitten, tegen de muur van de binnenplaats aan, kijkend naar de zonsondergang. Ook Tarìn was er, zijn vriend, die uit Trezzate. Hij was even langsgekomen, zomaar, voor de zekerheid. Maar over het bezoek aan de bank hadden ze het niet eens gehad. Libero Parri leek door andere zaken in beslag te worden genomen.

'Moet je dat ruiken,' zei hij op een gegeven moment, terwijl hij verrukt de avondlucht opsnoof.

'Wat dan?' vroeg Tarìn.

'Die mestlucht,' verduidelijkte Libero Parri, terwijl hij nog een keer theatraal de lucht opsnoof.

Tarìn snoof een paar keer diep, maar zonder veel overtuiging.

'Ik ruik geen mestlucht,' zei hij.

'Precies,' besloot Libero Parri triomfantelijk.

Dat soort dingen, daar was hij gek op.

Die avond dook hij in bed, en hij begreep meteen dat er iets mis was.

'Wat ligt daar in godsnaam onder?'

Zijn vrouw stond op, haalde het jachtgeweer onder het matras vandaan en ging het op zijn plek leggen. Toen ze weer onder de dekens kroop, wapperde Libero Parri met een krantenpagina.

'Jij wilt het gewoon niet begrijpen,' zei hij tegen haar, en hij overhandigde haar de krant. Florence las dat drie Italianen – Luigi Barzini, Scipione Borghese en Ettore Guizzardi – zestienduizend kilometer per automobiel hadden afgelegd, van Peking naar Parijs. In een Itala van 45 pk en 1300 kilo waren ze de hele wereld over gereden, en dat in slechts zestig dagen.

'Vreemd. Ik heb ze niet voorbij zien komen,' zei Florence pragmatisch.

'Ik wel,' mompelde Libero Parri, bloedserieus.

Want hij had ze echt voorbij zien komen. Hij zag ze elk moment van zijn leven voorbijkomen, met onwrikbaar vertrouwen. Ze zaten onder het stof, en ze zwaaiden met hun – geschoeide – hand.

De toekomst kwam te voet, in 1911, op een regenachtige middag in maart. Libero Parri zag hem vanuit de verte aankomen. Hij zag de lange overjas en herkende de bril die omhoog was geschoven over de leren muts. Alleen de automobiel ontbrak, maar de rest was er.

'Dit is het,' fluisterde hij tegen Ultimo, die een fietswiel recht probeerde te krijgen. Om misverstanden te voorkomen, verstopte hij de melkbus die hij aan het repareren was en ging gauw bij een stapel banden zitten die hij net gekocht had, tweedehands, van de kazerne van Brandate. Ze stonden niet slecht.

De man met de lange jas liep langzaam. Hij zocht beschutting tegen de regen onder een grote groene paraplu, wat hem iets onwerkelijks gaf. Iets voorspellends, misschien wel. Hij kwam bij de garage aan en bleef even, onverklaarbaar, staan kijken naar dat jongetje en die fiets. Toen las hij het opschrift. Dat deed hij heel langzaam, alsof hij een oeroude inscriptie ontcijferde. Uiteindelijk liet hij zijn blik op Ultimo zakken.

'Klopt het dat jullie hier benzine hebben?'

Ultimo wendde zich tot zijn vader. Libero Parri deed alsof hij de banden aan het tellen was.

'Dat klopt,' zei hij, op de toon van iemand die het beu is om altijd en eeuwig dezelfde vraag te moeten beantwoorden.

De man met de overjas klapte zijn paraplu dicht en ging binnen staan, vlak bij de banden. Toen wendde hij zich tot Libero Parri.

'Ik wil niet onbeleefd zijn, maar wat heeft het in godsnaam voor zin om een garage te openen in deze blubber?'

'We hebben veel vertrouwen in die sukkels die midden tussen de akkers zonder benzine komen te staan.'

De man staarde Libero Parri aan alsof hij hem pas op dat moment begon te zien. Toen trok hij een handschoen uit en stak hem zijn hand toe.

'Zeer aangenaam, graaf D'Ambrosio. Maakt u zich geen illusies; ik ben niet zo'n sukkel als ik lijk.'

'Libero Parri, aangenaam. Ik maak me geen illusies.'

'Heel goed.'

'Heel goed.'

Jaren later zouden ze in alle kranten komen, naast elkaar, bijna verworden tot één naam: D'Ambrosio Parri. Maar op dat moment konden ze dat nog niet weten. Ze waren pas aan het begin.

'Dus u hebt echt benzine?'

'Zoveel u maar wilt.'

'En een warm bad?'

Uiteindelijk bleef de graaf wat langer om zijn geest te laten drogen bij het keukenvuur. Daarna zette Florence een extra bord neer en werd er onder druk gepraat gegeten. Ze hadden het over methaanmotoren, over de fabrieken in Turijn en over hoe je een kalfskop moet bereiden. Toen de wijn begon te werken, gleden ze luidruchtig af naar van die verhalen over Andalusische vrouwen en Franse parfums. Er glipte zelfs nog een mop over de koning tussendoor, maar dat was toen Ultimo in de andere kamer was, om even iets te pakken.

Het was pikdonker toen D'Ambrosio besloot dat het tijd was om te gaan. Hij trok zijn overjas aan, zette zijn leren muts op zijn hoofd, stopte zijn bril in zijn zak en terwijl hij met een theatraal gebaar zijn handschoenen aantrok liep hij naar de deur. Buiten had de wind de regen meegevoerd, en nu leek het zwart van de nacht pas geschilderd.

'Wat prachtig,' zei D'Ambrosio in de deuropening, terwijl hij de prikkelende lucht opsnoof. Hij maakte een buiging in de richting van zijn publiek en ging er zonder nog iets te zeggen vandoor. Hij verdween in het duister en liep met een zekere trots in de richting vanwaar hij was gekomen.

Libero Parri deed de deur op slot en ging weer aan tafel zitten. Ze bleven een poosje zitten, hij, Florence en Ultimo, spelend met de kruimels op het wit-blauwgeruite tafelkleed.

'Heerlijk, dat gekookte vlees,' zei Libero Parri, om tijd te winnen.

'Zo te zien vond hij het wel lekker, hè?'

'Hij is ook nog zijn paraplu vergeten,' merkte Ultimo op.

Libero Parri maakte een vaag gebaar in de lucht, alsof hij wilde zeggen dat je niet te nauw moest kijken. Toen hoorden ze dat er op de deur geklopt werd.

Graaf D'Ambrosio leek nog vrolijker dan eerst.

'Het is misschien een detail, maar ik herinner me duidelijk dat ik een automobiel had, toen ik hier aankwam.'

Libero Parri reconstrueerde het verloop van de dag voor hem. Van de benzine tot de wijn.

'Ja, zo moet het gegaan zijn,' stemde de graaf in. Toen zei hij dat een leunstoel voor hem ook prima was. Nooit slaapproblemen gehad.

Ze legden hem bij Ultimo op de kamer, waarbij een veldbed dat in de kelder stond te verouderen weer eens van pas kwam. Voor hij de kaars doofde, waarschuwde de graaf Ultimo alvast.

'Let er maar niet op als ik in mijn slaap praat. Meestal is het niet interessant.'

Ultimo zei dat het geen probleem was, en dat hij zelf ook in zijn slaap praatte.

'Heel goed. Vrouwen houden daarvan.'

Toen maakte hij nog een opmerking over de stilte op het platteland, maar die was niet goed te verstaan. Hij blies de kaars uit. Ultimo vroeg zich af of hij nog iets als welterusten moest zeggen. Maar toen hoorde hij een gekraak en begreep hij dat de graaf half overeind was gekomen. Hij had nog één ding dat om opheldering vroeg.

'Slaap je al?'

'Nee.'

'Ik heb een vraag.'

'Ja?'

'Denk jij dat je vader gek is?'

'Nee, meneer.'

'Goed geantwoord, jongen.'

Ultimo hoorde hoe hij zich terug op het bed liet vallen, alsof hij weer een zorg minder had.

'Welterusten, meneer.'

Er klonk geen antwoord.

Pas even later hoorde Ultimo een of ander gemompel.

'Krijg nou wat; dat heeft niemand al in geen jaren meer tegen me gezegd.'

De volgende dag was het zondag. Toen de tank weer gevuld was, besloot graaf D'Ambrosio dat een heldere dag als deze maar voor één ding geschikt was: rijles. Gezeten op een stapel banden zag Ultimo zijn vader de bril opzetten en de handen op het stuur leggen. Zo had hij hem in het verleden al vaker gezien, maar daarop volgde dan altijd dat zijn vader het geluid van de motor met zijn mond maakte en de bochten mimede, heen en weer zwaaiend op zijn stoel; de waarheid gebiedt te zeggen dat de automobiel altijd heel erg stil stond. Deze keer echter was het geen spelletje. Libero Parri luisterde naar de duidelijke aanwijzingen van de graaf en staarde naar een denkbeeldig punt in de verte. Toen stelde hij een vraag die Ultimo niet goed hoorde.

'Praat geen onzin,' antwoordde D'Ambrosio, maar met een glimlach.

Even gebeurde er niets. Libero Parri zat nog steeds doodstil met zijn blik in de verte. Zijn handen om het stuur geklemd, zijn armen stijf. Een standbeeld. Florence, die in de deuropening was verschenen, met een dode kip in de hand, schudde haar hoofd.

'Hoe lang haalt hij al geen adem meer?'

Voordat Ultimo kon antwoorden, klonk er een mechanische klik. Toen kwam de automobiel zachtjes op gang, volmaakt, een biljartbal op een hellend biljartlaken. Hij reed de weg op alsof hij nooit anders gedaan had en reed kalmpjes tussen de velden door.

Ultimo zag de ronde stofwolk die opsteeg boven het land en even had hij het gevoel dat hij altijd veilig zou zijn, want dat was zijn vader, en zijn vader was God.

Ze keken hem zwijgend na, tot het geronk van de motor in de verte was verdwenen. Toen zei Ultimo:

'Hij komt toch nog wel terug?'

'Als hij weet hoe hij moet omdraaien...'

Later kwamen ze te weten dat Libero Parri per se het dorp in had willen rijden en er ondanks de protesten van de graaf met behoorlijke snelheid doorheen was gereden, terwijl hij onsamenhangende zinnen schreeuwde over koeien, de bankdirecteur, en misschien iets over priesters.

'Nee, ik had het niet over priesters.'

'Vreemd, ik zou toch zweren dat ik het woord priesters had gehoord.'

'Briesjes, ik zei *briesjes*.'

'Klotebriesjes?'

'Kóele, ik bedoelde koele briesjes.'

'Aha.'

'Laat maar zitten, graaf, dat snap je toch niet.'

Ze waren overgestapt op jij en jou. Maar ze hielden het nog wel bij de achternamen.

'Je hebt het er goed afgebracht, Parri.'

'Ik heb een goede instructeur.'

Daar zou het bij zijn gebleven, maar de graaf had duidelijk het gevoel dat er nog een detail ontbrak aan de les van die ochtend. Dus draaide hij zich om en vond de ogen van Ultimo, die zwevend in de lucht van de binnenplaats wachtten. Het leek alsof ze er al sinds de prehistorie waren. Ze dobberden op het geronk van de motor, die nog liep.

'Heb je zin in een ritje, jongen?'

Ultimo glimlachte en wierp een blik op zijn vader. Libero Parri wierp een blik op Florence. Florence stak een haarlok achter haar oor en zei:

'Ja, daar heeft hij wel zin in.'

Dus klom hij op de stoel, stak zijn handen onder zijn billen en balde zijn handen tot vuisten, om hoger te zitten.

'Waar wil je naartoe? Zullen we langs de school rijden en klotejuf roepen?'

'Nee, ik wil naar de bult van Piassebene.'

De bult van Piassebene was een onverklaarbare hobbel midden in de vlakte. Niemand wist goed wat daaronder zat, maar op die plek ging het platteland, dat kilometers lang vlak als een biljartlaken was, ineens een eindje omhoog, om daarna weer onbewogen verder te gaan. En de weg deed hetzelfde. Als ze er te voet langskwamen, Ultimo en zijn vader, begonnen ze vlak voor de bult altijd te rennen, en als ze er dan bovenop waren, sprongen ze de vlakte tegemoet terwijl ze luidkeels hun naam schreeuwden. Daarna vervolgden ze weer zwijgend hun weg met de geordende tred van plattelandsmensen, alsof er niets gebeurd was.

'Naar de bult van Tassabene.'

'Piassebene.'

'Piassebene.'

'Die kant op.'

Terwijl graaf D'Ambrosio de automobiel in de versnelling zette, vroeg hij zich af wat het toch was in dat jongetje dat niet normaal was. Hij herinnerde zich hem zoals hij de dag ervoor, in die regen, over die fiets gebogen had gestaan, onder het bord GARAGE; hoe vreemd het ook mocht lijken, *je zag voornamelijk hém*, in dat kleine tafereel; de rest bevond zich een stap naar achteren. Ineens schoot het hem te binnen waar hij zoiets al eens eerder had gezien, en dat was om precies te zijn op schilderijen die het leven van een heilige uitbeeldden. Of van Christus. Die stonden altijd vol mensen, en die deden ook allemaal vreemde dingen, maar het was *de heilige* die je meteen zag, die hoefde je heus niet te zoeken, je ogen ontwaarden als eerste de heilige. Of de Christus. Misschien rij ik wel met het Kindje Jezus tussen de akkers, bedacht hij grinnikend; en hij wierp een blik opzij. Ultimo keek voor zich uit, met kalme ogen, zonder zich iets aan te trekken van de wind en het stof: ernstig. Hij draaide zich niet eens om toen hij hardop zei:

'Sneller, alstublieft.'

Graaf D'Ambrosio richtte zijn aandacht weer op de weg en hij zag de bult recht voor zich, vreemd en scherp, in de loomheid van de velden. In andere omstandigheden zou hij het gaspedaal hebben losgelaten om de hobbel in de weg te volgen met de lichte kracht van een beheerste traagheid. Met enige verbazing betrapte hij zichzelf erop dat hij als een klein kind het gaspedaal intrapte.

Boven op de bobbel maakte het 931 kilo wegende ijzeren monster zich los van de grond met een elegantie die het altijd heimelijk voor zich had gehouden. Graaf D'Ambrosio hoorde de motor brullen in het niets, en begreep het geklapwiek waarmee de wielen door de lucht draaiden. Met zijn handen stevig om het stuur geklemd schreeuwde hij een schreeuw van verbazing terwijl het jongetje naast hem, totaal niet meer onverschillig maar vol vreugde, verrassend genoeg luidkeels zijn eigen naam schreeuwde.

Voor- en achternaam, om precies te zijn.

De auto moest worden opgehaald door Libero Parri, met de paardenkar. Ze sleepten hem naar de werkplaats en toen moest er een week aan gewerkt worden. Het vliegen was geen probleem geweest. Pas daarna was hij een beetje uiteengevallen.

Toen graaf D'Ambrosio de auto kwam ophalen, de volgende zondag, zag hij er weer als nieuw uit. Libero Parri had hem opgepoetst met een vakkundigheid die zijn jarenlange ervaring in het oppoetsen van koeien voor de jaarlijkse tentoonstelling op de veemarkt verried. De graaf liet een bewonderend fluitje horen, dat hij meerdere malen had uitgeprobeerd in de bordelen van half Europa. Toen haalde hij een bruinleren tas te voorschijn en gaf hem aan Libero Parri.

'Maak open.'

Libero Parri maakte hem open. Er zat een bril in, een leren muts, handschoenen, een gekleurde halsdoek en een zware jas waarop een label genaaid zat met de tekst: D'Ambrosio Parri.

'Wat betekent dat?'

'Ooit gehoord van autoraces?'

Libero Parri had erover gehoord. Iets voor rijkelui.

'Ik heb een mecanicien nodig die met me mee kan rijden. Wat zeg je ervan?'

Libero Parri slikte, waarbij hij een vreemd geluid produceerde.

'Ik heb geen tijd voor dat soort dingen. Er moet gewerkt worden.'

'Veertig lire per dag, plus onkosten en een kwart van de prijzen.'

'Prijzen?'

'Als we winnen.'

'Als we winnen.'

'Precies.'

Vervolgens wendden ze zich allebei instinctief naar de deur, alsof hun aandacht was getrokken door een geluid. Alles was stil, en de deur stond wijd open, en de drempel was leeg. Ze bleven een ogenblik met hun ogen op die deur gericht staan, alsof ze ergens op wachtten. Ultimo liep voorbij de deuropening, zonder hen zelfs maar op te merken, oppassend dat hij de bundel hout niet uit zijn armen liet vallen. Hij verdween meteen weer uit het zicht.

'En wie moet Florence overtuigen?' vroeg Libero Parri.

Maar graaf D'Ambrosio leek hem niet te horen.

'Dat jongetje heeft iets.'

'Wie, Ultimo?'

'Ja.'

'Hij heeft niets.'

'Ja, hij heeft wel iets.'

Libero Parri hief zijn ogen ten hemel, in verlegenheid gebracht, alsof hij was betrapt op vals spelen met kaarten.

'Het is niets, het is gewoon... Hij heeft gewoon een gouden schaduw.'

'Wablief?'

'Dat zeggen ze in deze contreien. Je hebt mensen met een gouden schaduw, dat is alles.'

'En wat betekent dat?'

'Ik weet niet... ze zijn anders, en de mensen herkennen ze. Iedereen is gek op mensen met een gouden schaduw.'

De graaf scheen niet overtuigd. Libero Parri waagde zich aan een verklaring.

'Weet je, hij is al twee of drie keer gestorven... Toen hij klein was werd hij telkens opgegeven, maar hij kwam er altijd weer bovenop. Wie weet, misschien doet dat soort dingen iets met je.'

Graaf D'Ambrosio dacht aan de enige vrouw van wie hij ooit meer had gehouden dan van tennis en automobielen. Als je in een kamer vol mensen binnenkwam, kon je *voelen* of zij er was, zonder dat je haar hoefde te zien of hoefde te weten dat ze thuis was gebleven. En in het theater hoefde je haar niet te zoeken: ze was het eerste dat je ogen ontwaarden. Ze was niet eens zo heel mooi. En het was zelfs moeilijk te bepalen of ze intelligent was. Maar het licht was waar zij was, en *zij* was het schilderij. Ze had een gouden schaduw, begreep hij.

'Ik neem Florence wel voor mijn rekening.'

Libero Parri begon te lachen.

'Jij kent haar niet.'

'Dat is zo gebeurd.'

Graaf D'Ambrosio bleef tien minuten met Florence aan de keukentafel zitten. Hij legde haar uit wat races waren, waar die werden gehouden en waarom.

'Nee,' zei ze.

Toen vertelde hij haar over het geld en over het publiek en over de reizen.

'Nee,' zei ze.

Dus legde hij haar uit wat beroemdheid in de zakenwereld betekende. En hij verzekerde haar dat er voor die werkplaats over een paar maanden een lange rij zou staan.

'Nee,' zei ze.

'Waarom niet?'

'Mijn man is een dromer. En dat bent u ook. Jullie moeten wakker worden.'

Daarop dacht graaf D'Ambrosio even na. Toen zei hij:

'Ik wil u iets vertellen, Florence. Mijn vader was steenrijk, veel rijker dan ik. Hij verbraste bijna al zijn geld aan het najagen van een absurde droom, iets met spoorlijnen, heel stompzinnig. Hij was gek op treinen. Toen hij zijn bezittingen begon te verkopen, ging ik naar mijn moeder en vroeg haar: Waarom hou je hem niet tegen? Ik was zestien. Mijn moeder gaf me een draai om mijn oren. Toen zei ze een zin tegen me die u, Florence, nu uit uw hoofd moet leren. Ze zei tegen me: Als je houdt van iemand die van jou houdt, moet je nooit zijn dromen ontmaskeren. Zijn grootste en meest onlogische droom ben jij.'

Zonder ook maar een antwoord af te wachten, nam hij uiterst beleefd afscheid en liep naar de binnenplaats. Libero Parri stond op een motorkap te hameren die hij maanden geleden had gevonden langs de weg naar Piàdene. Hij was van plan er een afdak van te maken voor het kachelhout.

'Alles oké,' riep de graaf handenwrijvend.

'Wat zei ze?'

'Ze zei nee.'

'O.'

'We beginnen aanstaande zondag. Dan heb je Venetië-Brescia...' en hij liep in de richting van zijn automobiel.

'Maar ze heeft toch nee gezegd...'

'Ze zei nee, maar ze dacht ja,' antwoordde de graaf vanuit de verte.

'Hoe weet jij dat nou?'

'Hoe ik dat weet?'

'Nou?'

Graaf D'Ambrosio bleef staan. Hij zocht een paar tellen naar het antwoord. Maar hij vond het niet. Hij draaide zich om. Hij zag Florence voor zich staan. God wist hoe zij daar ineens was gekomen. Ze praatte zachtjes, zodat alleen hij het kon verstaan, maar wel heel duidelijk. En vol tederheid.

'Uw vader heeft helemaal niets verbrast, hij is een van de rijkste mannen van Italië, en waarschijnlijk hebben de spoorlijnen hem nooit ene reet geïnteresseerd. Wat uw moeder betreft, ik acht het uitgesloten dat ze u ooit in uw leven een draai om uw oren heeft gegeven.'

Ze zweeg even.

'Ik geef toe dat dat zinnetje over die dromen niet slecht is, maar dat soort zinnen zijn alleen waar in boeken; in het echte leven zijn ze nep. Het leven is verdomd veel ingewikkelder, gelooft u me.'

D'Ambrosio maakte een gebaar dat 'ik geloof u' betekende.

'Maar u hebt wel gelijk. Ik zei nee, maar ik dacht ja. De reden waarom vertel ik u niet. Trouwens, weet u, ik vertel hem niet eens aan mezelf, dat is wel zo eerlijk.'

D'Ambrosio glimlachte.

'Zorg dat u hem weer thuisbrengt. Of jullie winnen of verliezen kan me niets schelen. Zorg alleen dat u hem weer thuisbrengt. Dank u wel.'

D'Ambrosio zag hoe ze zich omdraaide en terug naar binnen ging. Voor de eerste keer, en zonder voorbehoud, bedacht hij dat ze een mooie vrouw was. Een bezoek aan de kleermaker zou beslist geen kwaad kunnen; maar dit was duidelijk een mooie vrouw.

'En?' vroeg Libero Parri hardop.

De graaf maakte een gebaar in de lucht dat een heleboel dingen zou kunnen betekenen.

Tijdens Venetië-Brescia deden ze het geweldig gedurende driekwart van het parcours, en toen, in een dorpje dat Palù heette, parkeerde de graaf de auto en zette de motor uit.

'Hier is een tent waar ze een fantastische konijnenbout klaarmaken.'

Libero Parri ontdekte vervolgens dat de kokkin bijverdiende met een kamer op de bovenverdieping, waar je, zoals ze zei, wat kon uitrusten. De graaf rustte wat uit. Libero hield zich bezig met het konijn. Dat inderdaad helemaal niet slecht was.

'Voor mezelf vind ik het geen probleem, ik krijg mijn geld toch wel,' zei hij later, toen ze weer in de automobiel stapten. 'Maar wat moet ik Ultimo vertellen?'

De graaf antwoordde niet. Maar de volgende race beet hij zich vast aan de Peugeot van Alberto Campos – een Argentijn die al vijf maanden en elf dagen geen wedstrijd had verloren – en liet hem niet meer los tot hij, in een helse plensbui, een inhaalmanoeuvre door de buitenbocht verzon waar de mensen in die contreien nog steeds over dromen.

'Dát kun je hem vertellen,' mompelde hij toen hij uit de auto stapte, die was gereduceerd tot een monument van modder.

Ze werden derde in Turijn, achtste in Ancona en onverwachts eerste in de Siciliaanse bergen. In een krant verscheen een foto van hen waarop ze net reusachtige insecten leken. Het onderschrift luidde: *D'Ambrosio Parri, het onverschrokken duo dat de virages van de berg Tarso wist te bedwingen.* Ultimo knipte de foto uit en hing hem boven zijn bed. 's Avonds keek hij ernaar en probeerde hij zich voor te stellen wat die *virages* precies waren. Hij was geneigd te denken dat het wilde dieren waren, met een lange vacht en een kenmerkende slungelige gang. Ze leefden alleen op hoogten boven de duizend meter; als ze honger hadden konden ze levensgevaarlijk zijn. Op een dag pakte Libero Parri een blaadje en tekende ze voor hem uit. Hij tekende de berg, en de weg die omhoog liep, de ene virage na de andere, tot aan de top. In plaats van dat hij teleurgesteld was, werd Ultimo erdoor betoverd. Voor een kind dat was opgegroeid op een vlakte waarin de enige onregelmatigheid tot aan de horizon werd gevormd door de bult van Piassebene, was die weg die met de kilheid van een slang omhoog gleed een hyperbool van de verbeelding. Hij drukte zijn vinger erop en volgde de weg van begin tot eind.

'Aan de andere kant is het precies hetzelfde, maar dan omlaag,' verduidelijkte Libero Parri.

Ultimo volgde met zijn vinger de afdaling. Toen vroeg hij zijn vader of hij het nog een keer opnieuw mocht doen.

'Dat mag.'

Deze keer maakte hij er ook het geluid van de motor bij, met zijn mond, en het gepiep van de remmen. Met zijn hoofd volgde hij het ritme van de haarspeldbochten; onder zijn billen voelde hij de druk van de centrifugale kracht en in zijn handen de trilling van het slippen. Hij had in zijn hele leven ongeveer vier kilometer in een automobiel afgelegd, maar hij *kende* dat allemaal. Want het ware talent is dat je over antwoorden beschikt wanneer de vragen nog niet eens bestaan.

Toen nam D'Ambrosio een bocht verkeerd, in de buurt van Livorno, toen hij een keer een achterstand probeerde weg te werken, en daar hield hij een gebroken pols aan over. Daardoor kwam er enige tijd niets meer van. Ze gingen alleen een keer op een zondag met z'n allen naar Mantova, want daar reed Lafontaine, en Lafontaine was de beste coureur van allemaal. Het was de eerste en enige race die Ultimo in zijn leven te zien kreeg.

Tegen alle verwachtingen in had Florence er ook mee ingestemd om mee te gaan.

'Als ik dan toch een keer een race moet zien, dan maar liever een waarin anderen zich doodrijden, en niet jullie twee.'

De graaf had tribuneplaatsen bij de finish geregeld, waar dames met grote hoeden zaten, en waar de kinderen een jas met vergulde knopen droegen. Libero Parri, die pronkte met een geruit overhemd en voor de gelegenheid zijn haar achterover had gekamd, begon al te zweten van ongemak nog voor ze hadden plaatsgenomen. Hij hield zich een poosje in, wiebelend op zijn stoel, en begon toen te mopperen dat je van daaruit niets kon zien. Uiteindelijk pakte hij Ultimo bij de hand en glipte weg, terwijl hij Florence bij de graaf achterliet om zich te laten uitleggen wat een race voor automobielen inhield. Ze sloegen een steegje tussen de huizen in, en op hun gevoel liepen ze de stad door tot ze bij de rivier uitkwamen. De berijdbare weg, die kilometers lang vanuit het platteland langs het water voerde, ging daar plotseling naar rechts, over een brug, en strekte zich dan weer uit langs de andere oever, parallel aan de stadsmuur.

'Hier is wel wat te zien,' besloot Libero Parri.

Hij baande zich een weg tussen de mensen door, maar ze konden met geen mogelijkheid de kant van de weg bereiken. Uiteindelijk overhandigde hij vijf lire aan een schoenlapper die een zaakje had op een paar meter van de brug, en in ruil daarvoor ontving hij twee stoelen en een kalfsleren ceintuur voor Florence.

'Maar die is afschuwelijk,' protesteerde Ultimo.

'Niet aan denken, ga op die stoel staan.'

Ultimo keek naar de krantenpagina die de schoenlapper netjes op het riet had gelegd, en aarzelend zette hij zijn voet op de koning en een Pruisische ambassadeur. Maar toen hij eenmaal stond vergat hij alles, want de brug, en de witte S-vormige weg, lagen voor zijn ogen in het licht van de middagzon, als een geschenk van de schepper, speciaal getekend voor zijn kinderogen.

'Dit is prachtig,' zei hij. Je zag alleen de weg en de brug, er was geen spoor van een automobiel te bekennen, maar hij zei: 'Dit is prachtig.' Zonder dat hij zich ervan bewust was, zag hij alleen die S van aangestampte aarde, als een potloodstreep die op het blaadje van de wereld was achtergelaten door de strakke hand van een kunstenaar. De mensen, de kleuren, de rivier, de bomen op een rij, waren niet meer dan een irritatie die vanzelf zou wegebben. Geluiden en geuren drongen maar moeizaam door tot zijn waarneming, als een verre echo. In zijn ogen bestond alleen die dansbeweging, en meer niet; bocht en tegenbocht, als het distillaat van een geometrische wijsheid, die, na duizenden keren te hebben gefaald, op deze plek zijn perfectie had bereikt. En toen uiteindelijk de automobielen kwamen aanrijden, aangekondigd door een ongecontroleerde siddering van de menigte, zag hij ze maar nauwelijks, omdat hij in feite met zijn ogen naar die weg bleef kijken, alleen naar die weg, en op het ritme lette waarmee de weg die metalige monsters inademde – opslokte misschien wel – één voor één, hij ving hun geweld op en zette het om in zijn eigen roerloosheid, regelmaat tegen de chaos, orde opgelegd aan het toeval, een bedding voor het water, een getal dat het oneindige telt. De koninklijke automobielen vervluchtigden in een wolk van stof, verslagen.

In de kindergeest die in staat was tot een dergelijk axioma – dat het de weg was die de automobielen beteugelde, en niet andersom – lag al een heel leven beschreven. Typisch hoe mensen al zichzelf zijn nog voor ze dat worden.

Totdat zijn vader een klein vrouwenfiguurtje tegen de wind van de race in aan zag komen lopen, met kleine stappen, langs de rand van de weg; zoekend naar iets in de menigte, zonder acht te slaan op het gevaar.

'Wat doet Florence daar?'

Hij vergat alles en ging haar tegemoet, zich met zijn ellebogen een weg banend tussen de mensenmassa door. Ultimo sprong van zijn stoel en rende achter hem aan. Ze waren net op tijd bij Florence om de Lancia nr. 21 bestuurd door Botero vlak voor haar langs te zien scheuren.

'Wat doe jij hier?'

Florence zat onder het stof. Ze liet zich rustig meevoeren, met een gedweeheid die niets voor haar was. Toen Libero Parri probeerde te doorgronden wat haar in godsnaam was overkomen, zei ze:

'Niets. Ik wilde gewoon dicht bij jou zijn.'

Over haar gezicht lag een soort weerschijn van angst.

Na afloop, toen alles voorbij was en de menigte uiteenzwermde naar huis, nam de graaf hen mee naar de ruimte die voor de coureurs was gereserveerd; er werd champagne gedronken en je kon er de automobielen van dichtbij bekijken. Veel mensen spraken Frans. Libero Parri stond in een hoekje, waar hij Florence bij de hand hield en van een afstand op Ultimo lette, die een kijkje was gaan nemen bij de Fiat van Barthez. Af en toe liep er een mecanicien langs die hem herkende, en die hem met een handgebaar groette. Hij reageerde met een hoofdknik, zonder al te veel enthousiasme te tonen. Hij kon niet wachten tot ze weggingen. Hij wist niet goed waarom, maar het was zo. Op een gegeven moment zag hij Lafontaine, die met vastberaden tred richting de uitgang liep, besloten in zijn koninklijke gedachten, zijn ogen neergeslagen, zijn lippen opeengeklemd onder zijn onberispelijke knevel. De mensen gingen aan de kant om hem erdoor te laten, want hij was de allerbeste. Hij had zijn leren muts niet eens afgedaan, en onder zijn arm droeg hij de trofee die hij zojuist gewonnen had, met een aan verveling grenzende achteloosheid. Libero Parri had hem nooit persoonlijk ontmoet, maar hij wist alles over hem, met inbegrip van dat verhaal dat hij 's nachts graag met gedoofde lichten reed, om zijn tegenstanders te verrassen, en, zoals hij zelf zei, om de maan niet te storen. Hij overwoog om een paar passen naar voren te zetten en hem de hand te drukken, om deze vreemde dag nog enige zin te geven, maar toen zag hij dat Lafontaine opkeek, zich omdraaide en een jongetje groette door schertsend zijn hand op te heffen naar het vizier dat hij niet had. Toen zag hij dat Lafontaine stopte en terugliep naar dat jongetje dat roerloos naar hem stond te kijken. Hij hurkte voor hem neer en zei iets tegen hem.

Libero Parri stootte Florence aan en wees op het tafereel.

'Je zoon,' zei hij, op een toon alsof hij iets heel vanzelfsprekends aanwees.

'En die daar gehurkt zit, wie is dat?' vroeg ze.

'Lafontaine.'

'Lafontaine, de allerbeste?'

'Ja, die.'

'Weet Ultimo dat?'

Libero Parri haalde zijn schouders op. Hij zou het niet kunnen zeggen. Maar hij zag dat zijn zoontje met grote eenvoud naar iets wees op het hoofd van Lafontaine. Lafontaine begon te lachen, en haalde zijn bril van zijn zwartleren muts af. Hij wreef ermee over een mouw van zijn jas, om het stof weg te vegen. Toen stak hij hem uit naar Ultimo. Ultimo pakte hem vast, en glimlachte. Daarna stond Lafontaine op; hij gaf hem nog een aai over zijn bol, zei iets, en ging ervandoor. Hij liep weer verder met neergeslagen ogen, besloten in zijn koninklijkheid. Libero Parri zag hem langs zich heen lopen, maar hij verroerde zich niet, want het idee om hem de hand te schudden leek hem ineens achterhaald.

Die avond, toen ze weer thuis waren, liet Ultimo de bril aan de muur boven zijn bed ophangen, naast de foto van D'Ambrosio Parri op de berg Tarso.

'Eigenlijk wilde ik zijn leren muts, niet zijn bril. Maar hij begreep me niet.'

'Wat een pech,' zei Libero Parri.

Het raceseizoen eindigde met de eerste modder, begin oktober. Libero Parri had wat geld vergaard om de bank zoet te houden, maar die rij voor de werkplaats was nog nergens te bekennen.

'We zitten hier gewoon een klein beetje afgelegen,' verklaarde hij aan Florence.

Stiekem begon hij echter te twijfelen. Op zijn reizen door Italië met de races was het tot hem doorgedrongen dat iedereen droomde van een automobiel, maar dat slechts een enkeling er daadwerkelijk een bezat. Het was nog een speeltje voor rijkelui die tijd over hadden; mecanicien zijn was net zoiets als tennisrackets verkopen. Misschien, dacht Libero Parri zeven jaar nadat hij een stal had verruild voor een garage, is de toekomst onderweg verdwaald.

Er moest één man op de wereld zijn die er iets meer van wist, en Libero Parri besloot dat die man meneer Gardini was. Gardini was een geniale Liguriër die aan het begin van de eeuw, net zoals Libero Parri, had besloten dat de automobiel de toekomst was. Dus had hij samen met zijn twee broers een hangar gehuurd, aan de rand van Turijn, en was hij aan de slag gegaan met bepaalde ideeën die op het eerste gezicht nogal utopisch leken, maar in werkelijkheid verre van achterlijk waren. Hij had enig succes gehad met de productie van fietsen; in zeven maanden tijd vervaardigde hij een automobiel volgens een heel nieuw, briljant ontwerp. Toen zich de vraag voordeed welke naam de auto moest krijgen, koos hij *Itala*. Het waren tijden waarin nog niet eens was besloten of automobielen in de Italiaanse taal van het mannelijke of het vrouwelijke geslacht waren. Er waren reclames waarin de automobiel als mannelijk werd gezien: 'Ik heb een stoere, robuuste wagen gekocht.' Maar Gardini dacht er anders over. Hij had iets volgzaams in gedachten, iets wat bevelen opvolgde, en waarvan de schoonheid enkel tot leven kwam in de vaardige handen van de coureur. Aangezien hij een vreselijke seksist was – zoals iedereen in die tijd – was er voor hem dus geen twijfel mogelijk: de automobiel was vrouwelijk. Vandaar dat hij de automobiel die hij had uitgevonden de vrouwelijke naam *Itala* gaf. Zoals gezegd, creperen en namen kiezen – dat zijn waarschijnlijk de enige *eerlijke* dingen die een mens doet zolang hij leeft.

Van die naam had Libero Parri leren houden ten tijde van de rally Peking-Parijs, toen een door meneer Gardini speciaal daarvoor ontworpen automobiel al de beste ontwerpers van de wereld ver achter zich had gelaten, en tot ieders verbazing als eerste over de eindstreep kwam. Hij herinnerde zich nog hoe hij met die krant onder de neus van Florence had gewapperd, om haar te bewijzen dat automobielen wel degelijk bestonden, en zelfs de hele wereld over reden. Goed, ze had toen weliswaar op haar eigen wijze gereageerd, maar toch dacht Libero Parri met grote nostalgie terug aan die momenten. Jaren later, bij de finish van een race in de buurt van Rimini, had de graaf hem op een wat magere heer gewezen, met heel deftige kleren aan, en tegen hem gezegd dat dat Gardini was, die van de Itala. Libero Parri was hem een hand gaan geven en ze hadden een poosje staan babbelen. Gardini was erg geamuseerd door dat verhaal van die zesentwintig melkkoeien. 'Kom me een keer opzoeken,' zei hij op het laatst.

'Ik ga meneer Gardini opzoeken,' deelde Libero Parri zijn vrouw mee, terwijl ze op het kerkhof waren, met Allerzielen.

'Wie is dat?'

Libero Parri legde het haar uit.

'En waarom ga je naar hem toe?'

Libero Parri zei dat hij naar hem toe ging omdat hij hem iets moest vragen. Dat was waar. Hij had een korte en bondige vraag voorbereid, want hij wist dat industriemagnaten geen tijd te verliezen hebben en meteen ter zake komen. De vraag luidde als volgt:

'Meneer Gardini, zeg eens eerlijk, moet ik die zesentwintig melkkoeien terugkopen?'

Maar voor Florence formuleerde hij hem niet zo, niet volledig. Hij hield het een beetje algemeen en zei dat hij hem om advies wilde vragen over de nieuwe modellen.

'Waarom neem je Ultimo niet mee?' zei ze, zonder verder in te gaan op dat verhaal van die nieuwe modellen.

Ultimo meenemen, daar zou Libero Parri nooit op zijn gekomen. Er was immers het probleem van het geld. En daarbij was hij opgegroeid in een wereld waarin de vaders niet eens naar de stad gingen; laat staan de kinderen.

'Laat hem Turijn zien. Dat zou hij zo leuk vinden.'

Ze had geen ongelijk. Het probleem van het geld bleef, maar ze had beslist geen ongelijk.

Ze vertrokken op 21 november 1911, met de wagen van Tarìn. Later wilden ze proberen een lift te krijgen. Als de nood aan de man kwam, konden ze altijd nog de trein pakken. Ze hadden samen één koffer, speciaal voor de gelegenheid aangeschaft. Ultimo had er ook de bril van Lafontaine ingestopt. Hij was veertien, hij was klein en mager als een kind van de lagere school, en hij ging voor het eerst naar Turijn.

Florence kuste hen allebei alsof ze naar Amerika vertrokken. Ze had erop aangedrongen dat haar man ook een fles zelf ingemaakte tomatenpuree meenam. Ze wilde niet dat hij met lege handen bij meneer Gardini zou aankomen. En daarbij had ze iets in gedachten.

'Als je er toch bent, wil je hem dan ook iets vragen namens

mij?' vroeg ze aan Libero Parri terwijl ze hem omhelsde.

'Wat dan?'

'Vraag hem of we volgens hem onze zesentwintig melkkoeien moeten terugkopen.'

Libero Parri begreep ineens een heleboel dingen over het instituut huwelijk.

'Dat zal ik doen,' zei hij ernstig.

De secretaresse van meneer Gardini had een houten been en een merkwaardig spraakgebrek: allebei opmerkelijke eigenschappen voor een secretaresse. Ze ontving hen met ietwat formele hartelijkheid. Ze vroeg of ze een afspraak hadden.

'Meneer Gardini heeft gezegd dat ik hem moest komen opzoeken,' antwoordde Libero Parri.

'O ja?'

'Ja.'

'En waneer precies?'

Ze kon geen dubbele medeklinkers uitspreken.

'Dat zal ongeveer in juni zijn geweest, ja, in juni... het was in de buurt van Rimini.'

'En toen vroeg meneer Gardini of u hem kwam opzoeken, wilt u zegen.'

'Precies.'

De secretaresse staarde een ogenblik voor zich uit, alsof ze een vulling was kwijtgeraakt.

Toen zei ze:

'Eén momentje.'

En ze verdween ergens naartoe.

Libero Parri wist precies wat hij deed. Als hij om een afspraak met meneer Gardini had gevraagd, had hij die natuurlijk nooit gekregen. Dus had hij een plan bedacht. De eerste stap hield in dat hij de rol van de onnozele provinciaal speelde. De tweede trad in werking nadat de secretaresse gedurende drie uur heen en weer was blijven lopen, terwijl ze zich verontschuldigde en hen verzocht te wachten, want wie weet zou meneer Gardini nog wel de tijd vinden om.

Wie weet? Libero Parri stond op. Hij had er een hekel aan om zijn toevlucht te nemen tot die truc, en normaalgesproken deed hij het niet. Maar dit was een kwestie van leven of dood.

'Ik ga even weg,' zei hij tegen Ultimo. 'Hou dit vast en blijf zitten waar je zit. Vroeg of laat kom ik terug.'

Ultimo pakte de fles tomatenpuree aan en zette hem naast zich neer.

'Goed,' zei hij.

Libero Parri verliet het gebouw van Itala en liep zonder haast naar de Po. Daar ging hij op een bankje zitten kijken naar de heuvels aan de andere kant van de rivier. Ze straalden rijkdom en elegantie uit. Tegen lunchtijd vond hij een wijnlokaal waar ze helemaal geen slechte minestrone en een heel bijzonder kastanjegebak serveerden. Na het eten bleef hij zitten roken met een anarchistische postbode, die drie dochters had die hij Vrijheid, Gelijkheid en Broederschap had genoemd. Mooie namen, zei Libero Parri. Dat vond hij echt. Het was al over drieën toen hij zich weer bij de secretaresse met het houten been meldde. Ze keek hem met een glimlach aan, en al glimlachend bracht ze hem het goede nieuws.

'Uw zoon is bij meneer Gardini.'

'Dat weet ik,' antwoordde Libero Parri op neutrale toon.

Vervolgens begeleidde de secretaresse hem naar de fabriek en daar troffen ze Gardini en Ultimo aan, die gebogen over een motor een bepaald smeersysteem stonden te bestuderen.

'De vader van het maneke is er intussen,' zei de secretaresse, met nadruk op de dubbele s, kennelijk de enige die ze wel kon uitspreken.

Gardini staarde de nieuwkomer aan met het gezicht van iemand die vergeefs in zijn geheugen graaft. Maar toen Libero Parri het verhaal van de zesentwintig melkkoeien aanhaalde, begon hem wel weer iets te dagen. Hij was hartelijk en vriendelijk, sportief, net als zijn pak van Engelse snit.

'Ik liet uw zoon net zien wat de Fransen maar niet van ons nagemaakt krijgen.'

Ze kregen een rondleiding door de fabriek, waar ze dik twee uur over deden, want Gardini praatte erover alsof het zijn kind was. Het was nogal ongelooflijk wat hij op poten had weten te zetten.

Alleen al in die fabriek werkten zo'n tweehonderd arbeiders. Gardini kende ze stuk voor stuk en groette ze bij naam. Zo nu en dan stelde hij iemand voor aan Libero Parri; deze glimlachte dan hartelijk, en probeerde zijn medelijden te verbergen. Want voor wie als boer geboren is, is de arbeider altijd een hond aan de ketting. De ronde eindigde op de lederafdeling, waar stoelen en vouwdaken werden gemaakt, en waar alleen maar kleermakers leken te werken. Ten slotte stonden ze weer op de binnenplaats, waar ze de glimmende automobielen bekeken die in een rij stonden te wachten op een toekomst vol stof en champagne. Pas toen herinnerde Libero Parri zich waarvoor hij was gekomen. En hij vond de moed om tegen meneer Gardini te zeggen dat hij even met hem wilde praten, onder vier ogen. Hij wilde hem iets vragen.

'Dan moeten we terug naar mijn kantoor,' was de hartelijke conclusie van Gardini, wiens dag nu toch al naar de kloten was.

Ultimo bleef buiten het kantoor wachten. Hij ging op een rieten stoel zitten en begon de secretaresse te bestuderen. Op een gegeven moment vroeg hij haar: 'Hoe komt het dat u een houten been hebt?'

De secretaresse keek op van de brief die ze aan het overschrijven was. Instinctief legde ze haar hand op haar knie. Toen antwoordde ze met een kalmte en een vriendelijkheid waar ze zelf ook niet op was voorbereid. Ze zei dat het door een ongeluk was gekomen. Een automobiel, op een regenachtige dag, in haar dorpje ten noorden van Turijn.

'Een Itala?' vroeg Ultimo.

De secretaresse glimlachte.

'Nee.'

Maar ze begreep dat dat geen antwoord was.

'Ik moet erbij zegen dat de broer van meneer Gardini aan het stuur zat.'

'O,' begreep Ultimo.

Toen vroeg hij of het waar was dat je af en toe nog iets voelde kriebelen, alsof je been er nog aan zat. De secretaresse kreeg tranen in haar ogen. Al drie jaar kwam ze mensen tegen die popelden om haar die vraag te stellen, en nu had iemand eindelijk het lef gehad om het te doen. Het voelde als een bevrijding.

'Nee. Dat is alemaal lulepraat.'

Ze lachten.

'Allemaal lullepraat,' herhaalde Ultimo, want die woorden hadden lange tijd gewacht, en nu verdienden ze alle dubbele medeklinkers die er nodig waren.

Toen Libero Parri uit het kantoor van Gardini kwam was het al lang donker. De twee mannen drukten elkaar de hand met een geestdrift die van alles uitdrukte. Dat ze elkaar niet omhelsden kwam alleen doordat ze mensen uit het Noorden waren, die zich schamen voor hun bewegingen. Gardini gaf ook Ultimo een hand.

'Veel succes dan maar, jongen.'

'U ook, meneer.'

'Kijk uit met automobielen. Ze kunnen flinke schade aanrichten.'

'Ik weet het, meneer.'

'Het komt allemaal wel goed.'

'Ja.'

'En misschien zien we je over een paar jaar terug aan het stuur van een Itala, als kampioen van Italië.'

'Dat is niet wat ik in gedachten heb, meneer.'

Gardini schudde zijn hoofd, een beetje van zijn stuk gebracht.

'O nee? Wat heb je dan wel in gedachten?'

Voor Ultimo viel het niet mee om antwoord te geven op die vraag. Het waren dingen waaraan hij nog geen namen had gegeven. Als diertjes die net waren ontdekt in het bos.

'Ik weet niet, meneer, ik kan het niet goed uitleggen.'

'Probeer het eens.'

Ultimo dacht even na.

Toen maakte hij een gebaar in de lucht, alsof hij een slang tekende.

'Wegen,' zei hij. 'Ik hou van wegen.'

Verder zei hij niets.

Hij en zijn vader liepen hand in hand naar buiten. De secretaresse liep met hen mee tot aan de uitgang en ze stond nog steeds naar hen te zwaaien toen ze de hoofdstraat waren overgestoken en zich nog even omdraaiden.

Die avond zou Ultimo zich voor altijd herinneren. Zijn vader was euforisch, omdat meneer Gardini had gezegd dat hij geen antwoord had op zijn vraag; maar wel een advies. En een voorstel.

'Waar u woont, meneer Parri, komen de automobielen pas als wij tweeën al dood en begraven zijn. Luister naar me, in die contreien is er behoefte aan andere dingen.'

'Koeien?' had Libero Parri gewaagd, met enig pessimisme.

'Nee. Vrachtwagens.'

Automobielen om mee te werken, had hij uitgelegd. Vrachtauto's, machines om de grond mee te bewerken, bestelbusjes.

'Ik weet dat het minder poëtisch is, maar daarmee valt geld te verdienen.'

Hij had eraan toegevoegd dat hij nog geen mannetje had dat zijn vrachtwagens verkocht, in die streek.

'Itala-vrachtwagens?' had Libero Parri gevraagd, aarzelend, want het klonk hem als een vloek in de oren.

'Precies.'

Een halfuur later was hij de enige geautoriseerde handelaar in Itala-vrachtwagens in een omtrek van driehonderd kilometer rond zijn huis. Toen hij het contract tekende dat Gardini hem onder de neus had geschoven, rook hij duidelijk hoe de geur van mest voorgoed vertrok uit zijn leven.

Dus liepen ze nu in de richting van het centrum van de stad, hij en Ultimo, vastbesloten om het begin van de afdaling te vieren, na zo vele beklimmingen. Ze belandden op een enorm plein dat ze aanzagen voor Piazza Castello, en ze verloren enige tijd met zoeken naar het koninklijk paleis. Dat vonden ze niet, omdat het daar niet was, maar ter compensatie stuitten ze op een restaurantje dat gemengd gekookt vlees en een goede wijn beloofde. Ultimo had nog nooit in een restaurant gegeten. Zijn vader legde hem uit dat boeren inderdaad niet naar een restaurant gaan. Geautoriseerde handelaren in vrachtwagens echter wel, voegde hij eraan toe. En hij duwde de deur open om naar binnen te gaan. De deur van hout en glas liet een tweetonig belletje horen, dat in het hoofd van Ultimo een gevoel van zonde opriep dat geen enkel bordeel ooit zou weten te evenaren. Eenmaal binnen gedroegen ze zich behoedzaam, tot aan hun derde glas wijn. Daarna ging het allemaal makkelijker. De serveerster kwam bij hen uit de buurt, en ze vergat het nagerecht op de rekening te zetten. Toen ze naar buiten gingen, liepen ze met de stapjes van Argentijnse dansers en klonk het belletje van de deur als het feestgelui van een kerkklok. Buiten was de stad verdwenen, opgeslokt door een mist die hen in principe niet had hoeven verrassen. Maar wat in het duister van hun platteland enkel zwarte melk was, was daar een koninklijke sluier die werd vastgehouden door de lichtjes van de lantaarnpalen en zo nu en dan werd opgetild door de windzucht van voorbijrijdende koplampen, de brandende ogen van een automobiel. Met de kraag overeind, de handen in de zakken, gaven ze zich over aan de hartverscheurende ordelijkheid van die stad waar alles netjes in de rij stond, alsof het wachtte op een 'op de plaats, rust' dat nooit was gekomen. Ze liepen langzaam en ademden de mist in. Met de melancholie die het laatste geschenk van de wijn is, begon Libero Parri te praten, met zijn hoofd gebogen, hengelend in zijn herinneringen. Hij hoorde de stappen van zijn zoon naast zich, en hij praatte omdat het een manier was om dat moment en die nabijheid te laten voortduren. Hij begon te vertellen over zijn moeder, die Ultimo nooit gekend had: de manier waarop ze noten kraakte, en de vreemde ideeën die ze had over het Laatste Oordeel. De dag waarop ze haar man uit de rivier was gaan vissen, en die waarop ze had besloten om niet meer te slapen. Hij vertelde dat er destijds twee wegen waren, om naar huis terug te keren, maar op slechts één ervan rook je de geur van bramen, altijd, ook 's winters. Hij zei dat dat de langste weg was. En dat zijn vader altijd die weg nam, ook als hij moe was, ook als hij kapot was. Hij legde uit dat niemand moet denken dat hij alleen is, omdat in iedereen het bloed voortleeft van degenen die hem hebben voortgebracht, en dat is iets wat teruggaat tot aan de nacht der tijden. Wij zijn dus enkel de bocht in een rivier, die van ver komt en die na ons niet zal stoppen. Zoals nu bijvoorbeeld, je kunt makkelijk zeggen dat het door de automobielen komt, en denken dat het allemaal zomaar ineens begonnen is. Maar de broer van zijn vader had niet op het land gewerkt, en vóór hem was de vrouw die hem had voortgebracht ervandoor gegaan met een goochelaar, die iedereen zich nog herinnerde omdat hij de eerste fiets in het dorp had geïntroduceerd. Soms zijn we alleen maar bezig een klus af te maken die door een ander is aangevangen. En wijzelf starten klussen die anderen voor ons zullen afmaken. Dat zei hij onder het lopen, ook al wist hij al een hele poos niet meer waar hij heen liep. Onbewust meegevoerd door zijn stappen had hij een rondje gelopen om een huizenblok heen, want door een soort voorzichtige traagheid, wellicht vanwege de mist, had hij er op zeker moment van afgezien om de straat over te steken. Dus was hij, zonder dat hij het zelfs maar in de gaten had, links afgeslagen, langs de rand van de gebouwen, en van daaruit was hij steeds maar links af blijven slaan en was het alsof hij zijn eigen baan had gevonden, een onderkomen voor zijn woorden. Toen ze het eerste rondje hadden volbracht, stond Ultimo voor een etalage die hij al gezien had, en waarvan hij niet had verwacht dat hij hem ooit van zijn leven nog zou terugzien. Hij was verbluft. Ze hadden gedachteloos rondgelopen, als iemand die verdwaalt; maar de stad had hen weer teruggebracht naar deze plek, als een herdershond. Terwijl zijn vader doorliep, en zijn litanie van het bloed en het land vervolgde, liep Ultimo achter hem aan en probeerde te doorgronden wat er precies gebeurd was, en waarom hij zo onder de indruk was van zoiets onbenulligs. Misschien lag het aan de mist, of aan de verhalen van zijn vader, maar hij kreeg het idee dat als ze urenlang zo zouden blijven lopen, ze uiteindelijk *zouden verdwijnen*. Dat ze zouden worden opgeslokt door hun eigen stappen. Want normaal gesproken is lopen stappen optellen, maar wat zij twee daar aan het doen waren was stappen aftrekken, in een nauwkeurige berekening die om de zoveel tijd op nul uitkwam. Hij dacht aan de onmiskenbare zuiverheid van die omgekeerde wandeling. En voor het eerst, zij het nogal vaag, begreep hij intuïtief dat elke beweging naar bewegingloosheid neigt, en dat alleen de voortgang die naar zichzelf leidt de moeite waard is.

Enige jaren later, op het rechte stuk van een landingsbaan, zou Ultimo van dat intuïtieve gevoel de welbewuste tekening van zijn leven maken. Daarom zou hij die mist, en die absurd geordende stad, nooit kunnen vergeten. Een keer, toen hij al een eenzame man was geworden, overwoog hij zelfs om ernaar terug te keren;

maar uiteindelijk liep het anders, en dat was ook maar beter zo. Hij zou graag die plek op de stoep hebben teruggevonden waarop zijn vader, na een wandeling van veertig minuten en in totaal elf rondjes om het huizenblok, ineens was blijven staan, had opgekeken en een fantastische vraag had gesteld:

'Waar zijn we in godsnaam beland?'

Er was geen antwoord, op die vraag, vertelde Ultimo een keer aan Elizaveta. En dat was juist het geweldige eraan. Waar is iemand beland die al een uur om een huizenblok heen loopt? Denk daar maar eens over na. Daar is geen antwoord op.

Elizaveta bedacht dat er nooit een antwoord is, want elke wandeling is rond, en veel te dicht is de mist van onze angst.

Ze vertrokken uit Turijn bij dageraad, nadat ze hadden overnacht in een herberg die Deseo heette. Dat betekende in het Spaans 'verlangen'. Maar de eigenares was geen Spaanse. Ze kwam uit Friuli. Ze heette Faustina Deseo.

'Er bestaat geen poëzie meer,' merkte Libero Parri op.

In de trein probeerde hij een tankwagen van Itala te verkopen aan een melkhandelaar uit de vlakte van Veneto. Maar dan zomaar, om te oefenen. Gewoon voor de lol, om te leren wat hij moest zeggen.

Toen de melkboer zei dat hij akkoord ging, dat hij er een kocht, voelde Libero Parri iets vanbinnen. Zoals op zo'n dag dat je buiten komt, en de winter ineens voorbij is.

Het laatste deel van de reis, vanaf het station, legden ze te voet af, omdat ze geen mogelijkheid hadden gehad om Tarìn te waarschuwen. Er waaide een koude wind, die de mist had weggevaagd en die de landerijen nu deed stralen in het licht van de namiddag. Ze liepen zwijgend achter elkaar. Libero Parri zong zo nu en dan een liedje. Het was de melodie van de Marseillaise, maar de tekst was in hun dialect, en ging heel ergens anders over. Ze liepen het populierenbos uit en daar lag hun huis, eenzaam als een vergeten hoed, midden in het vertrouwde platteland. Op de binnenplaats, voor de garage, zagen ze een rode automobiel, en een paar passen daarachter, als een slavin, stond een motorfiets, recht en hoog op de standaard.

‘Zie je, ze staan nu al in de rij,’ zei Libero Parri op de vleugels van zijn enthousiasme.

Maar zo was het niet helemaal. Thuis troffen ze de graaf aan, die languit op de bank lag te slapen als een os.

‘Hij wilde je zijn nieuwe automobiel laten zien,’ zei Florence.

Ze droeg een beige jurk die er niet erg boers uitzag.

‘Een cadeau van de graaf. Hij wilde per se dat ik hem aannam,’ verklaarde ze.

‘Je ziet er beeldschoon uit,’ zei Libero Parri. En dat vond hij oprecht.

Ze omhelsden elkaar als twee tieners.

Restte nog de vraag wat die motorfiets daar deed, en het antwoord kwam van de graaf toen hij eindelijk wakker werd. Hij pakte Ultimo bij de hand, nam hem mee naar de binnenplaats en zei:

‘Deze is van jou.’

Ultimo begreep het niet goed.

‘Het is een motorfiets,’ verduidelijkte de graaf.

‘Dat weet ik.’

‘Het is een cadeau.’

‘Voor wie?’

‘Voor jou.’

‘U bent gek.’

Dat was precies wat Florence had gedacht. En het was wat Libero Parri zei.

‘Je bent gek.’

Maar de graaf was niet gek. Hij was zesendertig en hij had geen enkel bestaansrecht, maar hij was niet gek. Hij kwam uit een wereld zonder illusies, waarin de mensen dagelijks voor het privilege van een absolute vrijheid boetten met het eeuwige voorgevoel dat ze vroeg of laat onverwachts zouden worden getroffen door een straf. Het enige ambacht waarin hij was getraind, en waarin hij bijna mystieke hoogten had bereikt, was dat om te anticiperen op de onvermijdelijke apocalyps in een eindeloze liturgie van geraffineerde gebaren die leeg en wanhopig waren. Dat noemden ze luxe. Hij had geen kinderen, die wilde hij niet, en hij had een hekel aan die van anderen, want hij achtte ze van een komische nutteloosheid, toekomstloos als ze waren. Hij was gek op vrouwen, en misschien zou hij er wel eentje trouwen, om de zaken niet al te ingewikkeld te maken. Maar hij hield van zijn honden, en van niemand anders. Op een dag had het toeval hem op een absurde garage doen stuiten, verloren in het platteland. Alles wat hij daar vervolgens had gevonden, was als een reis naar de binnenkant van de wereld geweest, waar de dingen nog betekenis hadden en waar woorden nog dingen aanduidden; elke dag scheidde een onbekende kracht er het echte van het onechte, als het koren van het kaf. Hij had er niets uit geconcludeerd, en evenmin was het in hem opgekomen, nog geen moment, om het te interpreteren als een les die hij moest leren. Het was allemaal een verloren zaak, voor hem, en niets zou de loop der dingen kunnen omkeren. Maar het was zijn persoonlijke verdovingsmiddel tegen de pijn van de algemene stompzinnigheid. Zo had hij de juiste gedragingen gekozen, waarmee hij steeds meer in de gewoonten van die wereld kon glijden, en zich uiteindelijk kon laten accepteren als een soort verstekeling, een beetje een rare, die medelijden verdiende. Het was niet zijn bedoeling om ze kwaad te berokkenen, en evenmin was hij eerlijk genoeg, tegen zichzelf, om te begrijpen dat het onvermijdelijk was dat hij ze kwaad zou berokkenen. Hij wilde gewoon bij ze zijn. En om dat voor elkaar te krijgen was niets te stompzinnig, of te gek. Laat staan een motorfiets cadeau doen.

'Hoeveel weegt hij?' vroeg Libero Parri, die dacht aan de 42 kilo van zijn zoon.

'Niets, als je hem onder je kont hebt en gewoon gas blijft geven.'

Zo kwam het dat Florence een paar dagen later uitkeek over het platteland, zonder dat ze iets anders verwachtte dan de geruststellende roerloosheid van alledag, en in plaats daarvan de verrassende verschijning in het oog kreeg van een dier met een mechanisch hart dat de meest banale natuurwetten overtrad door helemaal opzij hangend, in een onmogelijke houding, de krappe bocht naar de rivier te volgen. Op zijn rug droeg het dier het lichte lijf van een jongetje, dat boven op hem zat als een natte lappenpop die moest drogen in de zon. Florence schreeuwde een moederschreeuw, want dat was haar zoon, en hij had geen grond onder zich, en dat was een vlucht die zij hem niet had leren vliegen. Maar de motorfiets kwam weer rechtop, op uitnodiging van de weg die weer recht werd, en de lappenpop werd niet verloren de lucht in geslingerd maar kwam een beetje overeind en ving de wind op, kalm en zeker; hij haalde een hand van het stuur, een klein stukje maar, net genoeg om een gebaar te maken dat verdacht veel op zwaaien leek. Florence kreeg slappe benen van angst en liet zich op haar knieën op de grond vallen. Ze voelde dat ze tranen in haar ogen kreeg en wendde haar blik af van het platteland en de rest, ze boog haar hoofd en staarde naar de oneindigheid binnen in zich, zoals volwassenen doen als ze ineens iets niet meer kunnen begrijpen. Ze had willen weten waar ze naar op weg waren, en hoe ver ze uiteindelijk verwijderd zouden raken van hun land. Ze had graag zeker willen weten of haar ogen werkelijk geboren waren om haar zoon in de lucht te zien hangen, of om de naam van haar man in de krant te lezen. Ze had graag zeker willen weten of de geur van benzine even schoon was als die van de velden, en of de toekomst een plicht was en geen verraad. Ze moest weten of de koortsachtige nachten die ze in het donker doorbracht met herinneringen aan de kussen van de graaf haar straf waren voor het feit dat ze tegen het leven had gezondigd, of juist haar beloning omdat ze de moed had gehad om te leven. Toen ze daar op de grond geknield zat, midden tussen de velden, zou ze dankbaar zijn geweest om te weten of ze onschuldig was. Of iedereen onschuldig was, en of ze het voor altijd zouden zijn.

Ultimo liet de motorfiets precies voor zijn moeder tot stilstand komen. Hij begreep niet wat haar kon zijn overkomen. Hij zette de motor af en schoof zijn bril omhoog. Hij wist niet goed wat hij moest zeggen. Toen zei hij:

'Ik krijg hem niet in mijn eentje op de standaard.'

Florence keek hem aan. Ze veegde met een hand over haar ogen. Ze voelde het duister verdwijnen.

'Ik help je wel,' zei ze.

Ze was een en al glimlach.

Waar was je, mijn hart, licht en kinderlijk, waar was je gebleven?

'Ik help je wel, fenomeen.'

De kindertijd eindigde voor Ultimo op een zondag in april 1912, en niet eerder, want sommige jochies weten hun kindertijd op te rekken tot hun vijftiende, en hij was er zo een. Daar heb je een vreemde geest en een heleboel geluk voor nodig. Hij had beide gehad.

Er was net een bioscoop in het dorp gebracht die dag. Hij was er gebracht door de zwager van de burgemeester, Bortolazzi, een man die in de linnengoedbranche zat, en rondreisde door heel Italië. De evidente link tussen hem en films was dat een flink laken altijd als scherm kon fungeren. De niet-evidente link was dat hij in Milaan een minnares had die de kaartjes scheurde bij Sala Lux, en daardoor had hij het gevoel dat hij was ingevoerd in de wereld van de cinema. Deels omdat hij graag verwondering wekte en deels omdat hij een neus had voor business, had hij een projector en een aantal blikken van een film in zijn bestelwagen geladen en ze met veel vertoon in het dorp gebracht. De bestelwagen was een Fiat van de eerste generatie. De film had iets van doen met de gladiator Maciste.

Florence had er niets van willen weten, en Libero Parri had een race met de graaf, niet zo ver weg; dus ging Ultimo alleen naar de bioscoop. Hij wist niet eens precies wat het was, en hij verwachtte er niet veel van, maar er stond een stralende zon, hoog aan de hemel, en het idee om naar het dorp te lopen en zijn vrienden op te halen in de andere boerderijen stond hem wel aan. Tegen zijn moeder zei hij dat hij terug zou zijn voor het avondeten, en dat ze zich geen zorgen hoefde te maken.

De zaal van het gemeentehuis was helemaal vol stoelen gezet. Op de achterwand hing een kunstige lakencompositie, helemaal strakgetrokken. Bortolazzi, die ook niet gek was, had een kort voorprogramma georganiseerd, dat bestond uit de verkoop van zijn collectie tegen speciale prijzen. Toen Ultimo en zijn vrienden binnenkwamen, toverde hij een kussen tevoorschijn met de zwier van een goochelaar, terwijl hij iets over Engels katoen schreeuwde. Hij deed het heel goed, maar de mensen kochten niets, een beetje om hem te treiteren, en grotendeels omdat ze geen cent te makken hadden, en ze nog geen laken weggooiden als er een oudje onder was gestorven. Even goed wassen en hupsakee.

Ultimo liep met de anderen tussen de stoelen door, op zoek naar een lege plaats. Uiteindelijk gingen ze zitten op de kisten die de burgemeester achter in de zaal had laten neerzetten, en die in zijn hoofd waarschijnlijk de engelenbak vormden. Als je je omdraaide zag je op een paar meter afstand, op een tafel van de parochie, de grote projector staan; hij was glimmend gelakt, en een meneer met een pet op stond hem te smeren met de ernst van een chirurg. Ultimo vond het een prachtig ding, het deed hem denken aan zijn motorfiets; het had zelfs wielen, maar dan op een vreemde plek. Laten we zeggen dat het leek op zijn motorfiets na een ongeluk. Er klonk een applaus, dat oprechte dankbaarheid uitdrukte voor Bortolazzi, die had besloten zijn handelswaar op te ruimen en die was overgegaan tot het presenteren van de film. Hij zei iets over het feit dat de bioscoop de uitvinding van de eeuw was, maar hij was niet goed te verstaan omdat de mensen waren begonnen te fluiten. Hij zei nog dat bepaalde scènes 'pijnlijk indrukwekkend' konden zijn voor het plaatselijke publiek, en daarop begonnen Ultimo en zijn vrienden te jammeren van angst, wat enige navolging kreeg. Ten slotte groette hij iedereen en bedankte hij de firma Witte Vleugel die de realisatie van de voorstelling mogelijk had gemaakt. De firma Witte Vleugel was zijn eigen firma. Wat daarna gebeurde kan volledig worden toegeschreven aan het zeg maar culturele profiel van die tijd, en van die contreien. De pastoor stond op en ging de aanwezigen voor in het bidden van het Salve Regina, in het Latijn. Vervolgens zegende hij de zaal en het scherm, met de hulp van een misdienaartje dat was gekleed als een beschermheilige. Iedereen boog het hoofd, de hoed in de hand. Waanzin.

Vlak voordat de lichten uitgingen zag Ultimo in de rij voor zich – met kleine stapjes, zich verontschuldigend met een gedenkwaardige glimlach – de mooiste vrouw die hij ooit had ontmoet aan komen schuifelen. Er was een plaatsje vrijgehouden voor haar, en dat was precies de plaats voor Ultimo. Toen ze daar aankwam, bleef ze voordat ze de man die op haar wachtte begroette, even staan kijken naar dat joch; ook weer vanwege die gouden schaduw, en zonder te weten waarom zei ze 'hallo', met licht gebogen hoofd. Ultimo voelde hoe zijn bloed een ogenblik wegtrok van alle plekken waar het had moeten zitten. De vrouw draaide zich om en nam plaats. Met een gebaar dat zo vanzelfsprekend was dat je het haast niet zag, liet ze haar vest van haar schouders glijden en over de rugleuning van haar stoel vallen. Ze droeg zo'n jurk die de schouders en de armen bloot laat, en die ze op het platteland alleen van horen zeggen kennen. Hoe was het mogelijk dat zo'n jurk bleef hangen, zo zonder schouderbandjes of iets. Ultimo durfde niet tegen zichzelf te zeggen dat het haar boezem aan de voorkant was die alles omhooghield, maar hij dacht het wel. Daarom had hij even moeite met slikken. Hij probeerde om zich heen te kijken, om het gevoel af te zwakken, maar zijn ogen keerden steeds weer terug naar die slanke, volmaakte hals, die werd vrijgelaten door het bijeengebonden haar. Alleen een paar plukken, die opzettelijk los hingen, gleden omlaag om de schittering te temperen. Ultimo voelde op zijn lippen de warmte die die huid zou hebben overgedragen aan de lichte druk van een kus. Vandaar dat hij, toen het licht uitging, niet eens deelnam aan het daverende geschreeuw en applaus waarmee de toeschouwers uiting gaven aan hun emoties. Evenmin keek hij op, zoals alle anderen, naar het linnengoed van Bortolazzi waarop onverwachte werelden werden geschilderd. Hij bleef zitten staren naar het donkere profiel, dat zich aftekende tegen het licht van het scherm, en dat van het rechteroor van de vrouw omlaag ging, langs haar hals liep, vervolgens lichtjes omhoog ging over haar schouder, daar omheen draaide en zich ten slotte tot aan de elleboog liet vallen, waar hij in het duister opging. Dit was inderdaad een 'pijnlijk indrukwekkend' beeld, en daarin ontdekte Ultimo voor het eerst hoe verscheurend het verlangen kan zijn, als het wordt aangereikt door het lichaam van een vrouw. Hij werd er bijna bang van. En misschien kwam het daardoor dat hij, terwijl hij met zijn ogen heen en weer ging langs dat profiel zonder rimpelingen, het langzaam begon te ontdoen van wat het aan vrouwelijks had, en het in de richting van een meer verborgen schoonheid begon te duwen, waarin de huid enkel een lijn werd, en het lichaam een tekening die in het lichtgevende scherm was gegraveerd. Het was iets wat hem kalmeerde, want die schoonheid kende hij wel. Hij vergat die vrouw en gaf zich over aan een andere perfectie, waarbij hij de zuivere lijn en de tekening keer op keer volgde tot ze een baan vormden, en een parcours – en een weg. Toen nam hij er bezit van, zoals hij gewend was. Hij daalde af langs de hals, boog af naar links, gaf gas op het rechte stuk dat ietsje bergop ging, liet alles los op de top van de schouder, liet zich naar rechts vallen en verdween over het zachte rechte stuk van de arm. Eerst deed hij het alleen met zijn hoofd, om de maat te nemen, toen begon hij de weg onder zijn lichaam te voelen en, zachtjes, het geluid van de motor na te doen, met zijn mond. Als je hem zo zag, zou je er vreemde gedachten bij kunnen krijgen, omdat zijn heupbewegingen aan andere dingen deden denken. Maar hij kon er ook niets aan doen dat je een motor voornamelijk met je kont bestuurt. De overeenkomst toonde overigens wel aan dat er oneindig veel manieren zijn om een lichaam te bezitten, en dat de meest instinctieve manier niet noodzakelijkerwijs ook de meest onherroepelijke is. Ultimo, die die schouder nooit zou hebben durven of kunnen aanraken, racete er nu overheen, terwijl hij één voor één de geheimen ervan onthulde. Daar, midden tussen de mensen, profiteerde hij van een intimiteit die een geraffineerde minnaar pas na maanden had kunnen bereiken.

Je kunt het geloven of niet, maar de vrouw tilde een hand op en gleed met haar vingers over haar schouder, alsof ze iets wilde wegjagen waar ze niets vanaf wist.

Op dat moment kwam er een eind aan de kindertijd van Ultimo. Maar niet door de magie van dat onverklaarbare gebaar. Er kwam een eind aan omdat een stem hem begon te roepen, en het was de stem van Tarìn. Ultimo draaide zich om, stapte van zijn motor, en zag dat Tarìn hem inderdaad liep te zoeken, en zich voorovergebogen een weg baande tussen de mensen door. Hij riep zijn naam zachtjes, omdat hij geen overlast wilde bezorgen. Ultimo stond op en liep verontschuldigend weg uit zijn rij.

'Ultimo!'

'Wat is er?'

'Je moet terug naar huis.'

'Waarom?'

'Ga zo snel mogelijk naar huis, Ultimo.'

'Maar de film dan...' zei Ultimo, die er nog geen tel van had gezien.

'Je moeder zei dat je zo snel mogelijk naar huis moest komen.'

'Waarom?'

Tarìn had het gezicht van iemand die wel weet waarom. Maar hij was niet voldoende toegerust om dat in woorden te vertalen.

'Alsjeblieft, ga nou. Schiet op!'

Dus ging Ultimo. Hij nam de weg naar huis, eerst rennend, toen lopend, en pas toen de bochten kwamen begon hij weer te rennen. Hij helde een beetje naar opzij en ronkte met zijn mond. Hij dacht nergens aan. Hij had niets om aan te denken.

Toen hij in het zicht van zijn huis kwam, bleef hij staan. Er stonden mensen buiten, voor de garage. Het waren de mensen uit de naburige boerderijen. En een paar mensen die hij niet kende. Hij bleef even staan wachten. Hij was er niet helemaal zeker van of hij er wel naartoe wilde. Toen zag iemand hem, en was er niets meer aan te doen.

Ze brachten hem naar de deur van zijn huis. Die zat dicht.

'Ze wil niemand binnenlaten,' zeiden ze tegen hem.

Hij klopte aan.

'Ik ben het, mama, Ultimo.'

Er kwam geen antwoord.

Ultimo duwde de klink omlaag en duwde zachtjes tegen de deur. Hij ging naar binnen en deed de deur geruisloos achter zich dicht.

Florence stond in een hoek van de kamer, tegen de muur aan. Als een dier dat met zijn rug de achterwand van zijn hol opzoekt. Ze huilde.

Ultimo liep naar haar toe. Hij sloeg zijn armen om haar heen. Eerst deed ze niets, toen begon ze hem met haar vuisten te slaan, op zijn borst, steeds sneller, en harder. Hij wachtte tot ze moe werd en zich in zijn armen liet vallen. Het leek of ze niets woog, en alsof ze uit zichzelf was getreden.

'Waar is papa?'

Ze kon geen woord uitbrengen.

'Leeft hij nog?'

Florence knikte.
'Het komt allemaal goed, mama.'
Ze knikte opnieuw.
'Wat is er gebeurd?'
Florence zei iets over een brandende auto.
'En waar is hij nu?'
'In de stad. In het ziekenhuis.'
'We moeten naar hem toe.'
Maar ze verroerde zich niet.
'Ik moet naar hem toe, mama.'
'Ja.'
'Het komt allemaal goed.'
'Ja.'
Ultimo dacht aan zijn vader en hij kon zich gewoon geen voorstelling maken van hem in een ziekenhuisbed. Met enige inspanning kon hij zich een voorstelling maken van hem in de vuurzee van een automobiel, maar helemaal wit in een ziekenhuisbed, nee. Zo kon het niet gaan. Of het was juist wel zo gegaan en dan had de wereld geen enkele logica, en waren ze allemaal de klos, altijd al en voor altijd.
'Laat de mensen binnenkomen. Ze willen je alleen maar helpen.'
Florence verroerde zich niet.
'Kom mee.'
Hij pakte haar bij de hand en bracht haar naar een van de stoelen die om de tafel stonden. Hij zorgde dat ze ging zitten. Ze klemde een zakdoek in haar hand. Ze had witte knokkels omdat ze er zo hard in kneep. Toen herinnerde Ultimo zich de kracht die zijn moeder altijd gehad had, en hij vroeg zich af wat er in godsnaam aan de hand was dat zo'n vrouw er zo door geknakt kon worden. Hij bukte zich om haar een kus op de haren te geven.
'Misschien kan ik maar beter snel naar papa toe gaan.'
'Ja.'
'Daarna kom ik hier weer terug.'
'Ja.'
Voor het eerst keek ze op en zocht de ogen van haar zoon.

'Zeg hem dat hij me dit niet kan aandoen.'

Ze zei het met een zweem van die hardheid die haar altijd eigen was geweest. Ultimo glimlachte.

'Dat zal ik hem zeggen.'

Toen liep hij naar de deur. Voor hij naar buiten ging, draaide hij zich nog een keer om en vroeg:

'En de graaf?'

Florence vertrok even haar gezicht. Toen zei ze langzaam:

'Die heeft het niet gered.'

En even later:

'De graaf is dood.'

Ze zei het zonder enige emotie in haar stem. En op dat moment begreep Ultimo dat zijn moeder twee harten had, en dat die op deze dag allebei dodelijk gewond waren geraakt.

Hij liep het huis uit en liet de deur achter zich open staan. Hij liet zich door de mensen vertellen wat ze wisten. Schijnbaar was de automobiel op hol geslagen, op een recht stuk weg bij een rivier. Hij was te pletter gereden tegen een plataan en was in brand gevlogen. De graaf was tussen het blik vast blijven zitten. Zijn vader was door de klap uit de auto geslingerd, en die lag nu in het ziekenhuis, in de stad, met iets kapot vanbinnen. De artsen konden niet zeggen of ze hem nog konden redden. Het was afwachten of hij de nacht haalde. Dat haalt hij wel, hij is een sterke kerel, zei iemand.

Ultimo keek naar de hemel om te zien hoe lang het zou duren voor het donker werd. Toen Baretti aanbood om hem naar de stad te brengen met zijn paardenkar, zei hij: 'Nee bedankt, ik ga wel alleen.' En hij ging zijn motorfiets halen. Ze zagen hoe hij de bril van Lafontaine opzette en een krantenpagina onder zijn trui stopte. Iemand gaf hem een klap op zijn schouders. Ze hadden allemaal de dood in het hart toen ze hem zagen gaan, zo alleen. Maar hij gedroeg zich als een man, ineens, en niemand durfde hem tegen te houden. Wees voorzichtig, zei een vrouw.

De weg naar de stad liep dwars tussen de velden door. De schaduwen waren lang en de avond werd al frisser. Ultimo zette de motor in de hoogste versnelling en boog zich over de motorfiets heen, want hij had haar iets te zeggen, en hij wilde dat ze goed luisterde. Hij zei tegen haar dat hij eerder bij zijn vader moest zijn dan de dood, en dat hij dat zeker zou halen als zij zich maar goed zou gedragen. Hij zei dat ze maar eens moest opletten hoe de weg had besloten hen te helpen door helemaal recht te gaan liggen, zodat ze er sneller zouden zijn. En hij legde haar uit dat de schoonheid van een recht stuk niet te evenaren is, omdat daarin elke bocht ligt opgelost, en elke valkuil, in naam van een milde, rechtvaardige orde. Dat is iets waartoe wegen in staat zijn, zei hij tegen haar, en wat in het echte leven niet bestaat. Want het hart van de mensen loopt niet recht vooruit, en er is wellicht geen orde in hun levensloop. Toen hield hij op met praten, en bleef hij langdurig stil, zich afvragend waar hij die woorden vandaan haalde.

Minuscuul in het niets van de avond vloog de motorfiets voort, een kleine hartenklop op de uitgestrektheid van het platteland. In het voorbijgaan deed hij een kleine stofwolk opwaaien en liet hij een scherpe geur van verbranding achter zich. Dan verdween de geur, en loste het stof op in het licht. Zo sloot zich de cirkel van het gebeuren, in de schijnbaar onveranderde kalmte der dingen.

GEDENKSCHRIFT VAN CAPORETTO

Italiaans front, september 1917

Ze waren met z'n drieën. Ze waren op weg terug naar de loopgraaf, maar ze maakten een beetje een omweg door de valleikom omdat ze zin hadden om naar de rivier te kijken – het heldere water, en wie weet waren er wel mensen. Meisjes.

De zon scheen.

Cabiria, die goede ogen had, zag hoe het lichaam aan het wateroppervlak verscheen, een rondje om zijn as draaide en vervolgens vast kwam te zitten in een draaikolk van takken en stenen. Hij belandde op zijn buik, de dode, met zijn nek en zijn kont naar de blauwe hemel – en zijn ogen onder water kijkend, alsof hij iets zocht. Iets wat was vergeten.

Toen zagen de andere twee hem ook.

Mensen waren er niet in de buurt.

Degene die Ultimo heette liet zijn rugzak vallen en zei iets over zijn schoenen – die kloteschoenen. Toen haalde hij iets uit zijn zakken, en begon te kauwen. De andere, de jongste van het drietal, hurkte neer aan de rand van de rivier. Van daaruit begon hij steentjes te gooien naar de dode, en af en toe raakte hij hem.

'Hou daarmee op,' zei Cabiria.

Ultimo keek naar de onverschillige bergen. Hij snapte nooit veel van die raadselachtige, zwijgende makheid, als van een tam dier dat niet reageerde op de troep die mensen van hem maakten door hem te besmeuren met oorlog, bombardementen en prikkeldraadversperringen, respectloos en onophoudelijk. Hoezeer men zich ook uitsloofde om hem te reduceren tot een begraafplaats, de berg bleef gewoon staan en trok zich niets aan van al die doden, hij luisterde op elk moment naar het gebod van de seizoenen, en hield zich aan zijn verplichting om de aarde over te leveren. Paddestoelen staken de kop op, en knoppen barstten open. Er zaten vissen in de rivieren, en die schoten kuit. Nesten tussen de takken. Geluiden in de nacht. Het bleef onverklaarbaar welke les er kon worden getrokken uit die stilzwijgende boodschap van onaantastbare onverschilligheid. Of het een oordeel inhield over de onbeduidendheid van de mens, of de weerklank van een definitieve overgave aan de menselijke waanzin.

'Hou daar nu meteen mee op,' herhaalde Cabiria.

'Het is een Duitser,' zei de kleine, alsof dat een excuus was. Maar hij had gelijk. Het uniform was duidelijk zichtbaar, en dit was geen Oostenrijkse dode.

Cabiria zei dat er daar in de buurt geen Duitsers zaten, maar hij zei het zonder veel overtuiging. Hij keek nog eens goed, en het was inderdaad een Duits uniform. Af en toe kwam een van de soldatenkistjes bovendrijven, om dan weer onder water te zakken.

'Hé, Ultimo, die vent is een Duitser.'

Ultimo draaide zich niet eens om. Maar hij maakte een gebaar dat wilde zeggen: Stil jullie. De andere twee keken omhoog. Terwijl ze hun hand voor de zon hielden, knepen ze hun ogen tot spleetjes en tuurden de hemel af.

Het vliegtuig kwam van achter de Monte Nero. Het scheerde over de top en ging lager vliegen, de vallei in. Het was weinig meer dan wat gezoem – een vlieg in de verte.

'Wie wil er wedden om zijn rantsoen?' vroeg de kleine.

Cabiria zei dat het hem best was.

'Oostenrijks,' zei de kleine.

'Italiaans,' zei Cabiria.

Zo heel alleen, daar boven in de lucht, kon het vliegtuig inderdaad allebei zijn. Het kwam recht op hen af, en ze hoefden alleen maar te wachten. Toen het nog lager ging vliegen, liep de kleine weg van de rivier en zette een paar stappen in de richting van de bomen. Op zijn gezicht lag nog steeds de grijns van de weddenschap, maar zijn ogen keken waakzaam naar de lucht, en controleerden afstand en bedoelingen.

'Je pist zeker in je broek, hè kleine?' zei Cabiria. En hij liet een vette lach horen.

De kleine maakte een gebaar dat niets betekende. Hij bleef staan ergens halverwege de rivier en de bomen.

Het was zo dat ze de angst voor vliegtuigen nog niet kenden. Vliegtuigen vormden ogen vanuit de lucht, om loopgraven en geschutstellingen te bespieden. Vliegtuigen vormden sluwheid, maar ze vormden nog geen kracht. Ze brachten geen dood, hooguit voorgevoelens. Insecten die rond het kadaver zwermden – weinig meer dan irritant.

Een windvlaag deed de houten rammelkast schudden en een beetje scheef hangen. Daarbij toonde hij zijn flank, zodat het zwarte kruis van het vijandelijke keizerlijk-koninklijke leger zichtbaar werd.

'Hier met dat rantsoen,' zei de kleine.

Cabiria spuwde op de grond. Toen legde hij zijn karabijn aan.

Voor de duidelijkheid: pas in 1915 hadden de Duitsers een systeem weten te bewerkstelligen waarmee ze ervoor konden zorgen dat de schoten van een mitrailleur die in de neus was bevestigd, waren afgestemd op de propeller die ervoor ronddraaide. Het mechanisme had iets wonderbaarlijks. In plaats van dat de kogels de propeller perforeerden en de hele zaak lieten neerstorten, glipten ze precies tussen die draaiende bladen door en raakten ze een doel in de verte. Je zou haast zweren dat die houten schoepen zelf schoten, op een of andere manier waar je nog nooit van gehoord had. Maar dat was dus de truc. De Fransen en de Engelsen deden er wat langer over om die truc te leren. De mitrailleur en de propeller op elkaar afstemmen: als je geen problemen wilde, moest je wel zoiets hebben om lijf en leden te behouden, zeiden ze. Want de oorlog had hen nog niet het zwijgen opgelegd.

Toen het vliegtuig laag over hen heen vloog, hief Cabiria zijn karabijn omhoog en schoot twee keer, en vervolgens nog een derde keer, toen het alweer weg was.

'Val dood!' riep hij het achterna. En hij stelde zich voor hoe de twee kogels in het droge hout van de flanken drongen, als blinkende schroeven in de kast van een viool. En hoe de derde snelheid verloor hoog in de blauwe lucht, tot hij zo licht als een ademtocht werd, en ten slotte roerloos bleef hangen, een fractie van een seconde lang, verbluft door zijn eigen gewichtloosheid.

Het vliegtuig boog naar links en begon kalm met een grote bocht om te draaien.

'Wat is die goddomme van plan?' zei Cabiria.

‘Die komt terug,’ zei de kleine, die nu niet meer lachte.

Het vliegtuig liet de flank van de berg onder zijn buik door glijden en kwam pas weer recht toen het hen precies voor zich had, als een doelwit. De wind deed het schudden, maar het waren slechts kleine rimpels in een hopeloze kalmte. Het begon te dalen.

Cabiria en de kleine begonnen te vloeken en renden naar de bomen.

‘Ultimo! Weg daar!’

Maar Ultimo bleef onbeweeglijk staan, met zijn ogen strak op het vliegtuig gericht. Hij kauwde gewoon door, en dreunde intussen zachtjes op:

‘Fokker Eindecker E.1, gemotoriseerd met negen cilinders van 100 pk.’

‘Ultimo! In godsnaam, weg daar!’

‘Als ze in eskader vliegen zijn ze meestal bewapend met een kleine vuurmond in de neus. Maar een solitair vliegtuig duidt zonder enige twijfel op een verkenningsvlucht. Waarschijnlijk uitgerust met een Kodak-toestel om vanuit de lucht foto’s te maken.’ Toen zei hij iets luider:

‘Kam gauw je haren, Cabiria, je komt op de foto.’

Cabiria had goede ogen, hij keek naar het vliegtuig en zag een arm uit de romp komen. Vervolgens zag hij het hoofd van de piloot verschijnen. Naar buiten hangen, om te kunnen mikken. Ten slotte zag hij ook het pistool, in de vuist geklemd.

Hij rende onder de bomen vandaan en wierp zich boven op Ultimo. Ze kwamen op de grond terecht en hij hield hem onder zich terwijl de vliegtuigmotor in een scheervlucht de lucht boven zijn rug wegschraapte. Hij had zijn ogen dicht toen hij de metalige klik van die schoten meende te horen, en misschien het suizen van een kogel, op een handbreed van zijn hoofd.

Ze bleven even zo liggen. Toen opende Cabiria zijn ogen. Het vliegtuig ronkte in de verte. Ultimo lachte.

‘Doe dat nooit meer, eikel,’ zei Cabiria zonder zich te verroeren.

Ultimo bleef maar lachen.

‘Eikel,’ zei Cabiria.

Ze gingen vrijwel meteen weg, want door die toestand met dat vliegtuig was de zin in de rivier, het licht en de rest hun wel vergaan. Ze liepen achter elkaar, de kleine voorop. De dode lag er nog steeds, gevangen tussen de stroming en die wirwar van takken en keien. Hij zocht nog steeds naar iets onder water, maar het wilde maar niet lukken. Die Duitser had zijn dag niet.

'Wat doet die hier in de buurt?' vroeg Ultimo op een gegeven moment. 'Een Duitser hoort hier niet te zijn.'

'Ik hoor hier ook niet te zijn,' zei Cabiria.

Maar die *verbondenheid*, van soldaten in de oorlog, zouden ze nooit meer terugvinden. Het was alsof diepliggende beweegredenen in hun hart waren opengebarsten, uitgebroed door alle ellende, waardoor ze in staat bleken tot wonderlijke gevoelens. Zonder het te zeggen hielden ze van elkaar, en dat leek ze gewoon hun beste kant, die door de oorlog was vrijgekomen. Dat was overigens ook precies waarnaar ze op zoek waren gegaan, ieder op zijn manier, toen ze deden wat we ons tegenwoordig niet meer voor kunnen stellen, namelijk de oorlog *willen* en, in veel gevallen, *vrijwillig* naar de oorlog gaan. Ze hadden allemaal instinctief gehoor gegeven aan een exact verlangen om te vluchten voor de bloedeloosheid van hun jeugd – ze wilden hun beste kant terugkrijgen. Ze waren ervan overtuigd dat die bestond, maar dat die werd gegijzeld door tijden zonder enige poëzie. Tijden van handelaren, van kapitalisme, van bureaucratie – sommigen beweerden zelfs al: van joden. Ze hadden iets heroïsch in gedachten gehad, iets wat hoe dan ook intens was, en in elk geval speciaal; maar terwijl ze lamlendig in de kroeg rondhingen, zagen ze de dagen voorbijglijden zonder andere verplichting dan die om gedisciplineerde machines te zijn tussen de nieuwe machines, met het oog op een gemeenschappelijke economische en maatschappelijke vooruitgang. Daarom kunnen wij tegenwoordig vol ongeloof kijken naar de foto's van die mannen die van het tafeltje opstaan en hun glaasjes met licht alcoholhoudende drankjes laten staan om zich naar het bureau voor de militaire dienst te spoeden, glimlachend in de lens kijkend, met een sigaret in de mond, terwijl in hun handen de voorpagina's prijken van kranten die de oorlog aankondigen – een oorlog die hen vervolgens zou afslachten, op de meest gruwelijke, methodische manier, met een geduld dat door geen enkele oorlogswreedheid, voorheen, was geëvenaard. In zekere zin zochten ze het oneindige. Als je de tragiek van die jaren zou willen samenvatten, zou je kunnen zeggen dat ze werden verwoest door het gebrek aan fantasie – ze konden zich niets beters dan een oorlog voorstellen om hun hart weer sneller te laten kloppen. Dat was het enige wat er was.

Nu klopte hun hart heel snel, op die besneeuwde helling, terwijl de kapitein Zoek dekking, verdomme! roept, maar er is geen beschutting, was er maar een boom, iets, alleen de muilezels, maar die worden helemaal gek, geketend aan de stukken geschut van 149, je kunt niet wegrennen met een kanon aan je nek, Ga tegen die muilezel aan zitten, Cabiria! Godsamme, ze maken ons hier allemaal af, kapitein we moeten hier weg! Kapitein! en de kapitein heeft zijn dertig lentes te redden, wie weet wat hij op dat tafeltje in zijn glas heeft achtergelaten, die dag, toen hij het op een rennen zette dat hij nu weer voortzet over de bergrug terwijl hij Bajonet! schreeuwt, en die Cabiria heeft gelijk, ze moeten hier weg voor ze worden neergemaaid, Ultimo rent weg, Cabiria rent weg, de kleine rent weg en iedereen rent weg, het mitrailleursnest in de sneeuw tegemoet, vijftig meter omhoog tussen de kogels die lukraak dood en verderf zaaien, een bittere kreet in de keel – wat bonst je hart, Ultimo. Ze zagen ze eindelijk voor zich, en toen van achteren, op de vlucht – de *vijand*. In het gat dat haastig was gegraven vonden ze er een met een verbrijzelde arm, en met de andere arm in de lucht gestoken, alsof hij een vraag wilde stellen. Zeg het maar, *Kamerad*. Hoef ik niet dood?

Ultimo hurkte neer voor de kleine, die in de sneeuw zat te snikken. Hij bekeek hem zorgvuldig, maar hij had geen verwondingen, niets. Wat is er, kleine? Hij pakte de karabijn uit zijn handen, en legde die op de grond. De kapitein stond bevelen te schreeuwen om de troep weer voort te laten marcheren. De kleine trilde en snikte. Het was aangrijpend om te zien. Hij was een kerel van honderd kilo, de grootste van allemaal. 's Avonds trok hij voor een weddenschap de muilezels op hun achterpoten overeind, en voor een paar lire extra danste hij de wals met ze, terwijl hij liedjes zong in het Duits. Ultimo streelde hem over zijn ogen. Want dat verwarmt je hart. We moeten gaan, kleine. En die kerel zei alleen maar: nee. Dus nam Ultimo hem op zijn schouders, alsof hij gewond was geraakt, en dat was hij ook, maar waar, dat wisten alleen zij.

'Geef hier,' zei Cabiria.

'Ik kan het wel,' zei Ultimo.

'Gelul.'

Hij legde een arm van de kleine om zijn nek, en zo droegen ze hem weg. Hij was opgehouden met snikken.

En zo waren ze ineens in die soort van *verbondenheid* beland, en dat was precies waarnaar ze op zoek waren geweest. Het was de dood, en de angst, die hun dat gevoel gaf – uiteraard – maar het had beslist ook iets te maken met die afwezigheid, zo ver het oog reikte, van kinderen en vrouwen – een surrealistische situatie, waaruit ze een heel bijzondere, bijna basale euforie putten. Waar geen kinderen of moeders zijn, ben jij de Tijd, zonder vroeger en zonder later. En waar geen geliefden of echtgenoten zijn, ben jij weer een dier, en instinct, en het pure zijn. Ze ervoeren het primitieve gevoel dat ze, heel eenvoudig, *mannelijk* waren – iets waar ze misschien een beetje van hadden geproefd gedurende de kameraadschappelijke rituelen van hun adolescentie, of tijdens stiekeme avondjes in een bordeel. In de oorlog was alles echter, en vollediger, want in die verplichte handeling van het vechten vond die zuivere identiteit van mannelijke dieren zijn vervulling, en sloot die als het ware aaneen, zodat hij de onneembare figuur van een volmaakte bol vormde. Ze waren mannen die waren vrijgesteld van elke voortplantingsplicht en weggerukt uit de Tijd. *Vechten* – dat leek niet meer dan een bijkomstigheid.

Aangezien het de meeste mensen niet gegeven is om de absolute eenvoud van een eigen identiteit even zuiver waar te nemen, hielden velen er een euforische opwinding aan over, en een onverwacht zelfrespect. Ze deelden, behalve de dagelijkse gruwelen in de loopgraven, dat gevoel dat ze de zuiverste vorm van leven waren, kristalformaties van een mensheid die was teruggebracht tot de meest primitieve eenvoud. Epische diamanten.

Ze hadden het echt aan niemand kunnen uitleggen, dat gevoel, maar elk van hen herkende het in de blik van de ander, als in een spiegel – zo maakte hij het zich eigen, en dat was het geheim waarmee ze hun verbondenheid verstevigden. Niets kon die verbreken. Het was hun beste kant, en die kon niemand hun afpakken.

Naderhand zouden de overlevenden daar nog lange tijd naar zoeken in het normale leven, in vredestijd, maar zonder succes. Ze zouden er zo naar verlangen dat ze ertoe kwamen om het kunstmatig te reconstrueren via de kameraadschap van een politieke utopie, die hun herinneringen verhief tot ideologie, en die de vrede en de zielen militariseerde, op gruwelijke wijze zoekend naar de beste kant van iedereen. Zo schonken ze een groot deel van Europa de ervaring van het fascisme – velen in de oprechte overtuiging dat ze hun dorpen de zuiverheid onderwezen die ze zelf in de loopgraven hadden geleerd. Maar de geometrische precisie waarmee dat experiment hen naar een nieuwe oorlog dreef – als nachtvlinders op het licht af – verklaart in de ogen van latere generaties wat zijzelf misschien wel wisten, maar niet wilden toegeven: dat alleen de geur van een bloedbad ervoor kon zorgen dat wat voor hen herinnering en droom was weer realiteit werd. Dat gewaarschuwde mannen in staat zijn geweest om opnieuw aan een oorlog te beginnen, eenentwintig jaar na de Eerste Wereldoorlog, en vaak binnen de tijdspanne van één leven, moet te denken geven over hoe verblindend dat gevoel moet zijn geweest, daar in die verrotte loopgraven langs de Somme of de Carso, dat gevoel van oerverbondenheid – je zou haast zeggen de aankondiging van een *echte* mensheid. Men kon zich er onmogelijk van weerhouden om daarop te wachten, toen de vrede eenmaal was uitgebroken.

Maar de vrede, die was veel ingewikkelder.

Ik ben er zelf weifelend en vaak verward doorheen gelopen, zonder ooit echt de betekenis ervan te doorgronden. Zozeer dat ik me er niet voor schaam om toe te geven dat ik de afgelopen twintig jaar heb verkwist met de voorbereiding van dit gedenkschrift, dat ik nu eindelijk begin te schrijven, zij het onder de dwang van een haast waartoe de omstandigheden mij dwingen. Ik moest eerst getuigen zien te vinden en achterhalen wat er precies gebeurd was, en dat heeft me begrijpelijkerwijs veel tijd gekost, want het valt niet mee om verantwoording af te leggen voor iets wat je zelf niet hebt meegemaakt. Maar ik was die pijnlijke geheugenoefening verplicht aan het diepste en dierbaarste gevoel dat me was bijgebleven; en aan een zeker rechtvaardigheidsgevoel dat me in elk geval nooit in de steek heeft gelaten, zelfs niet tijdens de meest onbeduidende uren van mijn ouderdom. Vandaar dat ik jarenlang, op elk vrij moment dat de uitoefening van mijn beroep me toestond, ben teruggekeerd naar de dagen van een oorlog waarin ik niet heb gevochten; en dat is de enige taak geweest waarmee ik me gedurende de hele vredestijd heb beziggehouden. Ik heb vrijwel nergens anders voor geleefd, en elke beslissing die ik in al die tijd heb genomen was altijd de meest voor de hand liggende en de meest inschikkelijke. Daar ben ik niet trots op, maar ik heb evenmin het idee dat ik me ervoor moet schamen, aangezien het heden voor mij weinig meer dan een irritant gezoem was, terwijl ik terug in de tijd reisde om het voetspoor van die mannen te vinden, en van één van hen in het bijzonder, in de hoop dat ik zijn route zou kunnen reconstrueren. Zo kon het gebeuren dat terwijl het leven me vroeg om eraan deel te nemen, ik er slechts enige oppervlakkige aandacht aan kon wijden omdat ik op dat moment al mijn energie besteedde aan het indenken hoe dat moest zijn geweest, in de loopgraven van het front, de zwijgende afwachting van de infanteristen, neergehurkt in de modder, klaar om aan te vallen. Ze zaten urenlang te wachten tot de artillerie het niemandsland en het vijandelijk gebied voor hen met de grond gelijk had gemaakt, en dat was een bovenmenselijke oefening van passieve verdraagzaamheid. De granaten floten over hun hoofden, en, door menselijke fouten of technische tekortkomingen, vaak tegen de hoofden aan – het zogeheten eigen vuur. Dan kwamen ze om door vaderlands lood. In een oorverdovend geraas waren de mannen overgeleverd aan hun gedachten, gedwongen om wat in veel gevallen de laatste ogenblikken van hun leven waren in volkomen passiviteit door te brengen. Hoe duizelingwekkend een dergelijke eenzaamheid is, heb ik misschien aangevoeld toen ik erop stond te horen, van hen die er waren geweest, met welke truc ze die ogenblikken hadden weten te doorstaan. Je had erbij die zaten te bidden, zeker, maar ook die probeerden te lezen, en je had erbij die hun eigendommen rangschikten, alsof ze wilden opruimen voor het geval ze moesten vertrekken. Sommigen huilden alleen maar, en anderen zetten hun herinneringen op een rijtje, om zich te dwingen niet na te denken. Een man biechtte me op dat hij in gedachten alle vrouwen naging die hij ooit gekust had, en dat was het enige waarmee hij zijn angst kon bedwingen. Cabiria en Ultimo zaten tijdens dat gruwelijke wachten altijd bijeen, *elkaar aan te kijken*. Ze hadden alle mogelijke gedachten uitgeprobeerd, zoekend naar de meest geschikte om die lege tijd door te komen. Maar uiteindelijk was gebleken dat elkaar aankijken de meest doeltreffende techniek was: eraan ten grondslag lag de overtuiging dat zolang hun blikken elkaar zouden verdragen, geen van beiden eraan zou gaan in een schreeuw, een flits, een plas bloed. En het werkte. Cabiria kauwde op tabak, Ultimo knakte met zijn vingers. En hun leven hing aan een blik. Op een paar stappen van hen af zat de kapitein, met zijn dertig te redden lentes, de minuten en de explosies te tellen en de richtlijnen van de bevelhebbers voor zichzelf te herhalen. Hij was een ordelijke jongen; hij vertrouwde op getallen, want dat was wat hij gestudeerd had. Elke dag verzette hij zich tegen dat waanzinnige gevecht door het terug te brengen tot de formele elegantie van cijfers in kolommen. Doden, gewonden, kaliber van de houwitsers, hoogte van de toppen, kilometers die het front telde, munitie, verlofdagen. Hoe laat het nu is. Welke dag het vandaag is. Getallen. In zijn zak had hij een brief, dat hadden er een heleboel. Dat was *de laatste brief*, de brief die ze nooit verstuurden, maar altijd met zich meedroegen. Na hun dood zou hij worden geopend door de trillende handen van een moeder, of van een meisje, in het halfduister van een eetkamer, of op straat onder een absurde zon. Het was de stem die ze wilden nalaten. De zijne klonk, heel ordelijk, als volgt: *Vader, ik dank u. Dank u dat u me naar de trein hebt gebracht, op mijn eerste oorlogsdag. Dank u voor het scheermes dat u me cadeau hebt gedaan. Dank u voor de dagen dat we op jacht gingen, allemaal. Dank u dat ons huis warm was, en de bor-*

den geen barsten hadden. Dank u voor die zondag onder de beuk van Vergezzi. Dank u dat u nooit uw stem verheft hebt. Dank u dat u me elke zondag hebt geschreven sinds ik hier ben. Dank u dat u altijd de deur open hebt gelaten als ik ging slapen. Dank u dat u me van getallen hebt leren houden. Dank u dat u nooit hebt gehuild. Dank u voor het geld dat tussen de bladzijden van mijn lesboek zat gestoken. Dank u voor die avond in het theater, u en ik, als vorsten. Dank u voor de geur van kastanjes, als ik terugkwam van kostschool. Dank u voor de missen achter in de kerk, altijd staand, nooit geknield. Dank u dat u jarenlang uw witte pak hebt gedragen op de eerste zomerdag. Dank u voor uw trots en uw weemoed. Dank u voor deze naam die ik draag. Dank u voor dit leven dat ik vasthoud. Dank u voor deze ogen die zien, deze handen die aanraken, deze geest die begrijpt. Dank u voor de dagen en de jaren. Dank u omdat we wij waren. Duizend maal dank. Voor altijd. De artillerie staakte het spervuur. De kapitein begon te tellen. De richtlijnen van de legerleiding stelden de wachttijd op vier minuten voordat de aanval moest worden ingezet. Hij telde ze in zijn hoofd, zoekend naar de ogen van zijn soldaten, en ze één voor één aanrakend, zoals een wijzer de seconden aanraakt. Dit was de derde aanval sinds hij hier was. Nu moesten ze eruit klimmen, al schreeuwend, en naar voren rennen tot aan de prikkeldraadversperringen. De bres zoeken die door de bommen was geslagen en erdoorheen gaan. Doorrennen; en daar bleef het dan meestal bij. Nog meer prikkeldraad, mitrailleursnesten, mijnenvelden. Op dat punt was het alleen nog maar een bloedbad. De eerste keer was hij gestopt omdat tweede luitenant Malin vlak voor hem in de lucht was gevlogen en daar zonder benen wat lag te schreeuwen. Hij was blijven staan. De man moest worden bijgestaan tijdens zijn grote afscheid. Het had nog best lang geduurd. Daarna had hij moeten kotsen, en de rest was één grote chaos. De tweede keer, en de derde, was hij vrijwel meteen teruggerend, niets werkte, de Italiaanse artillerie was weer gaan schieten net toen zij hadden aangevallen, en iedereen schreeuwde dat ze terug de loopgraaf in moesten. Voorzover hij het zich herinnerde, had hij zelfs nog nooit een schot gelost. En de Oostenrijkers, die had hij nooit gezien. Alleen de dode, die wel natuurlijk, aan gort geschoten in het niemandsland of hangend aan het prikkeldraad als zielen die te drogen hangen. Maar recht tegenover hem, in levenden lijve, boosaardig, had hij ze tijdens die aanvallen nooit gezien. Het was een afdaling naar de hel en meer niet, stom en dodelijk, een absurde reis naar de kont van het kwaad.

Hoe krankzinnig het ook moge lijken – werd me uitgelegd door dokter A., compagniechirurg – dat was wat het opperbevel had weten te bedenken, wat betreft strategie. Dat idiote bloedbad was een tactiek. Moedwillig, nauwgezet, heel bewust. Dokter A., compagniechirurg, had die oorlog uitgevochten op de ziekenboeg, en sindsdien was hij opgehouden met denken. Maar voorheen had hij juist heel veel nagedacht, bijna obsessief, juist om de gruwelen te bezweren, en met genoegen had hij de militaire feiten bestudeerd zoals een entomoloog een mierennest zou kunnen bestuderen. U moet begrijpen – kon hij dus verklaren – dat achter die abnormale wreedheid van de gegeven bevelen niet zozeer een strijdlustige voorkeur voor wreedheid schuilging, als wel een typisch militaire traagheid in de interpretatie van de werkelijkheid. De opperbevelhebbers leidden hun kennis af uit een traditie die terugvoerde tot de Napoleontische oorlogen, en met hun middelmatige intelligentie konden ze maar niet begrijpen hoe het mogelijk was dat zorgvuldige naleving van die beproefde voorschriften in de oorlogsrealiteit van alledag tot zulke tragische en ogenschijnlijk casuele resultaten leidde. Alsof ze vermoedden dat er een onverklaarbare hapering zat in het systeem van oorzaak en gevolg, bleven ze de eerste drie oorlogsjaren maar steeds dezelfde manoeuvres herhalen, in het vertrouwen dat de realiteit vroeg of laat wel weer correct zou gaan functioneren. Het lag buiten hun bevattingsvermogen om zich voor te stellen dat de realiteit eenvoudigweg veranderd was.

In het bijzonder – zo leerde ik van dokter A., compagniechirurg – bleef bij hen het idee leven dat de aanval de kwintessens van de strijd was, en sowieso de enige gemoedstoestand waarin de troepen hun enthousiasme en energie kwijt konden; je verdedigen werd beschouwd als een minderwaardige bezigheid, waartoe geen enkel leger van nature geneigd was. Die gedachte bleven ze aanhangen toen de verdedigingstechniek op het slagveld werd verfijnd tot een kunstig ambacht, dat in staat bleek instinctief nieuwe gevechtsvormen te bedenken. Terwijl de aanvalstechnieken stijfkoppig een opzet aanhielden die al een eeuw oud was, vond het verdedigingsinstinct als reactie daarop manoeuvres uit die niet alleen een doeltreffende tegenzet waren, maar een doeltreffende wijziging van de spelregels, en zelfs van het speelveld. Het kwam erop neer dat de aanvallende legers hardnekkig steeds weer de zetten herhaalden die tactisch waren in een spel dat allang niet meer bestond. Als u tot de kern van de zaak wilt komen – zei dokter A., compagniechirurg – moet u denken aan wat er uiteindelijk, met een geniaal gevoel voor synthese, als heilig icoon van die oorlog in het collectieve geheugen bewaard is gebleven: de loopgraaf. Dat was het idee dat de hele boel omverwierp. Een idee – zo benadrukte hij – dat heel simpel en instinctief is. De Duitse infanteristen begonnen ermee zich te verstoppen in de trechters die door de Franse houwitsers waren geslagen, omdat die hun een heilzame variatie boden op de onontkoombaarheid van het open veld. Toen ze twee naburige trechters probeerden te verbinden, door een gang in de grond te graven, realiseerden ze zich waarschijnlijk dat hier een systeem in zat: in de sluwheid van een onvoorziene zet herkende iemand de kiem van een perfecte logica. En dus gingen de mannen onder de grond, als insecten met kilometers lange, uiterst geraffineerde holen. Binnen een paar maanden – werd me overduidelijk gemaakt door dokter A., compagniechirurg – werden de twee hoekstenen van de oorlogsgeografie, de versterking en het open veld, weggevaagd door die derde volkomen nieuwe optie, die de andere twee in zekere zin verenigde zonder een van de twee te zijn. Een eindeloos netwerk van snijwonden doorsneed het aardoppervlak, en vormde een val die de aanvalstroepen niet wisten te ontcijferen. Het was als een bloedvatenstelsel – begon ik te begrijpen – dat het gif van de oorlog in het vlees van de wereld bracht, door ongezien duizenden kilometers onder de huid van de aarde door te glijden. Boven, aan de horizon, was niets van steen meer te zien dat omhoog reikte, naar de hemel, noch stonden er legers opgesteld om de aanval op te vangen, in de geometrische slagorde die deed denken aan akkers die rijp zijn om te worden gemaaid. In een leeg landschap stormden de infanteristen ten aanval naar voren, met het niets in hun ogen, beroofd van een vijand die was weggezakt in de rottende zweren van het terrein. Ze werden overvallen door een dood die nergens vandaan kwam, waarvan het leek of ze hem zelf al bij zich hadden gedragen, en of hij ineens, zomaar, tot ontploffing kwam in hun binnenste, en hen met zich meevoerde. De helderheid van het treffen was verloren gegaan, en daarmee het licht dat duizenden jaren lang had geschenen op heldendom en opoffering. De veronderstelde verhevenheid van de oorlogshandeling werd dagelijks weersproken door de lage kronkelingen van mannen die waren teruggekropen in de ingewanden van de aarde.

Het was daar in die ingewanden dat een nieuwe, onverwachte vorm van oorlog tot rijping kwam – stellingoorlog noemden ze die – maar het was vooral daar dat, zoals me inmiddels wel duidelijk is, een collectieve nederlaag werd geleden die niet onmiddellijk waarneembaar was, maar wel diep en verwoestend, wat te maken had met de definiëring van ruimtes, en misschien zelfs met een morele horizon. Immers, het feit dat de oorlog ondergronds in de loopgraven wegzakte betekende de acceptatie van een vonnis dat de mensheid terugbracht tot de prehistorie, het betekende dat men toegaf dat het open veld weer de plek des doods was. Er hoefde maar heel schuchter een hoofd te verschijnen boven de rand van het hol of de fluitende kogel van onzichtbare scherpschutters vonniste dat er definitief geen leven meer mogelijk was, zelfs niet langs de contouren van de lucht. De dierlijke terugval die de mens ondergronds had gedwongen, had een eindeloze beperking van de levensruimte veroorzaakt: een soort nulstelling van de wereld. De luchtfoto's van het front van Verdun verhalen van een zodanige woestijn des doods dat de enige overblijfselen van het leven, de loopgraven, doen denken aan de wondnaden van een lichaam waarop zojuist autopsie is verricht.

Op het terrein tussen de eerste linies bereikte dat paradoxale effect van verwoesting een bijna mystieke intensiteit. Het werd het niemandsland genoemd, en het valt te betwijfelen of de schepping ooit ergens anders een toestand van duizelingwekkender ellende gekend heeft. Lichamen en voorwerpen – de natuur zelf – lagen er in eindeloze roerloosheid, buiten de tijd en de ruimte, waar al de dood die beschikbaar was zich leek te hebben geconcentreerd. Je kunt je afvragen hoe het mogelijk was om zelfs maar *je blik te vestigen* op dat stuk apocalyps, maar toch moet je je eens voorstellen dat miljoenen mannen elke ochtend wakker werden in dat landschap, dagenlang, maandenlang, jarenlang zelfs; dan zou je een idee krijgen van het onzegbare afgrijzen dat hen moet hebben bevangen, gedurende elk moment van hun strijd, ver over elke draaglijke grens, net zo lang tot ze misschien wel geneigd waren te registreren hoezeer de individuele dood, de onbeduidende dood van een man, *hun* dood, uiteindelijk slechts een bijkomstigheid was, bijna een natuurlijk gevolg, omdat ze zich immers al tijden *in* de dood bevonden, omdat ze die al een eeuwigheid inademden, en er hoe dan ook al door waren besmet nog voor ze erdoor werden getroffen, zoals Ultimo uiteindelijk begon te beseffen, aan het front, toen hij ontdekte dat de dood overal elders een gebeurtenis was, maar dat het daar een ziekte was waarvan je je niet voor kon stellen dat je er ooit van zou genezen. We zullen hier levend uitkomen, maar we zullen altijd dood blijven, zei hij. En Cabiria gaf hem zo'n lel dat zijn pet wegwaaide, en riep flikker op, eikel, jij moet niet zoveel nadenken, maar in werkelijkheid wist hij precies wat Ultimo bedoelde, en hij wist dat het waar was, en dat had hij voorgoed geweten vanaf de dag dat de kleine was geëxplodeerd, en dan niet zozeer omdat de kleine was geëxplodeerd, maar vanwege de manier waarop, dat wil zeggen vanwege wat er daarna gebeurd was. Hij was getroffen door een granaatscherf terwijl ze terugrenden naar de loopgraaf, na hun laatste mislukte aanval. Ze waren er bijna, bij de ophoging, maar toen was daar die explosie geweest, heel dichtbij, en toen de stofwolk was opgetrokken lag de kleine daar, op de grond, met zijn hoofd in een rare draai, en hij gilde. Toen was Cabiria gestopt en teruggerend, ook al heerste overal om hem heen de hel, want het kwam niet eens in hem op om de kleine daar achter te laten, dood of levend. Dus ging hij hem ophalen, en ook al gilde hij vreselijk, hij pakte hem bij zijn benen en begon hem in de richting van de loopgraaf te slepen, zonder zich zelfs maar af te vragen waar de granaat hem had geraakt. Hij hoefde nog maar een meter of twintig. Misschien ietsje meer. Hij begon hem weg te slepen. Toen explodeerde er weer iets, vlak bij hem, iets wat Cabiria van de grond tilde en wegslingerde, als een lappenpop. Hij schrok zich kapot, en toen het tot hem doordrong dat hij nog helemaal heel was, vergat hij alles om zich heen en wilde hij alleen maar weg daar, terug naar de ophoging, springen, en zichzelf in veiligheid brengen. Pas later, toen hij beschut zat, dacht hij weer aan de kleine, en hoewel het geen goed idee was, keek hij boven de ophoging uit om te zien waar die was gebleven, en hij zag hem vrijwel meteen, hij hing tegen een prikkeldraadversperring aan, maar nog altijd met zijn hoofd achterover gedraaid, en hij gilde nog steeds, dat was heel goed te horen te midden van al die herrie en al het andere geschreeuw – Cabiria bedacht dat je alleen hem hoorde. Het ging door merg en been. Hij bedacht dat die van de medische dienst hem wel zouden gaan halen, maar wat er gebeurde was dat de Oostenrijkers onophoudelijk het terrein bleven bestoken met hun artillerie en hun mitrailleurs, want ze waren woest geworden, en de medische dienst ging er niet eens uit, dit keer, ze zeiden dat het op deze manier geen enkele zin had om eruit te gaan, en dat de Oostenrijkers klootzakken waren. Toen Cabiria me dit verhaal vertelde, in de cel waarin ik hem na een zoektocht van vier jaar had weten op te sporen, zweeg hij op dit punt en zei vervolgens dat hij geen zin had om de rest te vertellen. Uiterst geduldig keerde ik daarna elke dag terug, 52 dagen lang, en pas op de 53e dag kon Cabiria zich ertoe zetten om door te vertellen, en legde hij me uit dat hij op dat moment op zoek was gegaan naar Ultimo, om te zien of die het gered had, en om niet alleen te blijven met die ellende van de kleine. Het was één grote chaos. Hij vond hem pas na een hele poos, toen het al donker begon te worden. Ultimo, legde Cabiria me uit, praatte nooit als hij terugkwam van een gevecht; dan zat hij altijd rustig in een hoekje en zei hij urenlang geen woord, en hij luisterde evenmin; blijkbaar was hij dan ver weg op een plekje dat alleen hij kende. Het was dus al pikdonker toen hij hem eindelijk kon vertellen over de kleine, en alles. Ze gingen luisteren, en de kleine lag daar nog steeds te jammeren, met iets minder overtuiging, maar hij deed het nog steeds, met regelmatige tussenpozen, alsof hij een taak volbracht. Hij ging er de hele nacht mee door. De dag was nog niet aangebroken of de Oostenrijkers begonnen weer met hun artillerie te ratelen; misschien waren ze van plan om zelf uit de loopgraaf te komen, die dag, en van de leiding kwam het bevel om klaar te staan. Maak er een eind aan, bij die vriend van je, zei een van de oudere mannen tegen Cabiria. Hij bedoelde dat ze hem moesten doodschieten, zodat hij tenminste zou ophouden met lijden en met iedereen droevig stemmen. Cabiria keek Ultimo aan en Ultimo zei Ik doe het niet. Hij zei het kalm. Daarop pakte Cabiria zijn geweer en positioneerde zich zo goed mogelijk, zonder zich al te veel te laten zien. Hij mikte en schoot. Eén keer, en toen nog twee keer. Toen liet hij zijn geweer zakken. Ik kan het niet, zei hij. En hij begon te huilen. Toen riepen ze er een van de scherpschutters bij, een vent uit de Abruzzen die de sigaretten van de Oostenrijkers doofde, als hij op dreef was. Er werden hem wel vaker dat soort dingen gevraagd, en dan zei hij niets en deed het gewoon. Zijn tarief was twee dozen tabak en een tegoedbon voor het bordeel. Hij loste één schot, en de kleine hield op met jammeren. Hij hield gewoon op. Een mooie kant van de kleine was dat hij trekharmonica kon spelen, en het allermooist was het gezicht dat hij trok als hij erop speelde. Ze wisten er eerst helemaal niets van, totdat ze een keer door een dorpje kwamen, in de buurt van Cividale, en ze door een raam iemand trekharmonica hoorden spelen. Toen was de kleine weggeglipt, en het huis binnen gegaan. Even later was hij voor het raam verschenen en had hij geroepen dat ze allemaal moesten blijven staan. Wat is er in godsnaam aan de hand, kleine? Zonder antwoord te geven was hij begonnen te spelen. Je had moeten zien wat hij voor elkaar kreeg, met die enorme vingers van hem. Maar dat was niet het enige: het mooiste was het gezicht dat hij trok als hij speelde. Waar hij naar keek. Niemand had hem ooit met zo'n blik gezien; normaal gesproken keek hij juist altijd een beetje wazig uit zijn ogen, als iemand aan wie voortdurend een vraag wordt gesteld. Het was duidelijk dat de trekharmonica het antwoord was. Zijn ogen gingen open, en belandden ver weg. Hoe dan ook, nu waren zijn ogen dicht, daarginds tegen het prikkeldraad aan hangend, door het schot van die vent uit de Abruzzen dat dwars door zijn kop was gegaan, van de ene naar de andere kant, met chirurgische precisie. Cabiria dacht aan alle trekharmonica's die niet meer zouden klinken in zijn handen, en hij vond het echt jammer. En toen dacht hij aan alle mensen die niet zouden dansen, en aan de tranen die niet zouden vloeien, en aan de voeten die niet meer op de maat mee zouden tikken. Je hebt geen idee hoeveel dingen er sterven als er een levend wezen sterft. Ook als er alleen al een hond sterft. Maar natuurlijk vooral een mens. Ultimo daarentegen pakte zijn spiegelscherf, die hij in een doek gewikkeld bij zich droeg, bevestigde hem op een bepaalde manier op de punt van zijn karabijn en stak hem toen boven de rand van de ophoging uit, om daarmee in het niemandsland te kunnen kijken zonder zijn hoofd te riskeren, en in het niemandsland naar het lichaam van de kleine, en in het lichaam van de kleine naar zijn gezicht. Hij had het niet moeten doen, hij had er gewoon niet meer aan moeten denken, maar een feit is dat dat lichaam daar lag, op een steenworp van hen af; hoe kon je daar nou niet meer aan denken? Dag kleine, het spijt me. Dag kleine, misschien is het maar beter zo, toch? Hij zag dat de huid op een andere manier om het bot zat, en dat de uitdrukking echt iets was wat hij nooit eerder gezien had, op het gezicht van de kleine. Het was niet zoals wanneer hij sliep, het was iets heel anders: het leek of hij sporen van ouderdom op zijn gezicht had, restjes van ouderdom, alsof hij jong gestorven was nadat hij lange tijd oud was geweest, in een vreemd leven dat zich achterstevoren had afgespeeld. Maar ja, wie weet. De Oostenrijkers hielden hen daar twaalf dagen en twaalf nachten vast, onder een vuur dat hooguit twee uur lang stopte en dan weer hervat werd. De mogelijkheid dat ze nog zouden aanvallen hing voortdurend in de lucht, dus sliepen ze niet, en het waren zenuwslopende dagen, de hele tijd onder vuur. Misschien kwam het ook daardoor, maar dat gedoe met die kleine werd een onuitsprekelijke kwelling. Ze konden er niet uit klimmen om hem daar weg te slepen, en hij stierf de lange dood van het vlees. Eerst zwol hij helemaal op en toen zagen ze hoe zijn lippen loskwamen van zijn tanden, zijn kleine witte tanden, en hoe zijn wangen verdwenen. Op de zevende dag ontplofte er een granaat vlak bij hem en werd zijn lichaam doormidden gekliefd. Zijn hoofd, dat nog vastzat aan zijn schouders en aan een stuk van de ingewanden, stuiterde in de richting van de loopgraaf en lag uiteindelijk zo gedraaid dat het bewust zo leek te zijn neergelegd, met de ogen precies in de richting van de zijnen, degenen die de zijnen waren geweest, zijn kameraden. Onder de zon verdween zijn vlees elke dag een stukje verder. Het kaakbeen kwam tevoorschijn, en zijn ogen trokken zich terug in de schedel, in het niets, en trokken de huid in draden achter zich aan. Het was het gezicht van de kleine, maar het leek nu aangevreten door een beest, zonder dat het helemaal schoon was gegeten, alsof het beest halverwege was gestoord. Het was een smeekbede. Dus was Cabiria op een dag begonnen te gillen, één lange gil als een lemmet, en toen was hij op de ophoging geklommen zonder zich ook maar ene reet aan te trekken van de Oostenrijkers, en van daaraf had hij een granaat recht op de kleine gegooid, feilloos, precies recht op hem. De kolom aarde vloog verticaal de lucht in, waarbij de flarden van wat er was overgebleven van de kleine in het rond werden gestrooid en ver weg werden geslingerd. Sommige stukken belandden in de loopgraaf, en die moesten ze vastpakken met hun handen – met hun handen – en teruggooien in het niemandsland, waar ze vandaan kwamen. Daarom wist Cabiria wat Ultimo bedoelde toen hij dat over de dood zei, en dat zij dood waren, en dat ze dat altijd zouden blijven. Misschien geloofde hij niet dat het echt zo zou zijn, maar hij kon begrijpen wat Ultimo in gedachten had. Het was iets waar ze doorheen waren gegaan, en dat niets meer zou kunnen uitwissen. Ze zouden het meedragen in de dubbele bodem van hun ziel, als smokkelaars van het afgrijzen. Zuster dood.

Zo ging het maar door – verklaarde dokter A., compagniechirurg – totdat er bij het opperbevel iets veranderde en, veel te laat, langzaam het besef begon door te dringen dat de felbegeerde doorbraak moest worden voorgesteld met een mateloos naieve geest, en moest worden gezocht in het omgekeerde van wat tot die dag logisch had geleken. De Duitsers waren de eersten die in staat bleken tot een dergelijke conceptuele acrobatentoer, legde hij me uit. Ze probeerden het eerst uit aan het oostfront en vervolgens aan de Isonzo, precies waar de twee legers tegenover elkaar stonden die zich leken te hebben verschanst achter de conservatieve arrogantie van de oude regels: de Oostenrijkers en de Italianen. Ook daar werd de wet gedicteerd door de loopgravenoorlog, en die kwam daar des te absurder voor vanwege de keiharde structuur van de grond. Wat aan het Franse front een spinnenweb vormde dat was neergedaald over de zachtmoedige contouren van het platteland, werd in de bergen een afgrijselijk borduurwerk waarbij de verdedigingslinies moesten worden uitgehakt in onherbergzame rotswanden en op hoogtes waar ijs lag in plaats van aarde. De inspanning en het afzien van de mannen waren er vele malen hoger, maar de resultaten waren niet anders dan elders. De elf veldslagen aan de Isonzo, waarbij de Italianen probeerden door het Oostenrijkse front heen te breken, leverden onleesbare getallen op: om de grens een kilometer of vijftien op te schuiven verdwenen er meer dan een miljoen soldaten van het terrein, gewond of dood. Als je erover nadenkt is het waanzin – zei dokter A., compagniechirurg, tegen me. Het is aannemelijk – voegde hij eraan toe – dat, hoewel het overduidelijk gruwelijk was, de Italianen aan de ene kant en de Oostenrijkers aan de andere kant gewoon zo zouden zijn doorgegaan tot ze een of andere onvoorziene apocalyps bereikten. Door de inmenging van de Duitsers werd er een eind gemaakt aan die stammenoorlog van ze, en werd die ontleed met de scalpel van een logica die bestond uit een dodelijke mix van schranderheid en naïviteit. Met een knap staaltje geduld en sluwheid verzamelden ze achter de eerste linie enorme hoeveelheden manschappen en middelen, zonder dat de Italianen weinig meer opmerkten dan een even beweeglijke als onbeduidende ordening van de troepen. De Duitsers namen de leiding over de operatie op zich en drongen de Oostenrijkers terug tot de rol van leerlingen die werden opgeroepen om te sterven en te leren. En in de kleine uurtjes van 24 oktober 1917, bij Caporetto, in de hoge vallei van de Isonzo, stormden ze erop los in de meest absurde, en verwoestende, aanval die ooit had plaatsgevonden in die contreien. U moet niet denken aan een verrassingsaanval, want dat was het niet – waarschuwde dokter A., compagniechirurg, me. De Italianen konden uit talloze signalen opmaken dat er een Oostenrijks offensief ophanden was. Ze wachtten erop, en ze waren ervan overtuigd, en niet ten onrechte, dat ze goed genoeg waren opgesteld om de aanval te kunnen tegenhouden. Vierentwintig uur eerder was de Italiaanse koning, aanvoerder van alle strijdmachten ter land en ter zee, nog in eigen persoon de doeltreffendheid van het defensieapparaat komen controleren. Hij was zichtbaar tevreden vertrokken. Maar wat nu op hen afkwam was iets wat ze niet kenden, en waarvoor hun logge militaire logica niet vlug genoeg werkte om het te kunnen doorgronden, en al helemaal niet om het te kunnen voorzien. Zelfs na afloop, toen alles achter de rug was, zouden ze nog jarenlang vergeefs blijven proberen het te doorgronden.

Het moet gezegd worden dat dokter A., compagniechirurg, deze feiten kenbaar maakte met een soort genoegen dat me nooit lekker heeft gezeten, iets wat te vergelijken is met de kille bewondering van de wetenschapper voor zijn onderzoeksobject. Ik kon het idee moeilijk verkroppen dat iemand enigerlei vorm van intelligentie toekende aan de brute dynamiek van de dood, en zelfs een soort formele elegantie aan de dodelijke handelingen; maar toen ik uiting gaf aan dat gevoel van onbehagen, reageerde dokter A. onbarmhartig fel, hij bestookte me herhaaldelijk op onbeschofte toon met de vraag of ik eigenlijk wel echt wilde weten hoe het was gegaan, en hij waagde het zelfs te betwijfelen of ik wel in staat zou zijn om de taak te volbrengen die ik mezelf had opgelegd, namelijk recht te doen aan mijn zoon, ter dood veroordeeld vanwege desertie en gefusilleerd op de avond van 1 november 1917, acht dagen na Caporetto.

Dus zei ik dat ik dat wilde, en dat ik dat zou doen.

En ik zei dat de herinnering aan mijn zoon het enige was wat ik nog had.

Daarop nam hij een wat mildere toon aan – ik weet het nog goed – terwijl hij me de twee wetten uiteenzette die elke aanvalsmanoeuvre in acht diende te nemen, volgens de oorlogshandboeken. De eerste wet was zo oud als de strijdkunst en die verordende dat je, als je wilde winnen, de hoogste punten moest veroveren, de punten van waaruit je het terrein kon domineren. Meer dan een strategisch principe was het een grondbeginsel, dat keer op keer was bevestigd door de burchten die overal ter wereld de plek van de macht bekrachtigden door deze in de hoogte te plaatsen, waar elke menselijke beweging in de gaten gehouden kon worden. De tweede regel, die ontegenzeggelijk logisch was, wees op de noodzaak om in een compacte opstelling op te rukken, met een zo ruim mogelijke frontlinie, zodat je niet het risico liep vooraan losse stukken leger te verliezen, die waren gedoemd zich af te scheiden van de rest van de manschappen, zodat ze eerst zouden worden afgesneden van de bevoorrading en vervolgens onherroepelijk zouden worden omsingeld. Vanuit een geometrisch oogpunt viel er niets op deze redenering aan te merken. Het waren regels die de Duitsers maar al te goed kenden. Je zou kunnen zeggen dat ze er actief aan hadden bijgedragen om ze op te stellen. Op 24 oktober 1917 vielen ze aan met behulp van een strategie die als volgt zou kunnen worden samengevat: gezien de regels doen we het tegenovergestelde. Zonder zich iets aan te trekken van de hoogste punten trokken ze op door de valleikom, waar de verdediging zwakker en minder oplettend was. En dat deden ze in kleine aanvalseenheden, die het ondenkbare bevel hadden gekregen om door te dringen in de vijandelijke linies en om nooit te stoppen, zodat ze elk contact met het grote leger zouden verliezen en zelfstandig zouden beslissen over hun verplaatsingen en hun handelingen. Het idee was om binnen te dringen in de vijandelijke linies als termieten, die, nadat ze de toegangsweg hebben gekozen op de plek waar het hout het zachtst is, vervolgens aan de binnenkant van de vijandelijke opstelling zouden graven totdat de hoogste punten, die niet eens waren veroverd, vanzelf zouden instorten. En dat was precies wat er gebeurde.

Maar je moet zoeken in het bijzondere patroon van de ziel en de geest – zou de tegenwerping zijn geweest van de kapitein met zijn dertig lentes te redden – want het naakte militaire feit, hoe virtuoos en fascinerend ook, kan niet verklaren wat wij hebben meegemaakt, en daarom bevind ik me nu hier, oog in oog met een executiepeloton. De lage wolken bedekten de valleikom – zou hij hebben verteld – en we konden de termieten niet zien, terwijl ze achter ons langs slopen, langs de gemakkelijke weg van de rivier. Wij stonden op de hoge hellingen van de berg, we waren volkomen geïsoleerd, doordat onze communicatiemiddelen ineens zwegen, en we alleen stemmen hoorden die allerlei boze geruchten verspreidden, die riekten naar defaitisme. En het geflikker van branden, oké, in de valleikom, die de wolken kleurden, maar een brand kan zoveel betekenen, in de grammatica van de oorlog. Het enige wat we zeker wisten, waren die twee uur dat de Oostenrijkse artillerie de nacht had verwoest, en toen de stilte meteen daarna, een stilte die ik nooit meer zou zijn vergeten als ik niet hier voor deze geweerlopen was beland, maar die ik nu dus wel zal vergeten, samen met al het andere. Want je verwachtte elk moment dat het geschreeuw van de vijand die ten aanval stormde zou opklinken, maar er kwam niets, alleen de onwaarschijnlijke voortduring van die stilte, een ondraaglijk lang wachten, dat uitmondde in een lege tijd, die niets betekende behalve de onverwachte stopzetting van de logica die we kenden, en het ophanden zijn van een of andere proef die niet was terug te voeren tot iets wat binnen onze ervaring lag. Die stilte en het isolement waren zo sterk dat we iets bovennatuurlijks begonnen te veronderstellen, alsof de bergen plotseling zouden deserteren, en wij daardoor in het niets van een verdwenen oorlog zouden ronddobberen. Kunt u zich voorstellen – zou de kapitein hebben gevraagd – hoezeer de vermoeidheid en de eenzaamheid en de pijn de gedachten van de mannen op hol konden brengen? Want als u zich dat niet kunt voorstellen, dan is dit executiepeloton onvermijdelijk en zelfs rechtvaardig, en dan kan niemand begrijpen wat er gebeurde toen die Duitse officier, met een revolver in de hand, uit de wolken opdook, *achter ons*, nadat hij met vier of vijf gewapende mannen vanuit de valleikom omhoog was geklommen, en in het Italiaans begon te brullen dat we ons moesten overgeven, zonder enige aarzeling, zelfs kalm, alsof hij het voor de hand liggende resultaat van een banale operatie vaststelde. Zoals u ziet was de situatie vanuit een typisch militair oogpunt volkomen duidelijk – zou de kapitein, die zijn dertig lentes te redden had, toegeven – aangezien wij met 278 waren en zij maar met vier of vijf, maar het is het patroon van de geest en de ziel dat hier moet worden doorgrond – zou de kapitein hebben tegengeworpen, waarmee hij inderdaad precies in de roos schoot en misschien zelfs raakte aan het mysterie van wat er in Caporetto was gebeurd. Want ze waren dieren die waren getraind voor een heel bijzonder soort oorlog, waarin het feit dat je de vijand *vóór je* had de enige geometrie was die ze kenden: doordat ze zoveel tijd en onzegbaar leed hadden meegemaakt in die ene figuur was die uiteindelijk verheven tot een bestaansvorm, en tot een onveranderbaar waarnemingsschema. Alles wat gebeurde vond plaats binnen de vormen uitgaande van die figuur, en als ze de dood vonden kwam die vanuit de loopgraaf die ze vóór zich hadden, en als ze zelf de dood zaaiden, zaaiden ze die recht vóór zich, in de loopgraaf die op hen wachtte. Binnen dat ijzeren schema hadden ze een uiterst geraffineerde wijsheid en een onzegbare bereidheid tot opoffering ontwikkeld; maar hoe meer in hen de intimiteit met die ene precieze beweging vaste vorm aannam, hoe meer hun herinnering aan de oneindige mogelijkheden van de ruimte oploste en hoe meer ze hun vermogen kwijtraakten, ook in moreel opzicht, om een beweging die niet frontaal gericht was te herkennen. Daardoor kwam de hypothese dat ze *van achteren* zouden worden aangevallen niet langer voor in hun register van het voorstelbare, en toen deze daadwerkelijk realiteit werd, binnen de onwerkelijke omlijsting van een volkomen isolement, moet hij hun niet zozeer zijn voorgekomen als een gevechtssituatie die ze moesten interpreteren, maar eerder als een magische opschorting van het gevecht zelf, een plotseling vervallen van het geheel, dat hen onthief van de plicht om te reageren. Het was niet zomaar een kwestie van lafheid, en dat was mij meteen duidelijk, vanaf het begin – zou de kapitein hebben getuigd – toen ik mijn soldaten in de ogen keek, op dat moment toen er inderhaast een beslissing moest worden genomen, en toen ik zag hoe gelaten ze uit de loopgraaf kwamen, om te kijken, terwijl ze hun karabijn over de grond sleepten. Dat waren niet de handelingen van de angst, het was meer de trage verrassing van het dier dat uit zijn hol komt wanneer de storm gaat liggen. Bij de eerste mannen die glimlachend hun handen omhoog staken, zag ik geen zweem van een nederlaag, maar meer het vermoeden dat het allemaal voorbij was. Evenmin leek de nachtmerrie van het krijgsgevangenschap in iemand op te komen; die leek op onverklaarbare wijze te zijn vervangen door het redeloze voorgevoel dat ze allemaal naar huis zouden gaan. Ik klemde mijn revolver in de hand – zou de kapitein hebben benadrukt – en ik hield hem omhoog, naar de hemel gericht, en ik schreeuwde dat ze moesten blijven staan, en dat ze zich weer moesten verschansen. Ik beveel jullie om je weer te verschansen! Maar het lijdt geen twijfel dat ik niet durfde te schieten – zou de kapitein hebben toegegeven – hoe absurd het ook moge lijken, ik durfde niet te schieten, en aan de ogen van de soldaten die enige zekerheid zochten in de mijne, kon ik slechts de absurde verwijding van dat ogenblik schenken, dat wil zeggen mijn belachelijke hoop dat alles kon worden stilgezet gedurende de tijd die nodig was om alles te begrijpen, terwijl de Duitse officier daarentegen gewoon de reële tijd van de handeling bleef kneden, door nog steeds heel bedaard op ons af te komen en te blijven schreeuwen dat we ons moesten overgeven, totdat de eerste soldaten hun karabijn op de grond lieten vallen, en sommigen begonnen te glimlachen en een paar woordjes Duits brabbelden, terwijl ze bewogen met een traagheid die voor mij de bezegeling is gebleven van wat ik op dat ogenblik meemaakte, een ogenblik waarvan ik me daadwerkelijk herinner dat het onwaarschijnlijk traag was, met die vloeiende beweging van soldaten die onweerhoudbaar uit de loopgraaf stroomden als olie over de rand van een glas, gedreven doordat hun geduld inmiddels zodanig op de proef was gesteld dat het overliep, en traag vloeiden ze in de richting van de Duitsers, waar ze zacht neerdruppelden op het hellende dek van de sneeuw. Als u me nu vraagt wat er van mij geworden is – zou de kapitein hebben besloten – herinner ik me vooral het donkere spoor van een snelle beweging, in mijn ooghoek, de enige snelle beweging die leek te zijn ontsnapt aan die betovering van traagheid, zo helder dat ik me er instinctief aan vastgreep, omdat ik er het enige kiertje in vermoedde van die situatie zonder uitweg. Ik draaide me om – zou de kapitein met zijn dertig lentes te redden hebben verteld – en ik zag twee soldaten die terug in de loopgraaf sprongen en gebukt begonnen te rennen, naar links, waar de loopgraven zich nog honderden meters uitstrekten, omlaag langs de bergrug. Overal om me heen had je die olie, inmiddels niet meer te stuiten, en ik liet me zwijgend opslokken, waarbij ik afstand deed van mijn bevoegdheden als officier, dat realiseer ik me heel goed, maar ik was er inmiddels van overtuigd dat die twee soldaten het enige stukje werkelijkheid waren dat er in de wijde omtrek over was, als de resterende volharding van een wereld die niet langer bestond, maar waar ik niettemin nog steeds toe behoorde. Dus liet ik de golf van olie over me heen komen tot ik erdoor aan het zicht werd onttrokken, en toen ik me onzichtbaar voelde begon ik achteruit te lopen, heel langzaam. Ik glipte terug in de loopgraaf en begon te rennen, zonder nog enige aarzeling, dezelfde kant op als ik de twee soldaten had zien rennen. Ik kon nog net horen hoe achter me de stemmen van mijn mannen eerst voorzichtig en toen steeds hardnekkiger één klein zinnetje bleven herhalen, dat ik nu niet kan uitspreken zonder een hevige ontroering te voelen, alsof het de naam van een verloren kind is.

De oorlog is voorbij.

'Praat geen onzin, rennen!'

'Ultimo!'

'Rennen, zei ik.'

'Maar de oorlog is voorbij!'

'Hou je kop, Cabiria.'

'Zo komen we nog midden tussen de Oostenrijkers terecht.'

'We waren al in handen van de Oostenrijkers.'

'Laten we teruggaan, kom op, we gaan terug en dan verstoppen we ons om te kijken wat er gebeurt.'

'Ik ga niet terug.'

'Jij bent gek.'

'Ga zelf maar terug, als je wilt.'

'Ja, jezus!'

'Rennen.'

'Waar ga je in godsnaam naartoe?'

'Het bos, we moeten afdalen naar het bos.'

'Dat is waanzin, langs die kant kom je in het dorp; daar stikt het van de Oostenrijkers, in het dorp.'

'Dat weten we niet.'

'Ja, dat weten we wel, ze zijn om ons heen getrokken, heb je dat niet door?'

'Het waren Duitsers, en ze waren met z'n vijven, Cabiria.'

'Dat wil toch niets zeggen, de rest zit natuurlijk allemaal in het dorp.'

'Dat weten we niet.'

'O ja, dat weten we wel.'

'Nee, dat weten we niet.'

'Kijk! De kapitein... de kapitein zit achter ons.'

'Zie je wel, de kapitein is niet gek.'

'Kapitein!'

'Schreeuw niet zo, Cabiria.'

'Kapitein, hier zijn we!'

'Hou je kop!'

'Ultimo!'

'Op de grond, verdomme!'

Er waren Duitsers die door het bos omhoogliepen, zonder iets te zeggen, netjes in een rij. Ze keken om zich heen. Zo te zien wisten ze precies waar ze mee bezig waren. Ze zagen de drie Italiaanse soldaten niet die languit tussen de droge bladeren lagen, ze passeerden hen op zo'n vijftig meter, en ze zagen hen niet. Roerloos, met zijn hoofd in de kou van de aarde gedrukt, bedacht Ultimo dat de landkaart van de oorlog nu voorgoed naar de klote was. Wat waren dat voor vijanden die noordwaarts trokken, vanuit Italië, en aanvielen in de richting van hun vaderland? En wat waren zij drieën voor soldaten, platgedrukt op de grond met als enige doel de vijand te laten passeren zonder dat ze ontdekt werden, nadat ze twee jaar lang hun leven hadden geriskeerd met als enige doel om ze niet te laten passeren, nooit? Hij vroeg zich af of er benamingen bestonden voor wat er nu gebeurde. En precies op dat moment voelde hij heel duidelijk de opschorting van enige leesbare geometrie – zo zei hij het tegen me, jaren later – en de opkomst van een chaos waarvan hij nog niet wist of hij hem tragisch of opwindend moest vinden. Hij bezigde exact die woorden, 'de opschorting van enige leesbare geometrie', en dat was vrij verrassend, want op het eerste gezicht leek het een eenvoudige jongen, en zeker niet bijster ontwikkeld. Maar, zoals ik ontdekte toen ik hele dagen met hem doorbracht, hij bezat een aangeboren gevoeligheid voor de waarneming van vormen, en een onbestemd instinct om de werkelijkheid te ontrafelen aan de hand van haar indeling in de mentale ruimte. Geconfronteerd met de gebeurtenissen die plaatsvonden toonde hij geen enkele belangstelling om daarin een onderscheid tussen goed en slecht te lezen, of tussen rechtvaardig en onrechtvaardig, want zijn enige zorg leek te zijn dat hij de eeuwige schommeling tussen orde en chaos wilde ontrafelen, zoals die deel uitmaakte van het onuitputtelijke vormen en uiteenvallen van geometrische figuren. Het was iets buitengewoons, wat ik maar zelden ben tegengekomen, zelfs in de wereld der wetenschappers, waarin ik van beroepswege zo langdurig heb vertoefd. Het verbaasde me dan ook niet om te horen, toen Ultimo me zijn meest intieme ontboezemingen waardig achtte, dat juist die opmerkelijke mentale aanleg van hem had geleid tot de missie van zijn leven, met de uitvoering van een project dat ik altijd ben blijven beschouwen als even nutteloos als geniaal. Het is me niet gegeven te weten of hij het uiteindelijk ooit werkelijk heeft gerealiseerd, maar nu, van verre, merk ik tot mijn verbazing dat ik hoop dat niets erin geslaagd is hem tegen te houden. Ik herinner me dat hij me vroeg of ik het een kinderlijk idee vond om je een heel leven aan één enkele taak te wijden; ik antwoordde hem dat ik mijn hele ouderdom enkel spendeerde aan de taak om een gedenkschrift vorm te geven.

'Om de verloren eer van de kapitein te herstellen?'

'Ja,' zei ik.

Toen hij hoorde over mijn beroep als mathematicus (dat ik, zo moet ik hier opmerken, 42 jaar heb vervuld zonder opvallende successen, op het gebied van onderzoek en onderricht) begreep hij kennelijk de reden van de hypnotische aandacht waarmee ik aan zijn lippen hing. Misschien begreep hij dat hij, dankzij die vreemde manier van hem om de wereld te beschouwen als een complex van vormen die voortdurend in beweging zijn, erin slaagde me te vertellen, vertaald in een taal die ik kende, over een werkelijkheid die anders onbereikbaar zou zijn geweest voor mijn nutteloze eruditie. Anders heb ik geen verklaring voor de gedetailleerdheid waarmee hij steeds terugdacht aan ogenschijnlijk onbeduidende scènes, en vooral de zorgvuldigheid waarmee hij me herhaaldelijk wilde vertellen over die keer in dat herfstige bos, toen hij, platgedrukt op de grond naast mijn zoon en Cabiria, voor het eerst die instinctieve openbaring had van de chaos waarin ze waren beland. Dat zou u van pas moeten komen, in uw gedenkschrift, zei hij. En hij vertelde weer verder, met ongewone nauwkeurigheid. Daardoor weet ik nu dat hij, terwijl hij aarde in zijn mond kreeg in een poging zich onzichtbaar te maken voor de vijand, van verre werd bezocht door de herinnering aan de cirkelvormige wandeling die hij op een nacht, lang daarvoor, had uitgegraven in de mist van Turijn, terwijl hij naast zijn vader om een huizenblok heen liep, en luisterde naar diens woorden. En daarnaar koesterde hij een onbedaarlijke nostalgie, omdat het zijn laatste herinnering was aan een geometrische figuur waarin de vorm van het leven, zonder onvolkomenheden, bewaard leek te liggen. Sindsdien was alleen het lange rechte stuk dat hem van zijn huis naar een ziekenhuis had gebracht, op een dag vol leed, hem nog voorgekomen als een flintertje orde dat enig respect had voor hem en zijn bestaan, terwijl al het andere zich uiteindelijk een vormeloze samensmelting van onvoltooide tekeningen leek, waarin de ongevoeligheid van het geheel en het onherroepelijke verval van elke scheidslijn tussen lot en chaos – misschien tussen goed en kwaad – leek te zijn vastgelegd. Op dat punt was hij zijn vergankelijke jeugd kwijtgeraakt en was er, toen hij eenmaal in de oorlog was beland, een vorm van dankbaarheid voor in de plaats gekomen vanwege de elementaire paradox van de loopgraven, die, in zijn eenvoud van primitief vormenschema, in elk geval een stukje voortduring leek te bieden die zelfs in staat was om elke aanval van de mensheid af te weren. Met betrekking tot de redeloze nutteloosheid van de frontale aanvallen was hij juist meerdere malen overvallen door de gedachte dat juist dat objectieve stukje stabiliteit was wat geen enkele strijdlustige onverschrokkenheid had weten bloot te leggen, alsof ze de aanval hadden ingezet op *de vorm*, en niet op de mannen: in de onoverwinnelijkheid van de verdediging lag het bewijs van de objectieve weerstand der dingen om zich vast te blijven grijpen aan het laatste restje orde dat de verduistering van de rede, afgesleten door de oorlog, hun nog had vergund. Maar nu wist hij dat de formele afwijking van een Duitse officier die uit onverwachte hoek opdook al voldoende was geweest om het hele systeem te laten instorten, en in het tijdsbestek van een paar besluiteloze blikken alles te vermalen wat tot de vorige dag nog een ijzersterk fundament had gevormd, en nu enkel nog een herinnering was die achter hen lag, terwijl de werkelijkheid hen uitnodigde voor een chaos zonder enige bestemming. Nu kan ik zeggen dat ik het, terwijl ik naar zijn woorden luisterde, pas echt begon te begrijpen; en voor het eerst *had ik de innerlijke overtuiging dat de eer van mijn zoon niet verloren was*. Van Ultimo leerde ik dat mijn zoon die dag, in innige omhelzing met de aarde in het kinderlijke streven om onzichtbaar te worden, op dat moment al onschuldig was, omdat hij overal en nergens was, verdwaald in een scenario zonder coördinaten, waarin lafheid en moed, plicht en recht, verpulverde grondbeginselen waren. Nu is het makkelijk om in zijn vlucht de onmiskenbare contouren van een figuur te zien die we gewoonlijk *desertie* noemen; maar geloof me, de eerste die deserteerde was de wereld zelf; mijn zoon bedacht helemaal niets, dat kon hij niet, hij rende gewoon, hij had geen vastomlijnde plannen, enkel wat schetsen, hij was maar een jongen en om hem heen bestond geen figuur meer, niets voltooids, enkel brokstukken, onder het rennen zette hij zijn voeten op de brokstukken die hij aantrof, dat is geen vluchten, dat is je hoofd boven water proberen te houden in het niets, dat is overleven, dat is geen deserteren. Ik wil het zeggen met woorden die de militaire opperbevelhebbers en de bevoegde autoriteiten kunnen begrijpen: ik smeek u, wees zo edelmoedig om te erkennen dat de Duitse termieten in die uren het begrip 'front' op zich hadden opgeheven, en zelfs het begrip 'grens', in zowel geografisch als moreel opzicht, zodat het hele gebied tussen de Isonzo en de Tagliamento was verworden tot een chaotische geografie, alsof het was voortgekomen uit een of andere kunstzinnige, avant-gardistische handeling. Door af te dalen naar de valleien en vervolgens in alle richtingen de berghellingen te beklimmen, hadden ze in feite het idee van oprukken en terugtrekken geannuleerd, en de oorlog uiteen laten vallen tot een vlekkerige structuur waarin elk treffen een verhaal op zich was, dat losstond van alle andere. Omdat *zij* op het idee waren gekomen, en het zo hadden bepaald, wisten *zij* wél hoe ze die oorlog moesten uitvechten, maar de Italianen niet, want die zochten onvermijdelijk nog steeds in elke gebeurtenis de uiting van een collectieve, globale beweging, in de veronderstelling dat ze nog steeds stonden opgesteld op een schaakbord dat nog intact was, en voltooid, wat ook heel logisch was als je uitging van één enkel leger. Alleen als u die dissymmetrie van de perceptie begrijpt, kunt u een verklaring vinden voor dat aantal waarvoor u zich schaamt, maar dat u nooit heeft kunnen verklaren en dat geen enkele militaire statistiek ooit zou toegeven, een aantal dat zo beschamend wordt geacht dat het jarenlang in de doofpot is gestopt, maar dat in zijn helderheid toch precies vertelt hoe het gegaan is, want het geeft aan dat er bij Caporetto in een paar uur tijd *driehonderdduizend Italiaanse soldaten krijgsgevangen werden gemaakt door de vijand, vaak zonder zelfs maar strijd te leveren.* Waarmee op schandelijke wijze een kwantificering wordt gegeven van de herhaling van één enkel gebaar van overgave, steeds hetzelfde, dat u echter ten onrechte beperkt binnen de nauwe grenzen van de term *lafheid*, terwijl het juist verhaalt van een grandioze collectieve beweging van zelfopheffing, tegenover de ondoorgrondelijkheid van een geografie die letterlijk was verdwenen. U weet beter dan ik dat gedurende de eerste 72 uur na de Oostenrijks-Duitse doorbraak alle Italiaanse troepen aan het front langs de Isonzo getuige waren van wat er gebeurde zonder dat er enige communicatie mogelijk was: u kunt zich dus goed voorstellen wat een surreëel effect het verschijnen van de vijand in hun ogen heeft kunnen aannemen. Een generatie strijders voor wie enkel de heldere ervaring van de hel gereserveerd was geweest, in de onmenselijke praktijk van de stellingoorlog, werd nu zonder enige waarschuwing geconfronteerd met de onbewoonbare ervaring van een onverklaarbare chaos. Ik weet dat mijn zoon al onschuldig was op het moment dat hij begon te rennen, omdat de oorlog toen al was verdampt tot afzonderlijke gebeurtenissen zonder betekenis, als ontmaste schepen op drift; het kan ons niet verbazen dat het merendeel, heel irrationeel en met de eenvoud van een dier dat pijn lijdt, die schipbreuk samenvat in een instinctieve overtuiging, afgeleid uit hun verlangen.

De oorlog is voorbij.

Dat dachten ze zo'n beetje allemaal, legde Cabiria me uit, en nu nog probeer ik te begrijpen hoe een dergelijke waanzin kan hebben plaatsgevonden. Ze gooiden hun wapens neer en liepen de vijand tegemoet, meer was het niet, er was niets ingewikkelds aan, en ook niets treurigs. Het leek allemaal heel vanzelfsprekend. Er waren zoveel mensen die zich overgaven dat er niet genoeg Oostenrijkers waren om ze in bedwang te houden, maar ze bleven gewoon staan, als grazende dieren, heel mak. Er waren er maar weinig die er anders over dachten. De kapitein was een van hen, evenals Ultimo. Zij zeiden dat je je wapens niet moest neerleggen. Als de oorlog voorbij was, zeiden ze, waarom leggen de Oostenrijkers hun wapens dan niet neer?

Er gebeurde precies – verklaarde dokter A., compagniechirurg – wat de Duitsers hadden verwacht: na drie dagen stilte gaven de Italiaanse bevelhebbers de opdracht om zich terug te trekken, en vanaf de bergtoppen begonnen de soldaten ongelovig af te dalen naar de valleien, en zonder dat ze ook maar werden aangevallen verlieten ze stellingen die duizenden doden hadden gekost. Het idee was om het front naar achteren te verplaatsen, tot aan de Tagliamento, en om zich daar te herorganiseren en een verdediging op te stellen die de Oostenrijkers-Duitsers zou tegenhouden. Maar opnieuw had de bescheiden intelligentie van de militairen de eenvoudige werkelijkheid van de feiten niet weten te doorgronden. De termieten waren blijven oprukken, en het was inmiddels duidelijk dat zij als eersten de Tagliamento zouden bereiken. Zo kwam het dat meer dan een miljoen Italiaanse soldaten zich in een hopeloze situatie bevonden: ze daalden af naar de vlakte met achter zich een leger dat hun op de hielen zat, en vóór zich de termieten die hen opwachtten. De technische term hiervoor is omsingeling, en dat is de nachtmerrie van iedere strijder. Maar om u de waarheid te zeggen – vertelde Ultimo me – was het niet zozeer angst wat we voelden, maar iets anders, iets vreemds, een soort euforie, een soort dronkenschap. Hoe meer we ons terugtrokken, hoe meer mensen er waren, overal, maar ze leken niet de personages uit eenzelfde geschiedenis, het leek alsof iedereen zijn eigen lotgevallen moest volgen, heel persoonlijk, privé zelfs. Je zag mensen in alle kleuren en maten. De kapitein had ons overgehaald om onze wapens niet neer te leggen, maar er waren er duizenden die inmiddels zonder karabijn of iets ronddwaalden, en anderen die juist wapens verzamelden, die ze overal opraapten en omhingen, vrolijk lachend. Ik weet nog dat toen we vanuit het bos op de velden aankwamen, nadat we de hele nacht waren weggedoken voor de Duitsers die overal rondliepen... en toen kwamen we op de velden aan, de zon kwam op, en midden in het weiland stond een groepje Italiaanse soldaten, en ze waren op de koeien aan het schieten, met een pistool of met een geweer, ze schoten de dieren dood, al lachend, en luid pratend. Ze zeiden tegen ons dat we niets moesten achterlaten voor de vijand, verschroeide aarde, net als de Russen met Napoleon, dat zeiden ze en ze lachten, en dat is het vreemde dat ik me herinner, het was alsof een soort dronkenschap bezit had genomen van ieders hoofd. Dat moet u niet vergeten, weet u? Als u uw zoon echt wilt begrijpen – zei Ultimo tegen me. Als u die subtiele waanzin niet begrijpt, kunt u niets begrijpen. Het was onwerkelijk, het was allemaal onwerkelijk. Ik weet nog dat toen we bij de eerste huizen van Udine aankwamen, zonder dat we ook maar enig idee hadden of de Oostenrijkers daar al waren of hoe het zat, we hielden ons gedekt, en onze wapens waren geladen, ik weet nog dat we bij de eerste huizen waren toen er om een hoek van een muur drie hoeren aankwamen, drie meisjes uit het bordeel: ze renden halfnaakt, op blote voeten, ik weet nog dat hun sluiers in de wind wapperden, ze leken net een droom, en ze renden god weet waar naartoe, op blote voeten, zonder iets te zeggen of te roepen, niets, ze renden alleen maar, en ze verdwenen stilletjes in een steegje, het leek net of we alleen maar van ze gedroomd hadden, echt waar. Het was alsof iemand ze daar speciaal had neergezet om ons te laten weten in wat voor waanzin we waren terechtgekomen. En ook later zagen we alleen maar absurde dingen. We kwamen op een pleintje en daar stikte het van de Italiaanse soldaten, maar die zaten allemaal op de grond, en niemand die een wapen had, niets, je zou denken dat ze op verlof waren, of ik weet niet wat. En het mooie is dat er geen Oostenrijkers in de buurt waren, geen spoor, ze hadden zich gedragen alsof ze hout hadden gesprokkeld, ze hadden bundels hout gemaakt en die toen laten liggen, om ze later een keer op te halen, als ze tijd hadden. De kapitein vroeg of de stad in handen van de vijand was en toen schreeuwde een officier hem toe dat alles in handen van de vijand was, en terwijl hij dat zei hief hij een fles wijn in de lucht, die hij vasthield bij de hals, alsof hij wilde proosten, terwijl de anderen ons toeriepen dat de oorlog voorbij was, en dat we onze wapens maar beter konden neerleggen, want als de Oostenrijkers ons betrapten met wapens zouden ze ons afmaken. We moeten ons terugtrekken tot aan de Tagliamento, schreeuwde de kapitein hun daarop toe. Maar niemand gaf antwoord, ze reageerden niet, het ging hen niet langer aan. We hadden meteen moeten weggaan uit die stad – zei Ultimo tegen me – dan zou het allemaal niet gegaan zijn zoals het gegaan is, maar die stad had iets onweerstaanbaars, wat we nooit eerder hadden meegemaakt, als een gevoel van dood en feest tegelijkertijd, en alles op drift in een soort betovering, de stilte en de schoten, de klapperende luiken, de zon op de muren, de lege huizen, een heleboel dingen die gewoon waren achtergelaten, de honden die van niets wisten, de openstaande deuren, het wasgoed dat over de vensterbanken hing, en af en toe hoorde je Duits gezang opstijgen uit de raampjes van wijnkelders; Cabiria bleef zelfs even kijken, met zijn karabijn erop gericht, en hij zei dat alles onder de wijn stond, en dat er Oostenrijkers en Italianen stonden te dansen, hij zei echt dat ze stonden te dansen, stampend in de wijn, zo zei hij het. Er was geen touw meer aan vast te knopen. Voor een kerk troffen we twee Sicilianen, eveneens onbewapend, groot en stevig, het was een mooi gezicht want ze hadden hele stapels spullen om zich heen staan, maar echt ongelooflijke spullen, er stond zelfs een naaimachine, en verder kleren, jassen, dat soort dingen, netjes opgevouwen, en ook konijnen in een kooi. Er lag zelfs een spiegel in een gouden lijst. En een van de twee Sicilianen huilde. De andere niet, die stond rustig te roken. Hij zei dat dit de werkwijze van de Oostenrijkers was: ze pakten alles wat ze maar hebben wilden uit de huizen, en dan kozen ze een grote, stevige Italiaan uit de krijgsgevangenen en zeiden ze dat hij alles op zijn schouders moest laden en achter hen aan moest lopen. Waar zijn ze nu? vroeg de kapitein hem.

De Siciliaan gebaarde naar het huis tegenover hem. Het was een mooi huis, van rijkelui. Maar we zagen geen Oostenrijkers. Kom met ons mee, zei de kapitein. Maar die ene die huilde bleef maar huilen en de ander schudde zijn hoofd, zonder iets te zeggen.

Nu wilt u weten of wat uw zoon deed *technisch* gesproken *vluchten* was – zei dokter A., compagniechirurg, toen ik hem vroeg of hij van mening was dat die verwarde tocht iets was waarvoor je kon worden gefusilleerd. Eerlijk gezegd weet ik niet wat ik daarop moet antwoorden, zei hij. Wat er in die dagen gebeurde, tussen de bergen en de Tagliamento, kan niet in militaire termen worden omschreven, om de eenvoudige reden dat het uitgangspunt van iedere oorlogslogica ironisch genoeg ontbrak: het slagveld. De grens was in het niets opgelost en de opmerkelijke strategie van de Duitsers had alleen nog maar meer verwarring gezaaid. Er waren situaties die ik zonder aarzelen grotesk zou noemen, als ik die term mag gebruiken. Op een gegeven moment stuurden de Italiaanse bevelhebbers de troepen van de verbindingslinie naar voren, in de richting van het front, om de vijandelijke doorbraak te stremmen. Zo kon het gebeuren, en dat gebeurde ook, dat ze terwijl ze oprukten de termieten over het hoofd zagen en deze dus passeerden zonder dat ze die zelfs maar hadden gezien, en ze achter zich lieten, terwijl ze verder oprukten met als enige resultaat dat ze hele colonnes onbewapende Italiaanse soldaten tegenkwamen die zich tamelijk uitgelaten terugtrokken in de richting van de Tagliamento, en u kunt zich wel voorstellen wat voor woordenwisseling dat opleverde. Om nog maar niet te spreken van de burgers, die met tienduizenden tegelijk evacueerden met medeneming van alles wat ze konden dragen, zodat de weinige beschikbare wegen dichtslibden. En nu vraagt u me of ik vind dat uw zoon in een dergelijke chaos in strikt technische termen op de vlucht was geslagen, of dat hij gewoon gehoorzaamde aan de bevelen die hem geboden zich terug te trekken. Eerlijk gezegd weet ik niet wat ik u moet antwoorden. Misschien heeft het ook te maken met de manier waarop hij zich terugtrok. Ik bedoel, de manier waarop hij bij de Tagliamento aankwam.

Met de automobiel, zei ik – want dat was wat Cabiria me verteld had toen ik hem had gevraagd hoe ze erin waren geslaagd weg te komen uit Udine. Met de automobiel, zei hij. Hij zei dat ze op een gegeven moment een brede straat in waren gelopen, een laan omzoomd met bomen, en ditmaal hadden ze een heleboel Oostenrijkers aangetroffen, allemaal in slagorde opgesteld, terwijl de officieren de troepen inspecteerden, en overal stonden stukken geschut, zodat je je afvroeg hoe het mogelijk was dat dat er allemaal nu al was. Er was zelfs een orkest dat stond te spelen. Het was heel gek, zei Cabiria, want in twee jaar oorlog had ik nog nooit zoveel Oostenrijkers bij elkaar gezien. Als het aan mij had gelegen, had ik mijn wapens ter plekke neergelegd en was het daarmee af geweest. Maar Ultimo begon te rennen, en de kapitein rende hem achterna, dus wat kon ik doen? Ik begon ook te rennen, om te maken dat ik daar wegkwam. Het punt was dat ze ons hadden gezien en nu achter ons aan kwamen, schreeuwend in het Duits, onverstaanbaar. Toen de eerste schoten klonken, dook de kapitein een steegje in, en wij tweeën achter hem aan, in de hoop dat daar geen muur zou staan, of god weet wat, dan waren we mooi genaaid geweest. Zo renden we de halve stad door, en je hoorde de voetstappen en het geschreeuw van die kerels, die gaven het niet op. We renden zomaar wat, maar het zat ons mee, en op een gegeven moment belandden we weer op dat plein met die Italiaanse soldaten waarvan het leek of ze met verlof waren. We renden het plein over zonder een woord te zeggen, en misschien hebben zij toen iets gedaan, wie weet zijn ze alleen maar een beetje in de weg gaan staan, een feit is dat de voetstappen en het geschreeuw steeds verder weg klonken. Toen glipte de kapitein zonder iets te zeggen een poort binnen, en vervolgens staken we een binnenplaats over, en toen we een trapje zagen, een heel sierlijk trapje, renden we omhoog. Ik merkte dat Ultimo op een gegeven moment was gestopt en was teruggelopen, maar ik rende met de kapitein mee tot aan de eerste verdieping, waar een hal was, een soort hal, een gang die uitkwam in een huis. We gingen naar binnen, met het geweer in de aanslag, want we hadden natuurlijk geen idee wat we daar zouden aantreffen, en uiteindelijk stonden we daar. God, als ik eraan terugdenk kan ik het nog steeds amper geloven. Het was een grote eetkamer, maar dan echt groot, vol met dure spullen, tapijten, spiegels, schilderijen, en in het midden, precies in het midden stond een gedekte tafel, en daaromheen zat een gezin te eten. Maar dan echt met kristallen glazen, zeg ik u, en grote borden, kostbaar spul, en dan die vijf mensen, heel chic gekleed, die daar zwijgend zaten te eten. De vader zat aan het ene hoofd van de tafel, de moeder aan het andere, en aan de zijkanten drie dochters, eentje nog heel klein. Hun haar zat keurig netjes, met linten erin, allemaal in dezelfde kleur. Ze zeiden niets. Wij bleven stilstaan, in de deuropening, met ons geweer in de hand, en zij zeiden niets. Ze keken niet eens naar ons. Ze aten gewoon door. Vlees, het was vlees, en de aardappelen op hun bord waren zo geel, ik vond ze er zo geel uitzien. Je hoorde het getik van het bestek op het porselein van de borden. Wij zetten een paar stappen naar voren, de kapitein en ik, en toen keek een van de meisjes op. Haar vork bleef halverwege stil hangen, tussen het bord en haar mond. Je hoorde de stem van de vader die zei: Adele, dooreten. En ze keek weer omlaag. En haar vork zette zich weer in beweging. Er was witbrood, dat had elk van hen op een schaaltje voor zich liggen. En twee karaffen water, brandschoon. Ik liep naar de tafel, zonder erover na te denken, ik deed gewoon wat er in me opkwam. Ik pakte het glas van de vader, dat vol wijn zat, en begon te drinken. Hij deed niets. Toen pakte ik een stuk vlees van zijn bord, zo, met mijn handen, en begon te eten. Ik had in geen maanden warm vlees gegeten. Ik zag dat de kapitein van de andere kant eveneens naar de tafel was gelopen, en hetzelfde deed als ik. Hij at van het bord van een van de meisjes. Toen zei de vader dat we niet het recht hadden. Hij zei dat we het alleen maar beleefd hoefden te vragen en dan zouden ze in de keuken beslist iets voor ons klaarmaken. Hij zei het zonder me aan te kijken. Dat was wat me zo woest maakte. Ook wat hij gezegd had, maar vooral dat hij me niet had aangekeken. Dat is een lang verhaal om uit te leggen, professor – zei Cabiria tegen me – dan zou ik veel dingen moeten vertellen. Doe maar, zei ik. Van mijn verlof naar huis, zei hij. Vertel maar, zei ik. Toen we met verlof naar huis gingen, Ultimo en ik, naar mijn thuis, zei hij. Ultimo wilde niet naar zijn thuis gaan omdat hij problemen had. Zijn vader had een of ander ongeluk gehad, hij was invalide geraakt, en hij had geen zin om naar huis te gaan.

Vanwege dat verhaal en ook vanwege andere dingen, die met een broer van hem te maken hadden, ik weet niet. Hoe dan ook, hij moest toch ergens heen, en dus ging hij met mij mee. Ik zal niet te veel uitweiden, maar het werd één grote puinhoop. We deden er dagen over om er te komen, en onderweg keken de mensen je heel eigenaardig aan, je zag dat ze liever hadden gehad dat je aan het front was gebleven. En in het dorp was het al niet veel beter. Op een avond nam ik hem mee naar een herberg aan de rijksweg, want daar werkte de dochter van de eigenaar, echt een lekker ding, en als ze bij je tafeltje kwam, bukte ze zich om je te laten kijken, dat hoorde bij de service, snapt u. We wilden ons een beetje amuseren, even al die klotezooi vergeten. Nou, dus we gingen naar die herberg, en we hadden ons ook goed gewassen, lekkere geur op en alles, maar wel in ons uniform, want daar waren we trots op. We gingen aan een tafeltje zitten en de eigenaar was een en al glimlach, maar hij vroeg wel of we daar achterin konden gaan zitten, omdat dit tafeltje voor iemand anders was, die nog zou komen. Dus wij gingen achterin zitten, aan het tafeltje dat hij ons had gewezen. En toen werden we bediend door een jongen, die ik nog nooit gezien had. Die ander, dat meisje dat zo'n lekker ding was, die was er wel, maar ze kwam niet bij ons. Ze wierp ons blikken toe vanuit de verte, maar dan stuurde de eigenaar haar naar de andere tafeltjes. En wij de hele tijd met dat puisterige jochie. Dus op een gegeven moment stond ik op, ik liep recht op de eigenaar af en ik zei hem recht voor zijn raap dat we geld zat hadden om te betalen, maar dat hij niet zo flauw moest doen en ons gewoon zijn dochter moest sturen. Hij zei dat het eten gratis was, als hulde aan het vaderland, maar als we het waagden om de andere klanten lastig te vallen, dan zou hij ons er zo uit schoppen. En dat zei hij zonder me aan te kijken. Omdat hij ervan walgde om me aan te kijken. Niemand wilde kijken, snapt u? Ze wilden wel de oorlog winnen, maar ze wilden hem niet in de ogen kijken. Ze hadden nooit iets recht in de ogen gekeken, ze lazen de krant en verdienden geld, en ze wilden de waarheid niet weten, daar waren ze doodsbang voor, ze *schaamden* zich voor de waarheid. Je kreeg gewoon heimwee naar de loopgraaf, werkelijk, dat meen ik echt, je ging gewoon de dagen aftellen en hopen dat het gauw voorbij zou zijn en dat ze je dan weer in die drek daar beneden zouden gooien, want die was tenminste echt, nou en of die echt was. Nou ja, vanwege al die dingen werd ik dus woest op die rijke stinkerd, die maar van zijn vlees zat te eten en ons niet eens aankeek. Misschien voelde heel die tafel als een klap in mijn gezicht, maar als hij me had aangekeken, had ik me dat niet eens gerealiseerd; het was allemaal krankzinnig, maar wat maakt het uit. Maar hij zei dat we naar de keuken moesten gaan, en dat als we het beleefd vroegen, ze ons wel wat te eten zouden geven. En dat dus zonder me aan te kijken. Ik sloeg hem met de kolf van mijn geweer, recht in zijn gezicht. Hij viel op de grond, met stoel en al. Ik herinner me zijn witte servet, dat wegdwarrelde. Ik keek op. De kapitein bleef gewoon dooreten. De drie meisjes en de moeder zaten daarentegen roerloos, keurig recht, starend naar hun bord, met hun vork in de hand. Ze waren zo mooi. In de oorlog heb je niet zulke engelen, het was allemaal krankzinnig. Dus ik liep naar de oudste en raakte haar haren aan. Een van haar zusjes begon te huilen, maar dan stilletjes. Ik trok aan een van de linten, en haar haren vielen los over haar schouders, met een lichtheid die ik was vergeten. Toen keken we allemaal op naar de deur, de kapitein, ik, en ook zij, de engelen, allemaal keken we op naar de deur, en op de drempel stond Ultimo. Dat was iets heel bijzonders dat hij had: hij was iemand van wie je altijd opmerkte dat hij er was. Dat is iets wat sommige mensen hebben, een soort gave. Waar ik vandaan kom, zeggen ze dat die mensen een gouden schaduw hebben, maar waarom weet ik niet. Hij had er een. Dus we keken allemaal op en daar stond hij, en hij zei zachtjes:

'Er staat een automobiel, daar beneden.'

Daarna wilde hij misschien nog wel meer zeggen, maar hij was als verblind door die tafel, je zag dat de woorden uit zijn mond verdwenen, en dat hij die tafel met zijn ogen verslond. Hij liep er zachtjes naartoe, op zo'n manier dat we niet eens de neiging hadden om iets te zeggen, de kapitein en ik, je zag dat we hem maar moesten laten begaan, zo zat hij in elkaar. Hij kwam bij de tafel en begon met zijn vinger over de rand van het tafellaken te glijden. Hij bleef maar heen en weer glijden met zijn ogen, van de ene naar de andere kant van de tafel, alsof hij hem moest meten, of in één blik helemaal in zich op moest nemen. Er lag een vreemde glimlach op zijn gezicht, alsof hij daar was om iets terug te vinden wat hij was kwijtgeraakt. Met zijn handen raakte hij alles aan, de buik van de karaffen, de rand van de borden, de omtrek van de glazen, hij streek er met zijn vingers langs, heel sierlijk, een beetje alsof hij ze zelf gemaakt had, als een handwerksman als hij iets af heeft en het nog een laatste keer nakijkt, of nog even een kleine aanpassing maakt. De mensen had hij niet eens opgemerkt, het waren *de voorwerpen* die hem troffen, zogezegd, hij had niet eens gekeken naar de vader, die op de grond lag, bewusteloos, met het bloed op zijn gezicht, en in plaats daarvan streelde hij de zilveren servetring, en liet hij hem over het tafellaken rollen. Op een gegeven moment liep hij naar de jongste van de drie zusjes, een schatje, werkelijk, ze zat daar roerloos naar haar bord te staren, zonder te huilen of iets, en hij liep naar haar toe en haalde behoedzaam de vork tussen haar vingers uit, een zilveren vork, helemaal bewerkt. Hij stond hem te bekijken en ging met zijn ogen van de punten naar het handvat en toen weer terug naar de punten, hij leek er wel door gehypnotiseerd. Op dat moment vond de kapitein het een beetje te ver gaan, dus vroeg hij luid hoe dat zat met die automobiel. Ultimo leek weer bij zinnen te komen, alsof hij terugkwam uit een droom. Hij zei dat er een automobiel in de garage op de begane grond stond.

'Wat moeten wij met een automobiel?' vroeg de kapitein.

'We rijden ermee naar de Tagliamento, dat doen we ermee.'

'Jij bent gek, daarvoor moet je kunnen autorijden.'

Ultimo glimlachte. Toen boog hij zich over het meisje en zei tegen haar:

'Merci.'

En hij stopte de vork in zijn zak. En hij vertrok. Hij liep zo de deur uit, zonder nog ergens naar te kijken. De kapitein en ik keken elkaar aan, en toen liep hij Ultimo achterna. En ik liep hem ook achterna. Maar ik was nog niet buiten of ik kreeg een idee, en ik liep naar de moeder en zei tegen haar:

'Merci.'

En toen rukte ik de ketting van haar hals, een dunne ketting, een gouden draad. Zij verroerde zich niet, dus nu ik toch eenmaal bezig was pakte ik ook twee van die zilveren ringen, voor die servetten. Ze lieten me begaan. Het ging allemaal zo makkelijk dat ik op het idee kwam om het echt goed aan te pakken, en ik liep naar de moeder en vroeg waar de rest was. Zij keek me nog steeds niet aan, ze bleef naar haar bord staren, maar ze haalde drie ringen van haar vingers en zei zachtjes Doe ons geen kwaad. Ik pakte de ringen aan en herhaalde mijn vraag: Waar hebben jullie de rest verstopt? Ik had ineens het gevoel dat ze god weet wat voor schat verborgen hielden, gek als ze waren, in dat huis. Ze bleef roerloos zitten, zonder iets te zeggen. Toen stak ik een hand in haar decolleté, en zei iets als Moet ik het soms zelf gaan zoeken? Een beetje bluf. Ze had zachte borsten, gehuld in kant. Alstublieft, zei ze, en ze stond op. Ze nam me mee naar de boekenkast, en daar, vanuit een of andere geheime plek haalde ze alle sieraden te voorschijn, een fortuin. Ik had nog nooit zoiets gedaan, dat zweer ik u, maar daar was het allemaal zo vreemd, we waren allemaal vreemd, de hele wereld was vreemd, in die dagen. En ergens in mijn hoofd had ik waarschijnlijk het idee dat ik alleen maar terugpakte wat ze van mij hadden afgenomen. Die vrouw keek me nog steeds niet aan en ik bedacht dat ik dus niet zou stoppen voor ze me aankeek. Ik begon alles overhoop te halen, met mijn geweer, en toen stak ik met mijn bajonet de fauteuils kapot, en de kussens en alles wat ik maar tegenkwam. Ik maakte er een grote puinhoop van. De drie zusjes en de moeder bleven zwijgend zitten, nog steeds zo roerloos dat ik ze wel kon vermoorden. Voor mij betekende het dat ze wel degelijk nog iets verborgen hielden. Uiteindelijk vond ik het achter een houten paneel, zo een die ze in chique huizen tegen de muur hebben zitten, omdat de muur alleen hun een beetje armoedig voorkomt, alleen maar een muur. Achter dat paneel zat een gat, dat uit de bakstenen was gehouwen. Daarin zaten een soort platte steentjes, als kleine boekjes, ik weet niet, van die tegeltjes – en die waren van goud. Sukkels. Met al dat goud bleven ze daar maar zitten om zich te laten pakken door de oorlog, in plaats van ergens anders heen te gaan om ervan te genieten. Ik vond dat het echt sukkels waren. Ik maakte mijn rugzak leeg op de grond en stopte het goud en de rest erin, de sieraden, de servetringen, alles. Mijn handen beefden, van opwinding. Hier zouden we ons hele leven van kunnen rondkomen, ik, Ultimo, en misschien ook wel de kapitein, en in alle luxe, niet als arme sloebers. Van beneden hoorde ik het geluid van een draaiende motor. Het leek allemaal zo perfect, alsof we het van tevoren helemaal zo gepland hadden. Voor ik wegging liep ik naar de moeder, en tilde met mijn hand haar kin op, zodat ze gedwongen was me aan te kijken. Ze had grote grijze ogen, zoals sommige dieren hebben. Ze keek me aan. De vader lag daar nog steeds op de grond, maar hoe moest ik weten dat hij dood was, ik had hem alleen maar een flinke klap in zijn gezicht gegeven; ik hoorde het pas later, dat hij dood was, maar het is niet eens zeker dat het zo gegaan is, misschien is hij wel van verdriet gestorven, en helemaal niet door mijn klap, of misschien hebben zijn dochters hem nog een klap gegeven, omdat hij altijd zo'n strenge sukkel was geweest, weet ik veel. Met die smoes hebben ze me hier vastgezet en ze laten me nooit meer gaan, zei Cabiria tegen me.

Ik wist dat hij al dertien jaar in de gevangenis zat omdat de man die hij vermoord had een hoge pief was, maar ook omdat het goud nooit was gevonden, en hij halsstarrig bleef weigeren te vertellen waar hij het had verstopt. Ik zei tegen hem dat ze hem zijn hele leven in de gevangenis zouden laten wegrotten, en dat hij dus nooit zou kunnen genieten van zijn goud. Hij begon te lachen. Dat zegt u, zei hij. Dat zegt u.

Ik kan getuigen dat, tegen alle logica in, mijn zoon met Cabiria uit Udine vertrok in een Fiat 4, bestuurd door de soldaat genaamd Ultimo; ze lieten de stad achter zich en gingen op weg naar de Tagliamento, via secundaire wegen en soms dwars door de velden. Toen ik aan dokter A., compagniechirurg, vroeg hoe dat mogelijk was geweest, moest hij hard lachen en zei hij dat het gebeurd was en dat dat dus betekende dat het mogelijk was, en hij voegde eraan toe dat in feite alles wat in die dagen gebeurd was, op dat deel van het platteland, eigenlijk iets onwerkelijks had. Dat was geen oorlog meer, zei hij. Ziet u, bij de manoeuvres die in de militaire handboeken staan beschreven is er een die alle andere in moeilijkheid overtreft, in die zin dat hij door velen in wezen onuitvoerbaar wordt geacht: de aftocht. Het punt is dat de handboeken die hardnekkig blijven beschouwen als een beweging waaraan enige orde kan worden verleend, een bepaalde vorm van rationaliteit. Terwijl het eigenlijk zo is dat een leger dat zich terugtrekt in feite een leger is dat niet meer bestaat. Een van de stompzinnigste zinnen die u wellicht gehoord hebt met betrekking tot Caporetto is dat 'de aftocht zich ontpopte tot een verpletterende nederlaag'. Dat zijn nou de drogredenen van het militaire jargon. Ze blijven iets hardnekkig als een oorlogsmanoeuvre beschouwen wat nou juist pas ontstaat als de schil van de oorlog barsten vertoont en er ongelooflijke hoeveelheden fysieke en morele energie vrijkomen uit de contouren van de oorlogslogica, die eenvoudigweg achteruitstromen, waarbij ze hele stukken landschap, mensheid, en dood met zich meesleuren. Er bestaat geen geordende manier om zoiets te doen. De oorlog, ja, die is wel geordend, maar elke aftocht is een onderbreking van de oorlog, een vruchteloze overgang in een opeenvolging van gebeurtenissen, een oncontroleerbare latentie van enige regel, en dus een nederlaag. Die van Caporetto was van bijbelse omvang en, als u me toestaat, van een verblindende formele chaos. In een paar dagen tijd stroomden meer dan drie miljoen mensen samen op een klein stuk land, waar ze elke soort illusie en redenering lieten samenkomen. Meer dan een miljoen Italiaanse soldaten kwamen er aan vanuit de bergen; tot een paar dagen daarvoor zaten ze nog ondergedompeld in de hel van de frontlinie en nu zagen ze de open vlakte weer terug, en de gezichten van mensen, vrouwenstemmen, openstaande huizen, kelders om te plunderen, en overal plekken waarvan de eigenaar verdwenen was. Sommigen van hen marcheerden nog in de innerlijke overtuiging dat ze gehoorzaamden aan een bevel, het bevel om zich terug te trekken, maar de meesten volgden ontegenzeglijk de ledigheid van de wegen, terwijl ze gewoon het gevoel hadden dat ze *vrij* waren, verlicht van de last van de oorlog, en plotseling terechtgekomen in een opgeschorte wereld waarin ze niet langer geleid werden door de Geschiedenis. Ze werden op de hielen gezeten door het Oostenrijks-Duitse leger, dat wil zeggen een miljoen uitgeputte soldaten, meegezogen door een opmars waarvan niemand had gedacht dat hij zo ver door zou gaan; de logistieke plannen werkten niet meer, dus hun enige mogelijkheid om zich te bevoorraden was plundering, en in zekere zin was hun enige kans op overleving om steeds maar verder op te rukken. Als u daarbij de burgers optelt, bijna driehonderdduizend mensen die uit hun huizen waren getrokken om te vluchten voor de invasie; stelt u zich eens hun handkarren voor, de bejaarden en de kinderen, de zieken op bedden die zo goed en zo kwaad als het ging op karren waren geladen, het vee, dat hun hele bezit was. Stelt u zich eens de wegen voor, die door de herfstbuien waren veranderd in modderstromen. En denk nu dan aan de krankzinnige variabelen: de Duitse termieten, die nog steeds ronddoolden door de bloedsomloop van die aftocht, vaak vóór de Italianen, wat gevechten in tegengestelde richting tot gevolg had, waarbij onze mannen slag moesten leveren om terug te kunnen, om de wegen vrij te maken. En de cruciale punten van het strategische schaakbord, spoorwegstations, bruggen, knooppunten van wegen, waar de oorlog weer oplaaide, plotseling, om het bezit van kleine stellingen die leven of dood konden betekenen. En de eerste burgers die bij de rivieren aankwamen en van daaruit werden teruggedreven, gedwongen om terug te keren, in de richting van de huizen die ze verlaten hadden. En de Italiaanse verbindingslinies die naar voren werden gedreven, in tegengestelde richting ten opzichte van de aftocht, om de opmars van de vijand te vertragen. En de krijgsgevangenen, die uit de bergen waren afgedaald en ze nu weer beklommen, terwijl hun vrijheid was afgenomen, op weg naar de krijgsgevangenkampen op Oostenrijkse bodem. Kunt u zich een voorstelling maken van een dergelijke, duizelingwekkende explosie? Als u wilt weten hoe ik er echt over denk, dan zal ik u zeggen dat wat er in die dagen ook gebeurd is, op de wegen in de richting van de Tagliamento, dat dat niet valt te begrijpen door het te plaatsen in de logica van de oorlog, maar eerder, gelooft u me, door het te vergelijken met een heel andere soort ervaring: de ervaring van een feest. Als u de grammatica van het carnaval gebruikt, zult u erin slagen de aftocht van Caporetto te doorgronden. Maakt u zich eens een voorstelling – zei dokter A., compagniechirurg – van die vloedstroom aan mensen, onder een oktoberhemel, in de spectaculaire omlijsting van duizenden en nog eens duizenden stukken artillerie die zijn achtergelaten, vernield, omgegooid, maakt u zich eens een voorstelling van drie miljoen mensen die niets meer te verliezen hebben en zich bijeenvoegen in één uiterst langzame tocht, maakt u zich eens een voorstelling van de vermoeidheid en de pijn, maar ook van de opluchting en de uitgelatenheid, en de opschorting van zorgen en de Babylonische spraakverwarring. Dan kunt u het misschien wel aanvoelen, het feest, onder de huid van datgene waarover naderhand werd verteld als een catastrofe, zonder bang te zijn dat u die carnavaleske huivering herkent, die monumentale grimas, zelfs *de dans*, als u die voor u kunt zien, de dans die die tocht door de modder voorstelde, over het land, heel licht. Ik zeg u dat dit land nog nooit zo'n feestdag had beleefd als toen. Zo'n revolutie, bedoel ik eigenlijk. Denkt u zich eens in hoe de gegoede burgers het in hun broek deden, veilig in hun verwarmde huizen, toen ze op een ochtend wakker werden en merkten dat ze werden overspoeld door een onbedwingbare toestroom van een hele stoet gekken, vol wrok en ontdaan van enigerlei discipline? Waar was u op dat moment, professor? In een of andere schemerige salon? Veilig binnen uw universiteit? Zeg niet dat u die huivering niet gevoeld heeft, bij het eerste nieuws, bij de eerste krantenkoppen; het leken net de dagen van de bolsjewistische nachtmerrie, dat kunt u niet vergeten, de dagen van de Russische revolutie, en precies in die dagen daalt de stoet gekken af uit de bergen, de gekken die drie jaar lang aan de leiband zijn gehouden, god weet hoe woest ze op de vlakte afkomen, en ze zijn vast allemaal gewapend, dat maakte jullie doodsbang, zoveel gewapende wanhoop, zeg niet dat jullie niet even gedacht hebben dat dit het einde was, niet van de oorlog, niet alleen maar van de oorlog, maar van alles, van jullie zwendel, van jullie trucje, dat zou worden weggevaagd door de gewapende schooiers die jullie hadden getraind voor de gruwelijkste ontberingen, die kwamen nu vanuit de bergen op jullie af en niemand zou ze kunnen tegenhouden omdat ze nergens meer bang voor waren, ze zouden komen en ze zouden jullie elke wreedheid en elke gewelddaad betaald zetten.

Maar nee.

Ze marcheerden als makke dieren.

Dat zeggen alle getuigen. Resoluut, vastberaden, maar wel mak. Aan de zijde van hun officieren, terwijl ze aan de kant gingen voor de automobielen van de generaals die waren achtergebleven en ijverig de afsluiters hadden losgeschroefd van de stukken artillerie die ze achterlieten, zichzelf ontwapenend, en schreeuwend: de oorlog is voorbij. Ze hadden het idee dat het vrede was, snapt u? Niets geen revolutie. Een feest, gelooft u me. Het is niet gemakkelijk te begrijpen waarom, maar dat wat met de heftigheid van een revolutie had kunnen woeden verliep als een feestdag op de kalender van de wreedheden die waren opgelegd door de Tijd. Laat u zich niet misleiden door de gewelddadigheden, door de plunderingen, door de verkrachte Rode-Kruiszusters en door de kerken die werden omgeturnd tot onderdak voor slemppartijen. De normale omlijsting van een feestdag. Een feit is dat ze jullie spaarden, zonder enige reden en zonder het te beseffen, met dezelfde onbegrijpelijke gedweeheid als die waarmee ze de loopgraven hadden geaccepteerd. Ze hadden jullie kunnen wegvagen, maar in plaats daarvan spaarden ze jullie, in ruil voor één lange dag van feest en anarchie. Bent u daar niet van overtuigd, professor?

Ik zei tegen hem dat ik al heel lang geen interesse meer had in dat soort overwegingen. Ik voegde eraan toe dat het me alleen om de eer van mijn zoon te doen was, en dat ik het dus uitermate belangrijk vond om de militaire kant van de zaken te begrijpen, die ik op zich weerzinwekkend vond, maar waarvan ik begreep dat hij noodzakelijk was om mijn doel te bereiken. Ik beaamde dat zijn theorie over het feest van Caporetto wel iets boeiends had, maar dat het me werkelijk speet dat ik geen tijd had om er dieper op in te gaan en hem eventueel te beoordelen. Terwijl ik mijn verontschuldigingen maakte, voelde ik me genoodzaakt hem te verzoeken terug te komen op de dynamiek van de militaire feiten, zodat ik daarin het scenario zou kunnen vinden waarin ik datgene wat ik wist van de bewegingen van mijn zoon zou kunnen plaatsen.

Ik zei u al dat de aftocht een opschorting van de oorlog is, zei hij.

Dat is onmogelijk, zei ik. Het Oostenrijkse leger zat hun op de hielen, en de ronddolende termieten sneden de vluchtelingen de weg af, en dan had je de Italiaanse verbindingslinies die nog vochten.

Dat was allemaal waanzin, zei hij tegen me.

Vertel me erover, zei ik tegen hem.

Allemaal waanzin, zei hij.

Hij leek vermoeid. Daarop bukte ik me en haalde nog een fles cognac uit mijn tas, en die zette ik op tafel, volgens de regels van dat vreemde onderhoud van ons. Hij knikte, maar bleef zwijgen. Het kwam in me op om hem te vragen waar hij zelf was, in die dagen, tijdens Caporetto. Het was niet de afspraak dat ik hem iets persoonlijks zou vragen, maar de fles was vol, glanzend, en hij zag eruit alsof hij wel een speciale prijs verdiende. Hij bleef zwijgen, en pas toen ik hem opnieuw vroeg of hij me wilde vertellen waar hij zich bevond, in de dagen van Caporetto, toen zei hij:

'Ik heb het helemaal gehad met u, professor. Met uw vragen.'

'Ik doe het voor mijn zoon,' zei ik.

'Hou toch op over die zoon, wat kan mij die zoon van u verrekken, snapt u dat dan niet? Uw zoon is een druppel in een oceaan, u bent al jaren op zoek naar een druppel in een oceaan, wat maakt het in godsnaam uit of hij onschuldig was of niet? In een zee van drie miljoen ontspoorde mensen, wat maakt het dan uit? Wat doet het er nog toe?'

Ik wilde de fles cognac terugpakken, en toen verscheen er ineens een flits van angst in zijn ogen. Van boosaardigheid en van angst. Hij hield mijn hand tegen en pakte de fles vast. Hij maakte hem open door de kurken dop er met zijn tanden uit te rukken. Hij dronk niet. Hij keek naar de fles. Toen zette hij hem op tafel, maar hij bleef hem stevig vasthouden met zijn hand, en hij boog zich een beetje naar me toe en staarde me recht in de ogen. Hij praatte zonder te stoppen, zonder zelfs maar een slok cognac te drinken, en zijn stem klonk voortdurend monotoon, en boosaardig.

Ik was bij Ponte Delizia, de brug over de Tagliamento. Er was een hospitaal in de achterhoede, op de westelijke oever, en daar lag ik onder dienst. De toestroom van vluchtelingen en terugtrekkende soldaten kwam onverwacht, massaal, onhoudbaar. Het water in de rivier stond hoog, de brug was de enige plek waar je eroverheen kon. Er heerste een onvoorstelbare chaos, en met honderdduizenden stroomden ze vanuit het binnenland toe om klem te komen staan voor die sadistische flessenhals die de brug vormde. Het regende en 's nachts was het stervenskoud. De Duitsers kwamen in de ochtend; ze gleden omlaag vanuit het noorden, langs de andere oever van de rivier. Ze stortten zich op die onmetelijke massa als wolven op een kudde schapen. Je hoorde het geschreeuw van doodsangst, dat plotseling opsteeg vanuit het binnenste van de menigte, en toen zagen we de mensen wegspringen, vluchten, in het water duiken, alles wat voor hun voeten kwam vertrappen. De Duitsers wilden de brug, en ze stormden er met een ongelooflijke snelheid op af, dwars door de menigte. Wij openden het vuur. Het was niet makkelijk voor ze, wij zaten verschanst, zij stonden op open veld. Ze probeerden over te steken, maar uiteindelijk waren ze gedwongen om terug te keren. Ze deden er niet lang over om een alternatief te bedenken. Ze verschenen aan het begin van de brug, terwijl ze de Italiaanse vluchtelingen als schild gebruikten. Ze duwden ze naar voren, en ze verschansten zich achter hen. Tja, dat is een fraai dilemma, professor. Wat zou u gedaan hebben? Vraagt u me niet of schieten op die gijzelaars *technisch* gesproken een vorm van bevelen opvolgen was of een laffe uiting van angst? De Italiaanse gevangenen liepen met hun handen in de lucht en schreeuwden dat we niet moesten schieten. We openden het vuur, met onze mitrailleurs, en de Duitsers begrepen het, en ze trokken zich terug. Een heleboel krijgsgevangenen bleven halverwege op de brug liggen, stervend. Ze jammerden, en ze smeekten ons, maar ook deze keer verlangden ze dingen van ons die we niet konden doen. Toen vielen de Duitsers voor de derde keer aan. We begrepen dat ze het nooit zouden opgeven, dat ze het de hele dag zouden blijven proberen. Dus beval de generaal om de brug op te blazen. Dat was een lastige kwestie. Door de brug op te blazen zouden we honderdduizenden mensen de weg afsnijden, en hen veroordelen tot gevangenschap. Maar aan de andere kant, als we de Duitsers zouden laten passeren, was dat het einde. Je moest nét voordat je was verslagen inzien dat je was verslagen, en dan alles de lucht in laten vliegen, om de Duitsers aan de overkant te houden. Een lastige kwestie. De generaal die erover moest beslissen kende ik, hij kwam bij mij uit de buurt. Soms kun je de oorlog begrijpen door oog te hebben voor de details. De generaal was een man die bij zijn moeder woonde, een weduwe, en hij stond erom bekend dat hij eens in de week een hoer bij zich thuis liet komen, steeds een andere, en dat een van zijn zussen haar voor hem uitkoos, en dat zijn moeder haar betaalde. Zo'n type was hij. En nu lag het leven van miljoenen mensen in zijn handen. Hij liet de brug opblazen, en het was alsof je de trossen van een schip lossneed, en dat andere deel van Italië leek weg te glijden, op drift. Er vlogen ook een hele hoop Duitsers de lucht in, en alle lijken die erop lagen, en dieren, en spullen. In het dorp, op drie kilometer afstand, gingen alle ramen aan diggelen. Het was een puike explosie. Toen het gevaar was geweken, begonnen wij aan deze kant van de rivier ons te reorganiseren. We verzamelden de stuurloze soldaten en we stuurden ze naar de verbindingslinies, om ze opnieuw in te delen, en ze te herbewapenen. Als we echter een officier tussen de dolende soldaten aantroffen, vroeg de militaire politie hem hoe het kwam dat hij niet bij zijn mannen was. Ze namen niet eens de tijd om het antwoord af te wachten. Ze brachten ze naar de zomerbedding van de rivier en fusilleerden ze. Desertie. Misschien was uw zoon een van hen. Misschien was hij degene die schreeuwde, en die in zijn broek piste toen hij tegenover het peloton stond. Hij was de jongste.

Hij zweeg. Misschien was hij uitgesproken. Hij klemde nog steeds zijn hand om de hals van de fles cognac, maar hij dronk niet.

Ik was niet van plan om me te laten afleiden door zijn boosaardigheid, en dus bleef ik kalm, en wist ik mijn ontzetting te beheersen. Het enige wat ik zei, met een onnodig vleugje strijdlust, was dat ik moeite had om iets feestelijks op te merken in dat alles.

Hij maakte een gebaar alsof hij wilde zeggen dat daar wel iets in zat. Maar meteen daarna begon hij bitter te lachen, alsof hij me bang wilde maken.

'U kunt er geen bal van begrijpen,' zei hij onder het lachen.

Je kon zien dat hij een hekel aan me had gekregen.

Hij werd weer serieus en staarde me recht aan, net als eerst, en met dezelfde monotone, wrede stem zei hij nog iets, voor hij me wegjoeg.

Ik schenk u het laatste beeld dat ik van Caporetto heb, zei hij, u kunt ermee doen wat u wilt. Een regenachtige dag, winters koud. We waren allemaal op weg naar de Piave, met de Oostenrijkers achter ons aan. We dwaalden maar wat rond, gelooft u me, er bestond geen orde meer, en geen eer. Ik was even gaan uitrusten van alle vermoeienissen. Ik zat onder het afdak van een kippenhok te kijken naar de troosteloos neerplenzende regen. Het was om gek van te worden. Ik slaakte een kreet, en er kwam een joch dat een jaar of twintig zal zijn geweest. Hij wist precies wat ik van hem wilde. Hij knielde voor me neer, ik maakte mijn broek open en haalde mijn pik tevoorschijn. Terwijl hij op en neer ging met zijn hoofd begon ik zijn haar te strelen, dat heel kort was geknipt. Dat gevoel had ik in mijn handpalm toen ik opkeek naar de weg, en ze zag, op zo'n honderd meter van ons af. Een bataljon Oostenrijkers, netjes in het gelid, marcherend, in stilte. Het zullen er zo'n tweehonderd zijn geweest, iets meer, en het gekke was dat elk van hen een geopende paraplu in de hand hield, om zich te beschermen tegen de regen. Ze hielden hun geweer in de ene hand, en in de andere hun paraplu. Echt waar. Honderden paraplu's, allemaal keurig opgesteld, tegen de grijze achtergrond van de landerijen, lichtjes wiegend, maar allemaal tegelijk, als zwarte boeien, gewiegd door de golfslag van de zee.

Af en toe denk ik eraan terug, zei hij tegen me, en elke keer heb ik het gevoel alsof ik in een droom mijn eigen begrafenis heb gezien. Maar het is geen droom, het is een foto. U mag hem houden. Hij is van u. Ik heb hem niet meer nodig.

Twee jaar later heeft dokter A., compagniechirurg, zoals ik van een gemeenschappelijke kennis vernam, zich het leven benomen met een geweerschot, op een regenachtige zondagochtend. Ondanks de onaangename herinnering die ik had overgehouden aan onze gesprekken, had ik met hem te doen, en moest ik onwillekeurig denken aan al die mensen die de oorlog was blijven doden nadat de wapens er het zwijgen toe hadden gedaan. Het was net een beest dat zijn slachtoffers had meegesleept naar zijn donkere hol, en ze nu op zijn gemak verorberde, terwijl hij ze zo lang mogelijk in leven hield zodat het levende vlees lekker warm zou blijven. In zekere zin zou ik mezelf ook onder die lange rij ongelukkige slachtoffers kunnen scharen, als je bedenkt dat de oorlog vervolgens mijn laatste jaren heeft opgeknabbeld, en ze heeft onttrokken aan de normale bezigheden die ik in vredestijd had moeten hebben. Maar ik wil me niet ten onrechte beklagen over mijn lot: ik ben uit eigen vrije wil uit het leven gedeserteerd, en ik heb mezelf er jarenlang toe veroordeeld om de dood van mijn zoon te sterven, in een poging die te begrijpen, of misschien gewoon om die dichtbij me te houden. Er is niets heroïsch aan het leed dat men zichzelf aandoet, en in feite is het ook geen leed, maar een ondoorgrondelijk genoegen. Op de een of andere manier, waar ik niet de vinger op kan leggen, kon ik niet anders dan mijn zoon in leven houden, en met hem mee vluchten was een manier om dat te doen, al is die niets geraffineerder, dat besef ik heel goed, dan andere manieren. Ik weet dat in zijn voetstappen zijn onschuld staat geschreven, en ik wil graag geloven dat dit gedenkschrift van mij de militaire wetgeving ertoe kan aanzetten om er het bewijs voor een te lichtvaardig genomen vonnis in te zien. Maar als dat niet gebeurt, kan ik alleen nog zeggen dat mijn werk toch niet voor niets is geweest, omdat het me tot de drempel van het einde heeft meegevoerd in het gezelschap van mijn zoon, van wie ik zoveel heb gehouden, zonder dat ik eigenlijk wist waarom. Het is me een groot genoegen geweest mijn dagen te verdoen in ruil voor zijn gezelschap. En het vervult me van dankbare blijdschap dat ik me nu, in deze uren die mijn laatste zijn, elke keer als ik wil, en duizenden keren per dag, het laatste beeld voor de geest kan halen dat ik van hem heb weten te ontfutselen aan de vergetelheid van de gebeurtenissen. Ik zie hem voor me, in het hart van een spectaculaire chaos, in zijn uniform, uitkijkend over het hoge water in de rivier, bruin en troebel, onder de zilveren plaat van een ijskoude hemel. Honderdduizenden mensen die na een lange lijdensweg in de richting van een miezerige brug zijn gedreven, Ponte Delizia, die hen met een schuldige traagheid opslokte. Ze konden niet meer voor- of achteruit, en een soort koortsachtige onbeweeglijkheid was iets wat ieder van hen afwees, met een laatste krachtsinspanning. Cabiria had erop aangedrongen dat ze hun uniform zouden weggooien en burgerkleren zouden aantrekken, maar mijn zoon wilde dat niet, en Ultimo evenmin. Dus was Cabiria de enige die nu rondliep in een veel te nauw, overdreven chic donker pak. Hij hield nog wel zijn militaire rugzak bij zich, die waarin hij zijn schat had gestopt. Die betekende alles voor hem, en nu was het vervloekt belangrijk geworden om die rivier over te komen. Wat ga je daar dan mee doen als je aan de overkant bent? had Ultimo hem gevraagd. Ze pakken hem toch af. Maar hij had gelachen. Ze moeten hem eerst maar eens zien te vinden, had hij gezegd. En daarna had hij gezegd: We gaan allemaal naar huis. En met een energie die de andere twee allang kwijt waren, duwde hij ze dwars door het gedrang voort, om eruit te komen en ze mee te nemen naar een plek die hij kende, een aanlegplaats verder bergopwaarts, waar hij met zijn goud een overtocht had betaald, aan een schipper. Er varen geen boten, had mijn zoon gezegd, zolang het hoogwater is varen er geen boten, maar Cabiria wist zeker dat de boten wel degelijk voeren, als je maar betaalde. Dus duwde hij ze voort, om uit dat gedrang te komen, ook al leek het onbegonnen werk, omdat de grote massa vluchtelingen zich voor hen opende en zich om hen heen sloot als laaghangende mist, als een zandstorm. Ze lijken wel vissen in een net, zei Cabiria. Hij praatte over de anderen alsof zijzelf heel anders waren, drie reizigers die toevallig in die menigte waren beland, door een geestige speling van het lot. Er heerste een waanzinnige verwarring, en er werd beweerd dat de Duitsers eraan kwamen, achter hen, en zelfs dat de Italianen niemand wilden laten oversteken om het oprukken van de vijand te bemoeilijken, en een paar dagen, een paar uur tijd te winnen. Boven op een kar zat een oud vrouwtje op een stoel, dat onophoudelijk Lafaards, lafaards, lafaards, krijste; als een nachtvogel die is neergestreken op een tak kraste ze alleen maar dat ene woord, zonder dat ze het ooit moe werd, lafaards. Hou je bek, oudje, schreeuwden de soldaten haar toe, maar zij trok zich niets van hen aan en bleef eindeloos hetzelfde woord herhalen, dat bleef drijven op het algehele kabaal, als een vervloeking, of een gebed.

Lafaards. Terwijl ze vanuit de verte explosies hoorden, en van dichtbij de stampende voetstappen in de modder, en af en toe het gezang van een soldaat, of de klanken van een instrument, en ramen die aan diggelen gingen, vermengd met gehuil, of een dolgedraaide motor, een claxon, een jammerklacht, duizenden jammerklachten. Tot Ultimo een vrouw ontwaarde, te midden van het grote concert van verlatenheid, die met een gezicht dat werd verteerd door angst rondwankelde alsof ze dronken was, al mompelend. Hij belandde naast haar, terwijl hij achter Cabiria aan bleef lopen, die zich nog steeds een weg baande tussen de mensen. Daardoor hoorde hij wat ze mompelde, en wat ze mompelde was: mijn zoontje. Waar is je zoontje? vroeg hij haar. Mijn zoontje, zei ze. Waar is hij? Hoor je me? Waar is je zoontje? Pas toen leek ze hem op te merken. En ze zei: Ik ben mijn zoontje kwijtgeraakt. Ultimo knikte, om aan te geven dat hij het had begrepen. We gaan hem nu zoeken, zei hij. Waar ben je hem kwijtgeraakt? Ze zei dat hij nog heel klein was. Hij is vier jaar, zei ze. Kom nou mee, schreeuwde Cabiria in zijn chique pak, kom nou mee, die lui wachten niet op ons. Wacht, zei Ultimo. Toen wendde hij zich tot de kapitein om te zien hoe die erover dacht. De kapitein liep naar de vrouw en vroeg haar waar ze haar zoontje voor het laatst gezien had. Jullie zijn gek, riep Cabiria. Ik weet het niet, zei de vrouw, we liepen achter een vrachtwagen met soldaten, en toen stopte die vrachtwagen, en ik liep verder, en toen zag ik hem niet meer. Hij is vier jaar. Een groen truitje. Ze keken allemaal om zich heen, zoekend naar het jongetje en het truitje. Maar het was alsof ze in de nacht zochten. De kapitein wees naar een legervrachtwagen, een meter of vijftig terug, en vroeg aan de vrouw of dat de vrachtwagen was. Ik ben mijn zoontje kwijt, herhaalde ze. Het moet die wel zijn, zei de kapitein daarop. Laten we proberen terug te keren. Hebben jullie je verstand verloren? begon Cabiria te schreeuwen. Er is hier een heel leger dat naar de bliksem gaat en daar tussendoor willen jullie een kind gaan zoeken? Wat bezielt jullie, we moeten maken dat we hier wegkomen, wij hebben niets te maken met dat kind, willen jullie hier levend uitkomen of niet? Maar terwijl hij stond te schreeuwen kwam in Ultimo de vreemde gedachte op dat dat kind juist iedereen aanging, sterker nog, dat het op de een of andere manier het begin van alles was. Ineens had hij het idee dat alles wel in orde zou komen als ze er maar in zouden slagen om die moeder en dat kind te verenigen, net zoals wanneer je het uiteinde van een draad vindt, en van daaruit kunt beginnen de knoop te ontwarren waarin je verstrikt was geraakt. Hij bedacht dat het hun fout was geweest om nerveus in dat net te blijven spartelen, terwijl ze gewoon de wereld op orde hadden moeten brengen, te beginnen exact op het punt waar hij in de war was geraakt. Hij stelde zich het exacte moment voor waarop de vingertjes van het kind uit de hand van zijn moeder waren geglipt, en hij twijfelde er niet aan dat alles toen begonnen was, en dat dat de wond was die ten grondslag lag aan alle andere verwondingen, het geklapwiek dat de tornado had opgewekt, en het gekraak dat de aarde had opengescheurd. Wij gaan hem zoeken, zei hij tegen Cabiria. Jij bent gek, ga hem zelf maar zoeken, ik ga naar de boot, zei Cabiria buiten zichzelf. Jij gaat nergens heen, jij wacht hier op ons, zei Ultimo. Alsjeblieft. En hij keek hem in de ogen, om in te schatten wat hij zou doen. Cabiria schudde zijn hoofd, hij wist niet waar hij moest kijken. Ultimo bleef hem aanstaren, om hem in te schatten. Toen trok de kapitein zijn officierspistool, en richtte het op Cabiria. Laat die rugzak los, zei hij. Cabiria begreep het niet. Geef me je rugzak. Dan weten we tenminste zeker dat je er niet vandoor gaat. Cabiria kon gewoon niet geloven wat er gebeurde. Maar de kapitein nam het heel serieus. Je rugzak, zei hij. Cabiria haalde hem van zijn rug en liet hem op de grond vallen. De kapitein pakte hem op. Wacht hier op ons, zei hij. Cabiria keek naar Ultimo. Hij zag eruit of hij geen woorden meer kon vinden. Ultimo glimlachte naar hem. Het komt allemaal goed, laat me hier niet in de steek, Cabiria, zei hij. Cabiria zei niets. Hij keek ze na terwijl ze wegliepen, met de vrouw, zich een weg banend door de mensenmassa. Voor ze midden in de chaos verdwenen, draaide Ultimo zich nog één keer om, en Cabiria zag hem goed, want ook al stonden er duizenden mensen om hem heen, Ultimo had de gouden schaduw, en je kon hem onmogelijk uit het oog verliezen. Hij zag dat hij zich omdraaide en nog een blik op hem wierp, als de zwemmer die naar open zee zwemt en voor de zekerheid nog een blik op de kust werpt. Cabiria knikte naar hem. Van veraf keken ze elkaar in de ogen. Het was de laatste keer dat ze elkaar zagen.

Bij de vrachtwagen van de soldaten vonden ze het kind, en de moeder pakte het bij de hand, en de wereld had geen reden meer om in de war te zijn. De kapitein zei dat ze hen wel mee konden nemen, naar de boot, en Ultimo bedacht dat het nu toch niet meer uitmaakte, dat er waarschijnlijk toch geen boten meer nodig zouden zijn, en geen rivieren, en niets, de wereld zou weer op orde komen en klaar; maar hij zei dat het een goed idee was, en dat ze vast en zeker ook voor hen wel een plekje op de boot zouden vinden. Ze begonnen weer terug te dringen door de menigte op zoek naar Cabiria. Maar toen ze aankwamen op de plek waar ze hem hadden achtergelaten, troffen ze hem niet aan. Ultimo zei dat hij niet ver weg kon zijn. Ze gingen naar hem op zoek. Misschien is hij in de richting van de rivier gelopen, zei hij. Het was een aanlegplaats verder bergopwaarts, achter die drie huizen, zei hij. Ze kwamen uit het gedrang en even later liepen ze tussen de velden door, terwijl ze Cabiria hardop riepen, en oppasten dat ze niet te ver van de rivier afdwaalden. Ultimo, de kapitein, de vrouw en het kind. Ze liepen een poosje verder, toen stopten ze, omdat niets van wat ze zochten tevoorschijn wilde komen. Toen zette de kapitein, zonder iets te zeggen, de rugzak van Cabiria op de grond en maakte hem open. De inhoud bestond uit blikken vlees, kleren, een paar schoenen. Klootzak, zei de kapitein. Ultimo kwam dichterbij en doorzocht de rugzak. Cabiria, zei hij zachtjes. Achter hen bleef het grote beest van de massa op de vlucht zich verdringen voor de brug. De rivier stroomde langs hen heen, vol water en modder. Het jongetje ging op een steen zitten. De moeder bleef zijn hand vasthouden. Niemand zei meer iets. Toen, vanachter de contouren van de heuvel voor hen, verschenen de donkere schimmen van gewapende soldaten, in een onwerkelijke stilte, die enkel werd verbroken door een stem die bevelen uitdeelde in een vreemde taal. Het jongetje stond op. Ultimo verroerde zich niet. De top van de heuvel stortte soldaten uit als insecten. Ze daalden af zonder angst, maar met een tred die onvermijdelijk en definitief leek. Nee, geen krijgsgevangenschap, zei de kapitein. En toen zei hij:

Ik wil weer gaan vechten, Ultimo. Ultimo draaide zich om en glimlachte naar hem. Veel succes, zei hij. U bent een goede kapitein geweest, zei hij. We zien elkaar thuis, zei hij. De kapitein glimlachte – mijn zoon. En hij vluchtte, opnieuw, geachte heren van het Opperbevel, hij vluchtte zoals hij al dagenlang deed, niet uit angst maar uit moed, niet om zich het vege lijf te redden maar om zijn ondergang tegemoet te gaan, in de richting van het lood waarvan hij meende dat het vijandelijk was, maar dat daarentegen het uwe was, weledele klotescherprechters.

Ultimo bedacht dat hij de Duitsers roerloos zou opwachten met zijn armen in de lucht, hij was zelfs nieuwsgierig hoe hij zo'n laffe en toch stijlvolle handeling zou ervaren. Maar voor hij daartoe de kans kreeg, voelde hij de hand van de vrouw, die de zijne zocht, en erin kneep, warm en rustig. Hij voelde de weerkaatsing van het handje van het kind, in die kneep, en de kracht waarmee de dingen zichzelf doorgeven. Dus gaf hij zich over terwijl hij niet met zijn armen in de lucht stond, maar terwijl hij het hart van de wereld stevig vastklemde.

Hier eindigt mijn gedenkschrift, geschreven in elf dagen en elf nachten met de bedoeling om de eer van mijn zoon te herstellen, die ten onrechte ter dood is veroordeeld voor desertie op 1 november 1917. Ik had het liever willen schrijven met de zorg die een serene ouderdom me zou hebben toegestaan, maar zoals ik al zei hebben de omstandigheden anders besloten. Van het ene op het andere moment zullen ze me komen halen, en ik zal afscheid nemen van deze kamer, waarin ik ben geboren en getogen, om hem nooit meer terug te zien. Ik weet niet precies wat ik heb misdaan, maar ze hebben me te kennen gegeven dat ik ervoor zal moeten boeten met mijn leven. Ik heb verantwoordelijkheid op me genomen binnen de partij, al die jaren, en ik heb beslist misdaden laten plaatsvinden waarvan ik niet de moeite nam om ze te beoordelen: dat deed ik om niet te worden lastiggevallen, en omdat het niet mijn bedoeling was om anders te handelen dan nodig was om mijn onverschilligheid ten opzichte van wat er gebeurde veilig te stellen. De mannen die me hebben veroordeeld koesterden grote verwachtingen, en hun vertrouwen in de toekomst moet worden gevoed aan de bron van een of andere rechtspleging. Als ze er behoefte aan hebben om een oude fascist op te offeren, ben ik degene die ze zoeken. Ik heb niet geprobeerd mezelf te verdedigen, en mijn lot laat me onverschillig. Misschien zou ik moeten stilstaan bij het feit dat een zoon en een vader met dertig jaar ertussen via verschillende wegen uiteindelijk aan precies hetzelfde schandelijke einde zijn gekomen; maar daar zou ik geen andere moraal uit kunnen afleiden dan de nutteloze moraal van onze schuldige makheid. In het hart van elke grote omwenteling leven talloze makke mensen, en voor hen is de weg naar de redding ondoorgrondelijk.

Ik heb geen poging gedaan om iets meer te weten te komen over de dood van mijn zoon, want ik was alleen geïnteresseerd in de laatste dagen van zijn leven, en verder nergens in. Ik weet niet wie de leiding had over het executiepeloton, noch wie zijn doodvonnis heeft getekend. Ik wil geen enkele schuld op hen laden; het kan zijn dat ze gewoon hebben gedaan wat ze moesten doen. Ik heb geen idee in welk verborgen hoekje van de bureaucratie de naam van mijn zoon nu nog steeds staat vermeld met het predikaat deserteur. Maar ik wil geloven dat, als mijn verhaal ertoe heeft bijgedragen licht te werpen op de dagen van Caporetto, de ijver van een of andere juridische werkwijze dat vergeten hoekje der militaire herinneringen wel zal weten te bereiken, en er de getuigenis van een sereen, rechtvaardig vonnis heen kan brengen.

Rest mij enkel nog mijn dank uit te spreken jegens de vele mensen die het me hebben vergund om via hun herinneringen een oorlog te reconstrueren waaraan ik zelf niet heb deelgenomen. Sommigen figureren met naam en toenaam in mijn gedenkschrift, maar alle anderen ben ik niet minder dank verschuldigd. Ik weet dat elk van hen waardevol is geweest, en op de een of andere manier onvergetelijk. Ik kan echter niet ontkennen dat het in deze donkere dagen vooral de stem van Ultimo is waar ik het meest om getreurd heb. Om naar hem te kunnen gaan luisteren moest ik een lange weg afleggen, ik die nooit in reizen heb geloofd. En voor hem moet het niet prettig zijn geweest, toen hij me zag aankomen, om te bedenken dat al die kilometers hem niet hadden gevrijwaard van het verleden. Maar niettemin wisten we elkaar te herkennen, en samen genoegen te scheppen in het ritueel van de herinnering en in de inspanning van het begrijpen. Ik heb hem sindsdien niet meer gezien, en, zoals ik meen ik al gezegd heb, ben ik er nog steeds nieuwsgierig naar hoe het verder is gegaan met zijn leven en zijn droom. Ik hoop echt dat hij er niet in teleurgesteld is. De dag voor ik bij hem wegging, zei hij dat hij me graag iets wilde vertellen, omdat hij vermoedde dat ik het zou kunnen begrijpen, beter dan veel andere mensen. Iets wat hij had meegemaakt, niet bij Caporetto, zei hij, maar later, in krijgsgevangenschap. Ik antwoordde dat het me een eer zou zijn om naar hem te luisteren. Hij keek me behoedzaam aan, om te zien of ik het enkel uit beleefdheid zei. Toen begon hij te vertellen. Hij vroeg of ik iets wist over de krijgsgevangenkampen waar de Italianen die zich bij Caporetto hadden overgegeven terecht waren gekomen. Geen eten en veel werk, zei hij. Vreselijke kou. Hij zat in Spitzenburg, op het Oostenrijkse platteland. Ze moesten elke dag werken aan het onderhoud van de militaire structuren van de verbindingslinies. Acht, tien uur. We waren net slaven, zei hij, en die vernedering maakte je elke dag een beetje meer kapot. Je raakte er geleidelijk van overtuigd dat je voor niemand meer bestond, zelfs niet voor jezelf. Maar op een dag, zei hij, brachten ze ons met een vrachtwagen naar een enorme vlakte, in een verlaten gebied. We waren er nooit eerder geweest, en het was moeilijk te begrijpen wat daar in godsnaam te doen was, op zo'n plek. Er stonden een paar barakken en dat was het. Ze lieten ons uitstappen en door het gras lopen. En na een poosje kregen we het door: het was een lange landingsbaan, midden in de grasvelden; een lint van aangestampte aarde dat zich in een volmaakt rechte lijn zo'n honderd meter uitstrekte, misschien ietsje meer. Ze hadden hem ontfutseld aan het onkruid en het graan, en daarna hadden ze hem daar laten liggen, wie weet hoe lang. Hij was zo nutteloos en zo vergeten: voor mij was het het eerste mooie wat ik in lange tijd had gezien. Misschien hadden ze nu besloten dat ze de baan weer nodig hadden, en hadden ze ons erheen gebracht om hem te herstellen. De gaten opvullen, de barakken repareren, dat soort dingen. Er heerste een grote stilte, rondom, en je hoorde alleen de wind, die vrij door al die ruimte waaide. Ik keek naar dat lint van aarde, en beetje bij beetje bekroop me het vreemde gevoel dat ik eindelijk was thuisgekomen. Niet teruggekeerd uit de oorlog, en evenmin teruggekeerd naar mijn dorp; het voelde anders: ik was teruggekeerd bij mezelf, als u kunt begrijpen wat ik bedoel. *Bij mezelf.*

Hij vertelde verder dat ze hen aan het werk hadden gezet, en dat hij op een gegeven moment over die landingsbaan liep, met een schop in de hand, om het zand van de ene naar de andere plek te verplaatsen. Hij zei dat hij ervan genoot om die strook aarde te moeten verzorgen, en dat hij het niettemin in een soort trance deed, omdat zijn geest voortdurend bleef zoeken naar wat er zo heilig was aan die plek. Zo zei hij het: heilig. Het was een verrassend woord om uit zijn mond te horen. Als een woord in een vreemde taal. Ik werkte wel door, zei hij, maar ik keek voortdurend naar die landingsbaan om het te kunnen begrijpen. En uiteindelijk begreep ik het. Plotseling slaagde ik erin *de weg* te zien. Ik was op het verkeerde been gezet door de gedachte aan vliegtuigen, maar uiteindelijk kwam ik erop, en ik slaagde erin de weg te zien onder het masker van die landingsbaan. *Een weg.* O, u hebt geen idee wat dat voor mij betekende, ik ben opgegroeid met wegen in mijn hoofd, ik heb jarenlang niets anders gezien, alles wat ik zag was voor mij een weg, een weg en een motor, dat is wat mijn vader me heeft geschonken, en het gebeurde alleen in ons hoofd; in heel die wereld die we om ons heen hadden waren wij de enigen die het geronk van de pistons hoorden en die dachten in termen van wegen, altijd, of het nu om de contouren van een heuvel ging of om de taille van een vrouw, wij zagen de weg, en daar reden we overheen, als u me kunt geloven, ik ben geen moment opgehouden met rijden gedurende alle jaren van mijn jeugd, ik heb de wereld op die manier genomen, en dat is juist precies wat mijn jeugd me beloofd heeft: er zouden altijd wegen zijn en wij zouden in staat zijn om daaroverheen te rijden op de kracht van onze motoren, van onze fantasie en van onze moed. Begrijpt u me, professor?

Misschien, zei ik tegen hem.

Voor mij waren de wegen wat de getallen voor u zijn geweest.

Toen begreep ik het. De belofte van enige orde binnen het bereik van ons brein.

De wegen, zei hij, zijn voor mij allemaal uitgedoofd op de dag dat een van hen mijn vader kapotmaakte. Vanaf dat moment ben ik niet meer in staat geweest om iets te zien. Het waren enkel warrige figuren. Het leven zelf leek zodanig in de knoop te zijn geraakt dat er geen beginnen meer aan leek. Ik ben in de oorlog gaan vechten om iets terug te vinden wat niet enkel onleesbare mist was. Daarin vond ik Caporetto, een lange doorgang ontdaan van alle zekerheden, de totale verduistering van alle wegen. Wie er niet is geweest kan het niet begrijpen. Maar ik heb in die nederlaag de bodem van alle verwarring geraakt. Ik was niets meer, toen ik in gevangenschap belandde, en als krijgsgevangene stond ik op het punt voorgoed te verdwijnen. Toen, onder het masker van een landingsbaan, zag ik die weg. Hij had iets vreemds, dat zei ik u al, iets heiligs. Het kwam doordat er niets omheen was, geen mensen, geen bomen, geen huizen, geen geluiden, geen leven, niets, het was meer dan een weg, het was *het idee* van een weg, het geraamte van alles waar ik ooit van had gedroomd, de perfectie van al mijn gedachten, uitgehouwen in het niets van dat platteland. Het was de schat die ik was kwijtgeraakt. Ik bleef staan. Ik voelde een rust vanbinnen die ik was vergeten. En ik deed iets waartoe ik al heel lang niet meer in staat was geweest. Ik ging met mijn kont in een automobiel zitten en startte de motor. Daar lagen die honderd meter rechte streep, in het niets. En die lagen daar voor mij. Ik schakelde naar de eerste versnelling en ik liet de meters onder de wielen door glijden, eerst langzaam, toen steeds sneller. Toen ik op het eind was ging ik nog een keer opnieuw, en nog een keer, steeds sneller, tot aan het eind van het rechte stuk en dan weer opnieuw. De bewakers schreeuwden iets naar me. Ze wilden niet hebben dat je er de kantjes van af liep. Ze konden het niet begrijpen. Ik voelde de gaten en de wind, de trillingen van het stuur in mijn handen en het gesputter van de motor onder mijn kont. Van ver voelde ik een kracht terugkomen die ik was kwijtgeraakt, en in dat stompje weg zag ik hoe flarden wereld weer in elkaar pasten die ik jarenlang had ondergaan, zonder dat ik erin geslaagd was ze bijeen te houden. De bewakers kwamen op me af. Ze schreeuwden woedend afgekapte zinnen, die leken te bijten. Ik raasde met zesduizend toeren over het eind van de baan. Ik begreep dat die slavendrijvers deze keer te dichtbij waren om nog terug te keren, en ik wist dat ik niet zou remmen. De weg hield op, maar ik zou niet stoppen. Misschien dacht ik even dat ik zou veranderen in een vliegtuig en een vogel, maar ik wist heel goed dat de vluchtige roes van het vliegen geen oplossing was, en dat ook nooit zou zijn. Ik kom van een boerengeslacht, wij zijn mensen van de grond, en wij vliegen niet. Op deze grond moeten we ons heil zoeken. Op deze wegen van grond. Er kwam een soldaat voor me staan, en rood aangelopen schreeuwde hij me iets in mijn gezicht. Maar ik zag hem niet. Ik had nog twintig meter weg voor me, en een oogwenk de tijd om een bocht te vinden waardoor ik kon ontsnappen. Ik had geen tijd om bang te zijn. Met ogen die ik al in geen jaren meer had gehad, zag ik de eerste letter van mijn naam, zoals mijn moeder hem in rood had geschreven, lang geleden, op de kartonnen doos met mijn geheimen. Ik zag het heldere gebaar waarmee die letter werd getrokken, keurig, zonder los te laten. En ik realiseerde me dat ik dat gebaar bezat, binnen in me. En dat ik ertoe in staat zou zijn. In de zachte wieg van die letter zou ik mijn paardenkrachten ontketenen, en zou ik mezelf redden. Ik klemde mijn handen om het stuur en gooide me met mijn volle gewicht naar links. Ik hoorde het gepiep van de banden, die in de grond beten, en de inspanningen van de automobiel, die als een vis tegen de stroom in zwom. En de weg werd een bocht, voor mij, een royale bocht, alleen voor mij. Ik voelde nauwelijks de eerste klappen die op mijn ribben belandden. Misschien een geweerkolf. Ik weet niet. Ik viel op mijn knieën. Er waren anderen bij gekomen, en ze stonden allemaal te schreeuwen. Maar ik kon met geen mogelijkheid meer ophouden. Ik boog zachtjes naar links, langs de zoom van een schitterende rok die ik nooit was vergeten, en ik gaf weer gas over de gebogen rug van de vissen die zo nu en dan bij ons thuis op tafel de belofte van de zee brachten. Toen ik omlaag werd getrapt, met mijn gezicht in de aarde, scheurde ik met hoge snelheid de bult van Piassebene op, en vloog ik in het niets, terwijl ik mijn naam schreeuwde en de klappen op me neer regenden, begeleid door dat onverdraaglijke geschreeuw. Ik deed mijn ogen dicht, en het viel me licht om af te dalen langs de hals van de mooiste vrouw die ik ooit heb gezien, en weer voorzichtig gas te geven voor ik losliet in het zicht van haar schouder. Ik kwam weer in bezit van een heel leven. Ik deed mijn handen over mijn hoofd om me tegen de klappen te beschermen, want ik wilde niet buiten bewustzijn raken. Ik voelde niets meer. Alleen de angst dat de dood me zou wegvoeren voordat ik klaar was. Ik wist waar ik wilde eindigen. Het was een ongehoord idee, en iets wat ik nooit zo helder voor me had gezien. Maar ik had die perfectie altijd al in me gehad. Met mijn laatste krachtsinspanning rondde ik een kniebocht die ik had geleerd van de virages van de berg Tarso, en terwijl ik plankgas reed riep ik de bocht van de grote rivier, waar 's zomers voor ons het strand was, en liet ik die de taak om me plechtig naar de plek te voeren waar ik wilde komen. Ik hoorde het geschreeuw steeds verder weg, en ik hoorde mijn ademhaling borrelen in het bloed. Ergens voelde ik mijn hart nog steeds kloppen, zich vastklemmend aan het stuur. De aloude wijsheid van de rivier verried me niet, en met 140 kilometer per uur bevond ik me weer aan het begin van het rechte stuk, waarvan de banaliteit van de oorlog meende onbeduidende vliegtuigjes te kunnen laten vertrekken en waarop ik de weg terugvond vanwaar ik was vertrokken. Ik had jaren eerder, in een mistige nacht, aan de zijde van mijn vader, geleerd dat dat de enige echte tocht was, die naar het hart van de dingen voert, en op de ademhaling van de tijd. Nu wist ik dat die ook binnen in mij bestond, en dat hij alleen maar hoefde te worden opgegraven, elke dag opnieuw, uit de puinhopen van het leven.

Ultimo stopte met praten, en eindelijk richtte hij zijn blik op mij. Hij staarde me langdurig aan. Je kon zien dat hij nog iets apart hield, als een laatste geheim. Ik wachtte. Maar hij zweeg, dus vroeg ik: Hoe is het sindsdien verder gegaan? Hij glimlachte. Hij boog zijn hoofd een beetje opzij. Het is zwaar, zei hij. Het is niet wat je ervan verwacht. Maar, voegde hij eraan toe, ik heb een plan. Wat voor plan? vroeg ik hem glimlachend. Het is een goed plan, zei hij. Hij schoof zijn stoel een beetje dichterbij. Zijn ogen waren begonnen te stralen. Ik ga een weg aanleggen, zei hij. Ergens, ik weet nog niet waar, maar ik ga hem aanleggen. Een weg zoals nog nooit iemand er een bedacht heeft. Een weg die eindigt waar hij begint. Ik ga hem aanleggen op een verlaten vlakte, waar nog geen barak of omheining staat, niets. Het wordt geen weg voor mensen, het wordt een *circuit*, om op te racen. Hij zal nergens heen voeren, want hij zal naar zichzelf voeren, en hij zal van de wereld afgesloten zijn, en ver van alle imperfectie. Hij zal alle wegen van de aarde in één zijn, en hij zal zijn waar iedereen die ooit vertrokken is van droomde om aan te komen. Ik ga hem zelf tekenen, en zal ik u eens wat vertellen? Ik maak hem lang genoeg om mijn hele leven op een rij te zetten, bocht na bocht, alles wat mijn ogen hebben gezien en niet zijn vergeten. Niets zal verloren gaan, niet de bocht van een zonsondergang, en niet de rimpeling van een glimlach. Ik zal niets vergeefs hebben beleefd, want het zal speciale grond worden, en een eeuwige tekening, en een volmaakt circuit. Dit wil ik u vertellen: als ik hem af heb, stap ik in een automobiel, dan start ik en dan begin ik in mijn eentje rond te rijden, steeds sneller. Ik rijd net zo lang door zonder te stoppen tot ik geen gevoel meer in mijn armen heb en ervan overtuigd ben dat ik in een volmaakte cirkel rijd. Ik stop exact op het punt vanwaar ik ben vertrokken. Dan stap ik uit de auto en loop weg, zonder me om te draaien.

Hij glimlachte. Trots.

Meen je dat echt? vroeg ik.

Ja.

Echt waar?

Dat is waarvoor ik leef.

Ik schudde lachend mijn hoofd.

Daar zul je een hoop geld voor nodig hebben.

Dat vind ik wel.

Hij zei het met het air van iemand die het wel zou vinden. Ik stelde me hem voor, achter het stuur, stilstaand op het rechte stuk van zijn circuit, vlak voor hij de motor start en zijn leven herneemt.

Ik vind het jammer dat ik er niet bij zal zijn, die dag, zei ik.

Hij boog zich naar me toe, en gleed met een vingertop over de gebogen lijn van mijn voorhoofd, alsof hij die van buiten wilde leren.

U zult er bij zijn, zei hij.

ELIZAVETA

2 april 1923
Ik begin dit dagboek te schrijven op 2 april 1923.
Niets poëtisch aan. Ik heb er alleen behoefte aan om mijn onderneming te registreren. Als een logboek. Om niets te vergeten. Een logboek.
Wie ben ik. 21 jaar. Naam: Elizaveta. Russisch. Uit Sint-Petersburg.
Ik ben geboren in een paleis met 52 kamers. Nu is het er niet meer, zeggen ze, en op de plaats waar het stond hebben ze een opslagplaats van timmerhout neergezet. Dat is slechts een van de veranderingen die de afgelopen zes jaar
Die beslissing van mij om me niets meer te herinneren van mijn vorige leven, en met name niets van mijn land, dat me niet meer toebehoort, en dat ik wil uitwissen. Niet uit haat maar uit onverschilligheid. Het laat me onverschillig. Rusland laat me onverschillig.
Mijn nieuwe land: de Verenigde Staten, voorlopig.
Ik geloof niet dat ik *volwassen zal worden* in de Verenigde Staten.
Wat wil ik:

Mijn ouders zijn gestorven tijdens de revolutie van 1917. Ze pleegden zelfmoord, met een dosis vergif, op hun landgoed in Basterkiewitz. Onverschilligheid.
Ik gered door de Amerikaanse ambassadeur. De trein die me in de nacht wegvoerde had zestien wagons. Wij in de eerste. Mijn zus Alma, de Amerikaanse ambassadeur, ik, en nog elf andere hoge vluchtelingen.
Het was mijn zus Alma op wie de Amerikaanse ambassadeur verliefd was geworden. Maar ik ga nooit met je mee zonder mijn zus Elizaveta, zei ze.
En hier ben ik dan.

Wat zal ik nog meer vertellen.
Geen geld. Ware armoede. Ik leef nog omdat ik kan pianospelen. Muziek was een onderdeel van de noodzakelijke bruidsschat voor onze status als huwbare vrouwen. Net als Italiaans, Frans, schilderkunst, poëzie, dans en tuinieren. Maar de muziek is gebleven.
Genoeg, voorlopig.
Ik ga naar bed om 9.20 uur p.m.
Mijn lichaam
Mijn zus was de mooie zus. Ik: droeve trekken. Grote mond. Doorsnee ogen. Slap haar. Zwart. Een mooie kleur zwart. Mannen voelen zich echter aangetrokken tot mijn lichaam. Ik ben dun. Mijn boezem. Mijn benen. Mijn parelkleurige huid. Mijn enkels. Decolleté. Mannen voelen zich aangetrokken tot mijn lichaam. Aangezien ik een lelijk gezicht heb, kunnen ze gemakkelijker meteen hun seksuele verlangens verraden, zonder eerst allerlei inleidende rijmelarij en hofmakerij. Ik speel ermee. Ik vind het leuk om met mijn lichaam te pronken. Me voorover te buigen en mijn boezem te tonen. Op blote voeten rondlopen. Mijn rokken tot aan mijn dijen omhoog laten glijden. Met mijn borsten tegen mannen aan gaan staan als ik met ze praat. Mijn hand tussen mijn dijen geklemd houden terwijl ik zwijgend om me heen kijk. Dat soort dingen.
Mannen zijn allemaal kinderen.
Ze gek maken.
Ik ben naar bed geweest met elf mannen. Ik ben nog steeds maagd. Ik vond het niet vervelend om me van achteren te laten nemen door twee van hen. Je zou zeggen dat ze er niet van genoten hebben, gezien het feit dat ze zich niet meer hebben laten zien. Ik denk dat ik ze vernederd heb. Dat vind ik leuk. Seks is wraak. Voor nu is dat zo. Het zal niet altijd zo zijn. Maar nu wel.
Waar ik mij voor moet wreken.
Waar ik mij voor moet wreken.

3 april 1923
Vraag me wat je wilt weten, ik zal het je vertellen.

Dan zegt hij Ik weet niet, ik weet niets van jou.
Vraag maar.
Waar is je familie.
Heb ik niet.
Dat kan niet.
Vraag maar iets anders.
Je bent een moeilijke meid.
Mijn vader zei altijd tegen me dat ik een moeilijke meid was, en nu weet ik dat hij met die woorden tegen me wilde zeggen – en tegen zichzelf wilde zeggen – dat er geen enkele toenadering mogelijk zou zijn, tussen ons tweeën, en hij zich uiteindelijk zou beperken tot een gevoel van vage genegenheid, terwijl hij er zijn hele leven spijt van zou hebben dat hij niet kon eigenlijk is niemand *moeilijk*, maar gewoon

Ik geef pianoles aan kinderen. Soms ook aan volwassenen. Mijn salaris wordt betaald door Steinway & Sons, een bedrijf dat piano's bouwt. Hier komt het verhaal. Aan het begin van de eeuw.

Wat een idioterie, een dagboek schrijven.

Aan het begin van de eeuw,

4 april 1923
Wat een naam: Ultimo. In het Italiaans betekent het *the last one*. Die naam geven ze in gezinnen die geen kinderen meer willen. Net zoals ze de eerstgeborene Primo noemen.
Italiaanse namen:
Primo
Secondo
Quarto
Quinto
Sesto
Settimio.
Terzo?
Ik heb Ultimo gevraagd of er in zijn gezin inderdaad geen kin-

deren meer geboren zijn. Min of meer, zei hij. Zijn vader en zijn moeder hebben alleen hem gekregen. Later is zijn moeder verliefd geworden op een Italiaanse graaf, dat was een vriend van hen, een vriend van zijn vader. Hij is omgekomen tijdens een autorace. Zes maanden later kreeg zijn moeder een kind, een jongetje. Het was van de graaf. Zijn vader heeft het erkend, maar iedereen weet dat het van de graaf is.

Mijn vader daarentegen heeft zes kinderen gekregen bij vier dienstmeiden bij ons thuis. Als hij langs die kinderen liep, op het veld, gaf hij ze een aai over hun bol. Maar zonder ze aan te kijken.

Dat herinneringen ophalen moet ik toch eens afleren.

Ik moet het heden registreren. Daar dient mijn dagboek toe.

Vandaag lesgeven bij de familie Stevenson. Daarna dertien mijl met de bestelwagen, en weer lesgeven bij de familie White. Tweelingzusjes. Mozart. In die zin dat ik probeer hen Mozart te laten spelen. Niet in de zin dat ze spelen als Mozart. Maar ze zijn even oud als Mozart. Vijf jaar. Het loon van Steinway & Sons is een halve dollar per lesuur. Als we een piano weten te verkopen, hebben we recht op 4,5 procent van de prijs. Dat deel ik met Ultimo, fifty-fifty. Ik wil me deze armoede herinneren. Als ik weer rijk ben, zal het *essentieel* voor me zijn om me deze armoede te herinneren.

Het staat vast dat ik weer rijk zal worden. Ik ben tot alles bereid om dat te laten gebeuren, en het zal gebeuren. Ik wil weer de streling van schone, geurige lakens voelen, en weer de vanzelfsprekendheid van de verspilling ervaren. Ik verlang ernaar dingen weg te gooien die ik amper heb gebruikt, en borden terug naar de keuken te sturen waar ik de bodem niet van zie. De devotie in de ogen van anderen herkennen, de dienstbaarheid in hun handen, de angst in hun woorden.

Ik herinner me alles van toen we rijk waren. Ik ben niets verleerd. Ik kan op elk moment weer beginnen.

Ik begin de dagen te tellen waarop ik hongerig ga slapen. Een, vanavond. Twee, morgen, dat weet ik nu al. Hoeveel dagen als deze heeft een prinses nodig om te leren wat er te leren valt en weer te mogen gaan eten? 500 dagen. Niet één meer. Dat is een belofte.

499 dagen, nog.
Ik ben niet zo slecht als ik lijk.
Ik ben niet zo lelijk als ik lijk.
Ik ben niet
Ik ga slapen om 10.14 uur p.m.
Een gebed.

5 april 1923
De eerste mechanische pianola heb ik ergens op het platteland gezien, bij meneer Brandisz. Het was iets verbazingwekkends, dat moet ik toegeven. Als hij hem in werking zette, bleef meneer Brandisz glimlachend naast het meubel staan. Soms raakte hij ontroerd en rolden er kleine tranen over zijn weduwnaarsgezicht. Andere keren zette hij hem stiekem in werking, zonder iets te zeggen, en deed hij alsof zijn neus bloedde. Het kon gebeuren dat we allemaal in de tuin zaten, en dat we ineens vanuit de kamers van het huis de klanken van een stuk van Chopin hoorden. Als er dan een jongeman naar binnen zou zijn gegaan, om te zien wie dat meisje was dat met zo'n duidelijke rust speelde, had hij er de treurige eenzaamheid aangetroffen van een salon waar witte en zwarte toetsen uit zichzelf op en neer gingen, al dan niet zielloos. Hij zou erdoor geschokt zijn.

Iets dergelijks voel ik, telkens weer, ten opzichte van de mannenlichamen die de liefde met me bedrijven.

Toen de techniek van pianola's werd geperfectioneerd, en er verbluffende, zelfs betoverende resultaten werden bereikt, kwamen de bouwers van piano's tot de conclusie dat hun tijd voorbij was. Het sprak voor zich dat als de mensen Chopin perfect konden laten klinken zonder het zelf te hoeven spelen, het weldra als een nutteloze luxe zou worden beschouwd om jarenlang te studeren teneinde het huis te kunnen verzekeren van het distinctieve privilege der muziek. Daarom begon het merendeel de mogelijkheden te onderzoeken om mechanische pianola's te bouwen. Maar het was iedereen vrijwel direct duidelijk dat het deprimerend werk was. Het was veel gemakkelijker dan een piano bouwen, en algemeen heerste het gevoel dat met deze verandering het hart van de muziek verloren ging, wat 'het hart van de muziek' dan ook mocht betekenen. Zo bleven ze zitten met een soort verwarring zonder enige oplossing.

Steinway & Sons, een van de grootste en meest prestigieuze pianobouwers ter wereld, besloot op dat moment om zich in het probleem te verdiepen. Ze deden langdurig onderzoek. Ze dachten langdurig na. Uiteindelijk kwamen ze tot de overtuiging dat je een piano zou moeten verkopen met daarbij inbegrepen het vermogen om hem te kunnen bespelen. Het was natuurlijk de onderzoeksfase, waarin het idee nog in de kiem zat. De volgende stap was de gedachte dat het ideaal zou zijn om een piano te verkopen in combinatie met een pianist die erop speelt wanneer de mensen dat willen. Op die manier zou het gemak van de pianola geëvenaard worden, met behoud van het hart van de muziek, en de onvervangbare inbreng van de menselijke aanraking, waar de ziel naar alle waarschijnlijkheid in uitmondde. Er werd echt onderzoek gedaan naar de haalbaarheid van een dergelijk idee. Toen ze concludeerden dat het vanuit economisch oogpunt niet realistisch was, bogen ze zich over de oplossing waaraan ik mijn huidige baan te danken heb. In 1920 lanceerde Steinway & Sons een uniek commercieel initiatief, dat voorziet in gratis pianolessen voor iedereen die wil kennismaken met de sublieme kunst van het musiceren. Honderden pianoleraren zijn in de hele wereld geselecteerd en op pad gestuurd langs de steden en de dorpen om de boodschap van de pianistiek te verkondigen. We rijden rond in een wagen van het bedrijf, een bestelbusje, en we worden vergezeld door een technicus annex chauffeur. De geniale zet is dat we gezinnen die daarom vragen gratis een piano brengen, hem neerzetten waar ze hem willen hebben, en vervolgens drie maanden lang elke dag pianoles komen geven, gratis, zodat ze de eerste, begrijpelijke, moeilijkheden kunnen overwinnen. Wie na deze proefperiode besluit om tot aankoop over te gaan, krijgt van Steinway & Sons nog eens drie maanden les voor het symbolische bedrag van tien cent per uur. Ik moet toegeven dat ze er goed over nagedacht hebben.

Soms ruilen mensen hun oude mechanische pianola's in.

Die worden vervolgens weer doorverkocht aan kroegen.

Ik vind het leuk om zo te schrijven, alsof ik een boek schrijf. Het is net zoiets als dansen. Het ordelijke. Je best doen om elegant te zijn. Vloeiende bewegingen. Openen en sluiten. Dingen afmaken. Zinnen.
Na één bladzijde ben ik al bekaf, trouwens.
Zou het echte schrijvers ook zoveel moeite kosten? Vast niet. Ik kan urenlang spelen zonder moe te worden, daarmee kan ik eindeloos doorgaan. Je eigen vak is wat je zonder inspanning doet.
Een paar jaar geleden zou ik alleen al het idee om mijn lot in verband te brengen met de uitdrukking 'een vak hebben' ronduit absurd en ordinair hebben gevonden.
Ik ga slapen om 9.33 p.m.
Maar wat een eenzaamheid.

6 april 1923
Gemiddeld, heb ik uitgerekend, blijf ik 112 dagen bij een gezin. Sommigen geven het na een paar lessen al op; dan halen we de piano bij hen weg en schrappen we hun naam van de lijst. Veel mensen maken de eerste drie maanden vol en kopen dan de piano, maar zien af van de lessen: ze zijn aan het meubel gehecht geraakt. Ze vinden het gewoon chic om er een te hebben, ook al zwijgt hij, dat doet er niet toe. Slechts weinigen profiteren van de drie aanvullende maanden les. Dat zijn degenen die op het laatst zouden willen dat ik bleef, bijvoorbeeld als kindermeisje. Maar dat heb ik nooit willen doen. Dus reis ik steeds maar weer verder over het platteland van New England, met een busje dat mij, Ultimo, en, afhankelijk van het moment, twee, drie of vier uiteengehaalde piano's vervoert.
Niets is zo deprimerend als het platteland van New England.
Zo ben ik op mijn plan gekomen. Ik moet gewoon een doel hebben. Die aaneenschakeling van monotone dagen, ondergedompeld in het platteland, zou mijn dood zijn geworden.
Ik heb mezelf ten doel gesteld om elk gezin waarin ik werk *te verwoesten*. Gemiddeld heb ik daar 112 dagen de tijd voor. Soms kan die tijd veel korter zijn. Maar dat doet er niet toe, het moet me lukken.

Dit dagboek is het logboek van die onderneming.
Het is niet moeilijk om een gezin *te verwoesten*. Gezinnen zijn allemaal verdorven.
Ik ga slapen.
Een brief van mijn zus gekregen. Ze woont in Caïro. Ze leidt het bestaan van een kasbloem. Ze kan overal aan doodgaan, want haar zenuwen hebben het begeven toen ze in Egypte aankwam. Zij weet dat heel goed, en ze vindt het niet erg. Ze cultiveert haar schoonheid, en dat is alles. Ze schrijft me nieuwtjes. Ik heb haar nooit teruggeschreven.
Opmerkelijk is dat ook Ultimo elke week een brief krijgt. Hij schrijft niet alleen niet terug, hij maakt ze niet eens open.
Ultimo slaapt meestal in het busje. Hij spaart het geld voor de hotels op en legt het opzij. Hij heeft ook een plan.
Een planola, haha.
Ik ga slapen om 10.11 p.m. Uitgehongerd. Zoals voorzien, dag nr. 2.
Nog 498 te gaan, deo volente.
Deo volente was iets wat mijn vader altijd zei.
Met alle respect.
Alles welbeschouwd.
Hardop praten in plaats van *hardop denken*.
De feiten in aanmerking genomen.
Enzovoort.

De doden sterven, maar praten door via onze stem.
Nou ja.

8 april 1923
Als je maar een paar dagen hebt, moet je snel handelen. Ik heb aan vier, vijf lessen genoeg om te weten op welke plek ik moet aanvallen. Gezinnen zijn als een fort: ze hebben altijd een zwakke plek. Bij de familie Patterson heb ik na een week de hond vergiftigd. Ik heb snel gehandeld omdat Mary, hun dochter, tijdens de lessen zat te geeuwen. Het interesseerde haar werkelijk geen zier. Het zou niet lang duren. Ze zagen er trouwens ook niet uit

alsof ze zich een piano konden veroorloven. Dus heb ik de hond van kant gemaakt. Meneer Patterson haatte hem, en mevrouw Patterson was dol op hem. De dierenarts zei dat iemand hem had vergiftigd. Twee plus twee, vier. Mevrouw Patterson kende geen twijfel, en nu zal ze alle komende jaren, elke dag weer, haar man vermoorden. Over het algemeen verdenkt niemand ooit de pianolerares, die jonge Russische prinses die zo wreed is getroffen door het lot. Integendeel, over het algemeen kom ik als een engel uit de hemel vallen om hun leed te verzachten. Het lijkt zelfs wel of ze me *nodig* hebben. Ze verwachten dat ik hen zal redden. Dat maakt mijn taak een stuk eenvoudiger.
Patterson: 17 dagen. Geen piano.
Op een avond, ik en mevrouw Patterson, op de veranda, twee uur lang. Precisiewerk. Vrouwelijke solidariteit. Het onsmakelijke relaas van het seksleven met haar man. Die keer met dat pistool. Er zijn lui die hun vrouw een pistool tegen het hoofd zetten om zich te laten pijpen. Nog zoveel te leren.
Toen ik alleen was met Mary, hun dochter, zei ik: die hond heb ik vergiftigd. Het had een fout kunnen zijn. Stom kind: ze lachte.
Nooit overdrijven.
Toen hij de piano uit elkaar haalde, maakte Ultimo een kras op het behang. We hebben wat geld moeten achterlaten.
Als ze in het busje liggen, raken de piano's ontregeld, maar Ultimo weet ze weer bij te stellen. Hij heeft lang met motoren gewerkt, en hij zegt dat het voor een monteur hetzelfde is om zijn handen in de buik van een piano te stoppen als
Een chirurg die een kind opereert.
Wat niet verandert, zegt hij, is dat ze allebei leven. De piano en de automobiel.
Leven in welk opzicht?
Ze hebben een ziel die kan uitdoven.
Laatst nam Ultimo een klein weggetje en zette hij het busje ergens midden tussen de velden stil. Ik hielp hem een piano uit te laden. Hij zette hem in elkaar. Toen zei hij: speel eens iets.
Gek.
Maar ik heb lang zitten spelen.
Ik speelde beter dan ik in lange tijd had gedaan. Ik kon mezelf *zien* spelen, als vanuit de verte.

Ultimo weet niets van mijn plan. Ik heb hem nooit iets verteld. Als ik lesgeef blijft hij in het busje, of hij gaat wat rondwandelen. Hij houdt er niet van om de huizen binnen te komen en de mensen te leren kennen. Hij is *doodsbang* dat ze hem een kopje thee aanbieden. Hij blijft in het busje en vaak zit hij te tekenen.
Dat gevoel toen ik midden tussen de velden zat te spelen. Niet vergeten.
Oppassen om niet volkomen zonder enige *zachtheid* te leven. Niet zo onbeschaamd zijn om te denken dat ik me alleen kan voeden met
Mild. Duizend keer het woord *mild* opzeggen. Mildheid. Ik smeek om de mildheid van
Een milde storm.
Een mild antwoord.
Ik zal mild zijn.
Neem me vanavond mee uit eten, Ultimo. We zijn naar de herberg gegaan en we hebben zwijgend gegeten. Ik dacht aan mijn plan.
Ik moet ermee ophouden.
11.07 p.m.

20 april 1923
Ik ben het requiem dat op jullie plattelandsdeuren klopt ik ben in jullie geest de ziekte die van ver komt ik ben het stof in jullie ogen en het zwart onder jullie nagels – ik ben het requiem mooie lippen om te kussen – ik ben prinses en prins, draak en zwaard – ik ben een nacht vol branden om te bedwingen.
Ik ben een requiemprinses.
Amen.
Ik heb tegen de familie Giggs gezegd dat hun zoontje een genie is. Boeren. Armoedzaaiers. Ze hadden er het geld niet voor, maar ze accepteerden de piano uit angst, ze beschikten niet over de juiste woorden om te weigeren. Boeren. Arme mensen. Ik zei tegen ze dat hun zoontje een genie is. Ongelooflijk leervermogen. Onmiskenbaar talent.
In werkelijkheid een domkop, amper gemiddeld.

Uw zoon is een genie.
Ze veranderden. Ze begonnen spullen te verkopen om de piano te kunnen kopen. Ze gingen akkoord met het tweede trimester lessen. Van trots, van ontroering, gingen ze zelfs anders lopen. Ze maakten zich onmogelijk bij de buurt, een klein dorp. Voor een bescheiden toeslag zou ik met alle plezier bereid zijn het aantal lesuren te verdubbelen. Ze gingen akkoord. Weet u zeker dat die jongen...?
Als hij maar een betere piano had, dan zou hij pas echt al zijn capaciteiten kunnen ontwikkelen. De aanslag is heel belangrijk. Ze verkochten nog meer spullen en bestelden in de stad een tweedehands Steinway-halve vleugel. 's Avonds nodigen ze de buren uit om naar hun zoontje te komen luisteren. Niemand komt. De wrokgevoelens nemen toe.
Die avonden met de taarten op tafel en het jongetje dat speelt, in die lege kamer. Ik ben het requiem dat klinkt in de
Ik ben bij de familie Giggs weggegaan na de zes maanden die het reglement van Steinway & Sons voorschrijft. Echter niet voordat ik plechtig heb gezegd dat de jongen er behoefte aan heeft, sterker nog, er recht op heeft, om in de stad te gaan studeren. Hij kan niet in zijn eentje naar de stad, zegt meneer Giggs. Nee, beaam ik. Ik kan niet naar de stad gaan, ik heb hier mijn land om te bewerken, zegt meneer Giggs. Dat snap ik, zeg ik. Mijn land is alles wat ik over heb, zegt meneer Giggs. Alles wat u over hebt is uw zoon, zeg ik.
Als ik afscheid van ze neem, staat meneer Giggs te huilen.
Ik weet niet hoe het is afgelopen. Dat interesseert me niet. Ze zaten toch in de val. Ze konden alleen nog kiezen tussen zichzelf jarenlang kwellen met gevoelens van spijt, of in de stad omkomen van ellende.
Giggs. Zes maanden, twee piano's.
Newman. Loopt nog.
Cole.
Farrell.
Martin. Het meisje.
Helmond. Net als bij McGrath.

De vingerzetting van Boccherini veranderen.
Een eenvoudig handboek schrijven over de pedaaltechniek?
Drie exemplaren van Hanon.
Voor Ultimo: bij Newman is er iets niet goed met het lage octaaf.
Stemmen.

Lang gesprek met Ultimo. Hij praat nooit zoveel. Hij is dol op dit werk. Hij tekent al onze omzwervingen met een zwarte pen op de landkaart in. Om de tien dagen legt hij een dun vel wit papier over de kaart heen en trekt hij de zwarte lijn over met een potlood. Dan stopt hij de blaadjes in een map. Het zijn een soort tekeningen, zonder betekenis. 's Avonds zit hij er langdurig op te turen. Wat zijn het? Een weg, zegt hij.
Het zijn krabbels.
Nee, zegt hij.
Wat zie je erin?
Pogingen, zegt hij.
Pogingen tot wat?
Tot het samenvatten van de ruimte, zegt hij.
Wat betekent de ruimte samenvatten?
Dat betekent dat je hem bezit, zegt hij.
En wat doe je dan met die ruimte, als je hem bezit?
Je ordent hem, zegt hij.
Is de ruimte rommelig?
Ja, zegt hij.
De ruimte is rommelig.
Ik weet waar hij die brieven verstopt die hij nooit openmaakt. Hij bewaart ze. Op een dag ga ik ze lezen.
Maar Ultimo wil ik niet verwoesten. Hij is een kristal dat moet worden gered.
Morgen, bij Farrell. Daarna Sloman en Jenks.
Niet alles verpesten, kleintje.
9.46 p.m.
Laat me slapen zonder te dromen.

21 april 1923
Familie Martin.
Al vanaf de eerste les zag ik de koortsachtige blik waarmee meneer Martin naar zijn dochter keek. Het was een heel verfijnd karwei, en ik ben trots op mezelf. Meneer Martin woonde de les bij terwijl hij in een leunstoel zat, in een hoek van de kamer. Hij zei nooit wat. Pas op het eind stond hij op en gaf hij me een hand, om me te bedanken. Tegen zijn dochter zei hij: Goed gedaan, Rachel.
Hij was letterlijk doodsbang voor zijn liefde voor haar.
Het meisje speelde best goed.
14 jaar. Leuk om te zien, dat moet ik toegeven.
Op een dag, toen ze klaar was met het stuk, boog ik me over haar heen en gaf ik haar een kus op haar mond. Zij reageerde niet. We maakten er een gewoonte van. Elke keer als ze goed speelde, boog ik me over haar heen en gaf ik haar een kus op haar mond. Het was een soort beloning. Haar vader keek toe, zonder iets te zeggen.
Toen een keer een langere kus. Even op die mond blijven hangen. Met de ogen dicht.
We hadden heel hard ons best gedaan op 'La cloche de loin'. Quatre-mains. Heel vaak geoefend.
Komt u eens hier naast ons zitten, zeg ik tegen haar vader. We spelen 'La cloche de loin' speciaal voor u. Kom hier bij ons zitten.
Hij schuift de leunstoel naast de piano.
Vervolgens het hele stuk van begin tot eind gespeeld. Ze was echt best goed. Ik ben tevreden, na afloop. Ik buig me over haar heen en geef haar een kus op haar mond. Dan kijk ik glimlachend naar haar vader.
Hij weet niet goed wat hij moet doen.
Ze heeft goed gespeeld, toch? zeg ik.
Het meisje glimlacht.
Haar vader buigt zich wat naar voren, vanuit zijn leunstoel. Ze kussen elkaar. Heel lichtjes.
Het meisje lacht, nerveus. Ik klap in mijn handen, maar voor de grap. Daar blijft het bij.

Misschien ben ik vergeten te zeggen dat hij weduwnaar is.
Hij is weduwnaar.
Nu schuift hij steeds zijn leunstoel naast de piano. Als de drie maanden voorbij zijn koopt hij de piano. Nog drie maanden les.
Ik geef Rachel een kus op haar mond, ik doe mijn ogen dicht en duw mijn tong naar buiten. Ze maakt zich los. Ze kijkt me aan. Ik glimlach en kus haar opnieuw. Ik duw haar lippen van elkaar met mijn tong. Ik voel dat haar tong reageert. Ik maak me van haar los en glimlach. Je hebt heel goed gespeeld, zeg ik. Zij wendt zich tot haar vader. Hij trilt. Ze kussen elkaar. Ik zie hun lippen van elkaar gaan. Dan lachen ze.
Ik ben vertrokken toen de zes maanden voorbij waren. Ik herinner me vader en dochter terwijl ze voor de deur afscheid van me namen, hand in hand. Meneer Martin lijkt wel ziek, zegt Ultimo, hij heeft de ogen van een zieke.
Hij is ook ziek, zeg ik.
Ik ga uitgehongerd slapen. Ik kan er niet meer tegen. Ik haat armoede. Ik moet een toekomst voor mezelf gaan opbouwen. Ik kan niet meer wachten. Ik moet hier weg.
Mogelijkheden:
naar mijn zus gaan
een man zoeken
me door de kop schieten

naar mijn zus gaan, een man zoeken en hem door de kop schieten.
Voilà.

Ik wil niet alleen slapen. Ik ga naar buiten en ga bij Ultimo slapen, in het busje. Af en toe doe ik dat. Hij geeft mij de stoelen, voorin, en gaat zelf achterin liggen. Ik vind het fijn om mezelf te strelen terwijl hij slaapt. Dan bedenk ik altijd dat hij niet slaapt. Dat windt me op. Als ik kom doe ik niet zo zachtjes mogelijk. Ik wil dat hij me hoort.
Ik zou het fijn vinden als hij het ook deed. Nu ga ik bij hem slapen en vraag ik of hij het wil doen. Je moet wachten tot ik in slaap val en dan jezelf bevredigen. Wil je dat voor me doen?

Nee, dat durf ik niet tegen hem te zeggen.
Natuurlijk durf ik dat niet.
Maar ik zou het wel willen.
9.40 p.m.

22 april 1923
Ik heb het hem gevraagd. Ik lijk wel gek.
Toen ik wakker werd heb ik hem gevraagd of hij het gedaan had.
Ja.
Vond je het lekker?
Hij gaf geen antwoord.
Wat een raar idee. Ik moet er niet over nadenken.
Maar de zon scheen volop en we reden met de ramen open.
Ik had zin om piano te spelen. Tijdens de les bij Cole heb ik de hele tijd zelf gespeeld. Scarlatti, Schubert. Mevrouw Cole vond het prachtig. Zij is degene die ik lesgeef. Ze is 34. Een beetje laat, om te beginnen. Maar ze wil heel graag. Het was haar droom. Ik ben aan haar gehecht. Ik vind het vervelend dat ik ook haar moet verwoesten. Ze heeft het niet verdiend. Maar ik heb dit leven hier toch ook niet verdiend? Het is de schuld van de bolsjewieken, en van de revolutie, zegt mevrouw Cole. Maar dat is niet waar.
Ik weiger te geloven in de Geschiedenis. De Geschiedenis is een optische illusie. Het zijn de wederwaardigheden van een paar mensen die worden verkocht alsof ze het leven van iedereen voorstellen. Maar dat is niet waar. Het is alleen van hen.
Wat we eigenlijk zouden moeten doen, met de Geschiedenis, is gewoon *niet meedoen*. Het is hun idee dat wij zouden moeten meedoen. Ze hebben ons nodig om op het toneel van hun waanzin mee te spelen.
De collaborateurs van de Geschiedenis: degenen voor wie het verplicht is om deel te nemen aan de
Ik sta aan geen enkele kant, en het maakt me niets uit wie er wint. Als degene die wint me alles afneemt, maakt mij dat nog geen vijand van hem. Ik zou ook alles kunnen verliezen aan de speeltafel, of door een aardbeving. Het komt allemaal op hetzelfde neer. Ik

hou me buiten hun strijd. Wat heb ik ermee te maken? Jullie zullen het zonder mij moeten doen.

Er zijn mensen die zijn gaan *vechten* voor de belangen van die lui, alleen omdat ze niet de kracht hadden om zich aan die afpersing te onttrekken. Er zijn mensen die om die reden zijn *gestorven*. Waanzin.

Mevrouw Cole heeft vier kinderen en een man. Leuk gezinnetje. Een van de kinderen is vreemd. Hij is heel klein, hij praat nooit. Spierwitte huid. Hij heeft zo'n doordringende blik dat volwassenen hem ontwijken. Af en toe, zeggen ze, doet hij onverklaarbare dingen. Hij doet wonderlijke dingen, zegt de vader, en hij lacht erbij. Maar je ziet dat hij diep vanbinnen een zweem van angst voelt. Iedereen in dat huis voelt een zweem van angst.

Ik begon door te zeggen, en passant, dat dat huis een vreemde uitstraling had. Fascinerend, zei ik. Ze begrepen niet goed of het een compliment was of wat.

Het is ongelooflijk, maar elke dag moet de piano opnieuw gestemd worden, merkte ik een keer op. En iedere keer maak ik voor aanvang van de les de piano open om hem te stemmen. Zachtjes mompel ik dingen als Ongelooflijk, of Echt ongelooflijk.

Ik heb er veel lol in. Maar ik vind het wel een beetje zielig voor mevrouw Cole.

Ze hebben de piano gekocht. Ultimo zegt dat we met onze provisie over de verkopen al 19 dollar en 60 cent de man hebben verdiend. Ik stuur altijd alles naar mijn zus, dan moet zij maar zorgen dat

Ultimo verstopt het geld in een dubbele bodem van het busje. Op dezelfde plek als waar hij die brieven bewaart. Op een dag heb ik er een gepakt, ik heb hem opengemaakt en ik heb hem gelezen. Ik heb er niet veel van begrepen, ik moet de andere ook allemaal lezen. Die ene was geschreven door een Italiaanse priester. Hij kwam uit een stad die Udine heet. Of Adine, dat weet ik niet meer.

Ik moet de andere ook allemaal lezen.

Ultimo daarentegen maakt ze niet eens open. Maar hij bewaart ze wel. Wie weet wat dat betekent. Veel dingen die hij doet zijn nogal zinloos.

Om in Sheftbury te komen, bij de familie Martin, moesten we over een bult in de weg. Elke keer moest hij afremmen, omdat het busje vol piano's zat. En elke keer zei hij: Jammer. Een keer keerde hij om en zei: Help me. We maakten het busje leeg en legden de uiteengehaalde piano's op het gras langs de weg. Het zijn piano's met een houten ziel; het kost niet zo heel veel moeite om ze te verplaatsen. Die hebben ze ons expres gegeven. Toen stapte Ultimo weer achter het stuur. Hij zei dat ik naast hem moest komen zitten. Je hoeft niet bang te zijn, het is iets leuks, zei hij. Hij begon weer terug te rijden en stortte zich in volle vaart op de bult. Ik begon al te schreeuwen toen we nog omhoog reden. Maar ik schreeuwde niets in het bijzonder. Hij daarentegen was stil, rustig, tot we op de top van de bult waren, en pas toen het busje zich losmaakte van de grond, toen schreeuwde hij luidkeels zijn naam. Ultimo Parri.
Daarna raakte het busje een beetje gehavend. Toen we terugreden, heel kalmpjes, zagen we vanaf de top van de bult de piano's daar beneden, uiteengehaald, in het gras, stukken piano, kriskras midden op het gras neergelegd. Het leek wel een kudde van het een of ander die rustig stond te grazen. Het was een mooi gezicht. Ultimo stopte. We bleven een poosje staan kijken.
Waarom ben je altijd droevig? vroeg ik hem.
Ik ben niet droevig.
Ja, dat ben je wel.
Dat is het niet, zei hij tegen me. Hij zei dat het volgens hem zo was dat mensen jarenlang leven, maar dat ze in werkelijkheid slechts een klein deel van die jaren wérkelijk leven, namelijk de jaren waarin ze kunnen doen waarvoor ze zijn geboren. Dan pas zijn ze gelukkig. De rest van de tijd is tijd die verstrijkt met wachten of met terugdenken. Als je wacht of terugdenkt, zei hij, ben je niet droevig en niet gelukkig. Je *lijkt* droevig, maar je bent gewoon aan het wachten, of aan het terugdenken. Mensen die wachten zijn niet droevig, evenmin als mensen die terugdenken. Ze zijn alleen ver weg.
Ik ben aan het wachten, zei hij.
Waarop?
Ik wacht tot ik kan doen waarvoor ik ben geboren.

Hij heeft het idee dat hij is geboren om *een circuit aan te leggen.* Nou vraag ik je. Hij wil een circuit voor racewagens aanleggen. Echt in die zin dat het een weg is waarop alleen racewagens rijden. Die nergens heen voert, sterker nog, die gesloten is, zodat je maar blijft rijden en nergens terechtkomt. Het is zijn eigen uitvinding, het bestaat nog niet.
Het is niet waar dat je nergens terechtkomt, zegt hij.
Hij heeft me een heel verhaal verteld over hem en zijn vader die in de mist door een stad met allemaal rechte straten dwalen.
Hij heeft het altijd maar over die vader.
Maar misschien is het waar wat hij zegt, dat elke tocht rond is, en nergens heen voert, alleen in jezelf, want de mist van onze angst is te dik en de wegen die elders heen lijken te voeren zijn maar schijn.
Waar zou ik dan voor geboren zijn? Wanneer zal ik echt leven? Of wanneer heb ik geleefd?
Ultimo is misschien best sympathiek. Maar als je bij hem bent heb je altijd het idee dat je een serieuze bezigheid verstoort. Het is veeleisend. Het is net *werken*, bij hem zijn.
Hoe dan ook, god weet waar hij dat geld voor dat circuit ooit vandaan moet zien te halen. Ik denk niet dat je dat redt met 389 dollar.
Hij is een kind.
Ik ben geen kind.
Ik ben een vrouw.
Een vrouw
Een vrouw
Een vrouw
Een vrouw
Honger. Verdomme.
10.06 p.m.
Niet vergeten: een andere jurk.

23 april 1923
Dingen die ik kan:
1 musiceren (Schubert, Skrjabin, geen Bach, geen Mozart)

2 praten met mensen zonder dat de mensen snappen waar ik heen wil
3
4 weten wat er aan de hand is
5 seks
6 me niet overgeven
7 omgaan met rijke, ontwikkelde mensen
8 reizen zonder problemen
9 alleen zijn

Dingen die ik niet kan:
1
2
3

Ik ben naar dominee Winkelman gegaan en ik heb tegen hem gezegd dat er verontrustende dingen gebeurden bij de familie Cole. Dat kind, dat is verontrustend.
Maar ik smeek u, ik bezweer u, om tegen niemand te zeggen dat ik met u ben komen praten, anders raak ik mijn baan kwijt, en zonder mijn baan ben ik verloren, ik heb geen familie en ook geen bezittingen, beloof me dat u het tegen niemand zult zeggen.
Nee, ik smeek u echt om tegen niemand te zeggen dat ik met u ben komen praten, want als ze te weten zouden komen dat ik met u ben komen praten dan ben ik mijn baan kwijt, en zonder mijn baan
Ik vertel u dit overigens om de bestwil van dat gezin, en van de hele dorpsgemeenschap, u moet geloven dat het mijn enige bedoeling is om
Ik heb hem verteld dat dat kind een keer aan de piano ging zitten en, eerlijk waar, een heel ingewikkeld stuk begon te spelen, dat ik niet ken, maar dat, zogezegd, nogal *diabolisch* klonk.
Nee, niemand anders heeft hem horen spelen, ik ben meteen zijn moeder gaan roepen maar toen zijn moeder eraan kwam zat hij als een engel in een hoekje te spelen.
Het zal u beslist zijn opgevallen dat andere kinderen ontzag voor

hem hebben, en dat volwassenen zogezegd onthutst raken door hem.
Om nog maar te zwijgen van die rare dingen die hij kan doen. Ik geloofde er eerst niet in, maar nu...
Nee, absoluut niet, dat kind kan niet pianospelen, niemand heeft hem ooit een les gegeven, ik geef alleen les aan mevrouw Cole. Is het waar dat dieren als ze langs het huis van de familie Cole komen heel vreemd beginnen te janken?
Nee, ik had gewoon zoiets opgevangen.
Beloof me dat u me niet zult verraden. Ik vertel het alleen voor hun eigen bestwil. Ik heb het beste voor met mevrouw Cole. Ze is een goed mens.
Nu hoefde ik alleen nog maar een paar dagen te wachten.
Ik stem nog steeds voor elke les de piano. Ultimo heeft gevraagd waarom ik dat doe. Hij is altijd ontstemd, zei ik. Misschien moet ik de sleutels vervangen. Nee, jij hoeft helemaal niets te doen.

Al sinds een jaar leid ik dit leven. Daar heeft Ultimo me op gewezen. Het is ons jubileum, bij wijze van spreken. Ik vroeg hem wat voor cadeau hij wilde. Het was een grapje. Maar hij zei: Laat me bij jou slapen.
Hoe bedoel je?
Bij jou slapen, in jouw bed.
Ik begon te lachen. Ben je gek?
Je vroeg toch wat voor cadeau ik wilde?
Ja, maar dat was een grapje. En trouwens, ik had niet zoiets in gedachten.
Het is maar een cadeau, zei hij.
Dat weet ik, maar...
Voor ons jubileum.
Pff, waarom wil je zo graag bij mij slapen?
Daar hoef jij je niet druk om te maken.
En ik, wat krijg ik voor cadeau?
Je mag vragen wat je maar wilt, zei hij.
Ik dacht er even over na.
Laat me je brieven lezen.
Welke brieven?

Die brieven die je nooit openmaakt. Ik weet heus wel waar je ze verstopt.
Wat moet jij met mijn brieven?
Daar hoef jij je niet druk om te maken. Laat me ze lezen.
Hij dacht er even over na.
Maar daarna doe je ze weer dicht en praat je er nooit meer over.
Goed.
Goed.
Wacht tot ik me heb omgekleed, en kom dan maar bij me slapen.
Goed.
Geef me de brieven.
Nu?
Ja.
Hij ging ze halen.
Het is een absurd verhaal. Die brieven zijn allemaal geschreven door een priester, een Italiaanse priester, vanuit Italië. Hij zegt dat hij don Saverio heet. Eerst wilde hij weten of hij echt Ultimo Parri was, en hij wilde er echt zeker van zijn. Dus stelde hij hem allerlei vragen, allemaal over de oorlog, over wat er in de oorlog gebeurd was, en als Ultimo het juiste antwoord zou geven zou hij zeker weten dat hij echt Ultimo Parri was. Maar Ultimo gaf natuurlijk nooit antwoord. Dus schreef de priester dat hij, als het aan hem had gelegen, zou zijn opgehouden met schrijven, omdat hij het niet vertrouwde, maar Cabiria stond erop dat hij zou blijven schrijven. Juist omdat hij niet reageerde, zei die Cabiria, was het duidelijk dat hij Ultimo was. Cabiria is blijkbaar iemand die met Ultimo in de oorlog heeft gevochten. Blijkbaar waren ze dikke vrienden. Nu zit hij in de gevangenis, en daar moet hij een hele tijd blijven zitten. Daarom kan hij zelf niet schrijven, maar laat hij de priester schrijven. Zijn post wordt gecontroleerd, schijnbaar. En hun hele verhaal is een geheim waarvan hij niet wil dat de politie het weet. Zo te merken is die priester er helemaal niet blij mee dat

Dat is Ultimo die op de deur klopt.
Zal ik opendoen of zal ik niet opendoen.

24 april 1923
De meest banale oplossing had ik willen vermijden, maar met de familie Farrell had ik geen zin om iets anders te verzinnen, het was zo'n saai gezin, ik wilde er alleen maar zo snel mogelijk weer weg. Meneer Farrell zat voortdurend naar me te kijken. Hij was zo'n type dat dacht dat het er vroeg of laat toch wel van zou komen. Ik liet hem in de waan. Een paar weken lang heb ik hem aan het lijntje gehouden. Toen wachtte ik tot ik alleen was met hem. Ik trok mijn blouse aan de voorkant open, en zei dat hij kon kiezen: of hij gaf me twintig dollar, of ik zou het op een gillen zetten. Plotseling was hij niet meer zo zeker van zichzelf. Hij gaf me de twintig dollar. Toen zei ik dat hij me ook wel mocht aanraken, nu hij toch al betaald had. Hij legde zijn handen op mijn borsten. Hij kuste mijn tepels. Zo is het genoeg, zei ik. En ik knoopte mijn blouse weer dicht, aan de voorkant. We zorgden ervoor dat we vaker alleen waren, die week. Elke keer betaalde hij. Ik liet me ook tussen de benen aanraken. De laatste keer haalde hij de twintig dollar tevoorschijn en zei ik dat ik geen geld wilde. Doe je broek open, zei ik. Hij trilde van emotie. Toen trok ik mijn blouse open, de borsten bloot. En ik begon te gillen. Zijn vrouw kwam eraan, terwijl haar peuter achter haar aan dribbelde. Meneer Farrell probeerde zijn broek op te hijsen. Ik huilde. Ik kon geen woord uitbrengen. Ik deed alsof ik mijn blouse wilde dichtknopen, maar ik deed het niet echt. Ik wilde dat zij zag wat een mooie borsten ik had.
Ze gaven me geld om me te laten beloven dat ik tegen niemand iets zou zeggen. Ze kochten zelfs de piano. Niemand zal er ooit meer op spelen. Maar hij zal daar blijven staan om hen elke dag te herinneren aan die smeerlapperij.
Ik denk dat meneer Farrell toch iets tegen iemand heeft gezegd, want daarna werden we met tegenzin ontvangen in de andere huizen. Ik begreep dat de zaken bergafwaarts gingen en schreef naar Steinway & Sons met het verzoek of ze ons konden overplaatsen naar een andere regio. Vandaar dat we in Kansas terecht zijn gekomen.
Maar dat was een van de eerste keren, toen was ik er nog niet zo bedreven in. Nu zou ik nooit meer zoiets doen. Veel te gevaarlijk.

Nu maak ik geen fouten meer. Nu lever ik vakwerk. Zoals bij de familie Cole, die met dat vreemde kind. Terwijl ik met mevrouw Cole zat te spelen, hield ik ineens op en barstte ik in huilen uit. Een kleine, echt hysterische scène. Mevrouw Cole snapte er niets van. Het spijt me, het spijt me maar ik kan het niet meer, zei ik snikkend, er is iets met dit huis, ik ben bang, het spijt me, het spijt me echt, ik ben bang. Waar ben je bang voor? Ik ben bang, en ik bleef maar snikken. Wat maakt je dan bang? Zij begon ook te huilen, ze wist heel goed wat me zo bang maakte, ze wilde me hardop horen zeggen waar ik bang voor was, omdat ze vreesde dat ik zou zeggen van uw zoontje, en ik zei het niet, maar zij wist donders goed dat het om dat kind ging, en dat ik voor hem bang was, omdat er iets vreemds was met hem, ook al wilde niemand het hardop zeggen, en kon zelfs ik het niet zeggen, maar ik kon daar echt geen uur meer blijven, in dat huis waar een kind woonde dat

D E D U I V E L

was, maar ik zei het niet, ik pakte alleen maar mijn spullen en ging er huilend vandoor, ik nam afscheid van mevrouw Cole en omhelsde haar echt als een liefhebbende dochter, terwijl Ultimo de piano uit elkaar haalde en ik gilde dat ik die piano niet in onze bus wilde hebben, die piano is behekst, en de buren kwamen uit hun huizen om te kijken wat er aan de hand was, maar ze durfden niet dichterbij te komen, want wat ze zagen was de pianolerares die snikkend mevrouw Cole omhelsde, terwijl Ultimo de onderdelen van de piano één voor één in het busje laadde, en daaraan kun je zien dat ik echt gehecht was geraakt aan mevrouw Cole, want het zou me geen enkele moeite gekost hebben om haar die piano te laten kopen die ik met angstig opengesperde ogen uit haar huis zag komen, maar uiteindelijk belette ik dat ze hem kocht, ook al was zij inmiddels bereid om hem te kopen, maar ik ging ervandoor voordat ze hem kocht om mij te bevrijden van die angst, en daaruit kun je afleiden hoezeer ik werkelijk aan haar gehecht was, ik die als stelregel heb dat ik niets in de weg laat komen van mijn plan om elk gezin te verwoesten dat het lot me

Wat is er mis met deze piano? vroeg Ultimo me.
Niets.

27 april 1923
Zaterdag was er een autorace in Butford. Voor de jaarmarkt van de stad. Maar Ultimo wilde er niet mee naartoe. Jij bent gek, je bent bezeten van raceautomobielen, met zo'n circuit en alles, het is *je droom* om een circuit te maken, en dan is er een wedstrijd en dan ga je niet kijken.
Dat daar is een circus, zei hij.
Hij legde me uit dat ze allemaal afspraken maken, ze houden nepwedstrijden, best leuk, maar ze weten al van tevoren wie er gaat winnen. Ze doen het gewoon voor de weddenschappen, en omdat de mensen van automobielen houden.
Ik ben er in mijn eentje naartoe gegaan.
Ultimo, ik heb het circuit gezien waar jij het altijd over hebt, precies zo. Het was een ovale zandweg, helemaal rond het park, en de auto's reden de hele tijd rondjes, precies zoals
As. Dat is geen zand, zegt hij. Ze gebruiken as en dat besproeien ze dan met water, of olie. Hij wist alles. Ik vroeg hem wat het voor zin had om een droom mee te slepen die al lang is gerealiseerd in zo'n klotestadje als Butford. Hij werd heel zenuwachtig.
Ten eerste: dat is een circuit voor paarden. Ze gebruiken het voor auto's maar het is gemaakt voor paarden.
Ten tweede: het is een ovaal. Wat is dat nou voor een circuit, waarop je alsmaar dezelfde kant op moet sturen? Dat is prima voor een paard, maar een automobiel is wat anders.
Ik meende te hebben begrepen dat jij het ook zo wilde maken, rond, volmaakt, zoals het huizenblok van je vader, heb je me niet verteld dat het net zo was als dat huizenblok van je vader? En dan kwam je weer aan op de plek vanwaar je was vertrokken, maar dat was dan toch een aankomen *op een andere plek*? Ik snapte er niets meer van.
Luister, Elizaveta. Wil je proberen me te begrijpen?
Ja.
Luister dan naar me.
Ja.
Op een ovale baan lopen paarden. Automobielen rijden over wegen en wegen gaan de hele wereld over. En oneindig zijn de

bochten die ze kunnen maken. Zie je dat wonder voor je?
Ja.
Haal het nu dan weg van de wereld. Van de bomen waartegen je je te pletter kunt rijden, van de mensen die de weg oversteken, van de kruispunten die niemand in de gaten kan houden, van de karren die heen en weer rijden, van het stof en de drukte. Neem alleen het wonder, de schone handeling die ruimte en tijd doorklieft, de hand van de man die op het stuur het spoor van de weg natekent, en *volbrengt*. En plaats dat dan midden in het niets. Heb je dat?
Ja.
Heel veel bochten, Elizaveta, alle bochten die ik in mijn leven heb gezien. Het profiel van de wereld. Midden in het niets.
Ja.
De motor starten en wegrijden. En draaien. Draaien tot elke bocht verdwijnt in een enkele handeling die begint en eindigt op hetzelfde punt, en verdwijnt in zichzelf. Dan heb je het idee dat het een volmaakte cirkel is, gesloten en volmaakt. Je hele leven in die cirkel. Maar die cirkel zit in je hoofd, niet in de werkelijkheid. Hij bestaat alleen binnen in jou.
Ik weet niet.
Het is een sensatie.
Ja, misschien wel.
Dat is het.
Ja.
En denk nu terug aan Butford, Elizaveta.
Butford.
Ja.
Oké, ik denk eraan.
Wat vind je ervan?
Walgelijk.
Dat bedoel ik.

Maar is niemand dan ooit op het idee gekomen om zoiets te maken waar jij het over hebt? Zo'n soort circuit?
Ik weet niet. Ik heb er nooit een gezien.
En jij gaat er een maken.

Ja.
Je bent gek.

Ik heb koorts, vanavond. Ik voel dat ik koorts heb. Het is koud, ik wil een andere kamer, een andere deken, een ander leven. Ik kan niet meer. Ik kan niet meer.
11.24 p.m.
Morgen ga ik niet werken. Als we niet werken krijgen we niet betaald. We zijn slaven. Dit moet een keer afgelopen zijn.

Drie uur 's nachts. Hoge koorts. Ik ben bang. Alsjeblieft alsjeblieft.

2 mei 1923
De dokter is gekomen, vette handen, dikke stem, toen hij binnenkwam heb ik
Koorts, medicijnen, ik voel dat ik in brand sta vanbinnen.
Ik kan niet werken.
Nu een beetje beter.

3 mei 1923
Aan mijn zus geschreven. Ik kan niet meer. Het is vernederend maar ik heb haar geschreven of ze misschien een idee heeft om uit deze
Een *vernederende* brief.

De buurvrouw is Russisch. Verhalen uit Rusland. Het doet me niets.
Mijn moeder werd *voortdurend* vernederd.
We zouden toch iets geleerd moeten hebben.
Alle medicijnen over de grond.
Ultimo helpt me.
Regen.
Ik word moe van schrijven. Ik word moe van alles.

4 mei 1923
Een mooi liedje dat vanmorgen door iemand op straat werd gezongen.
Soms is er weinig nodig.
Ik moet mijn werk weer oppakken. Mijn plan.

Ik heb Ultimo gevraagd waarom hij die schat niet gaat ophalen.
Ik had je toch gezegd dat je die brieven wel mocht lezen, maar er nooit over mocht praten.
Ik ben ziek, Ultimo, zeg me waarom je die schat niet gaat ophalen.
Het zit zo: zijn vriend Cabiria heeft een schat verborgen bij een priester, in Italië, een schat die ze hadden gestolen terwijl ze zich terugtrokken van het front. Hij heeft hem achtergelaten bij een priester en toen is hij in de gevangenis beland. Hij zal er niet meer uit komen, en daarom zou die Cabiria willen dat Ultimo die schat ging ophalen en er mede namens hem van zou genieten.
Daar zou je je circuit mee kunnen aanleggen, zei ik tegen Ultimo.
Ik wil dat geld niet.
Waarom niet?
Volgens hem had Cabiria hen verraden, destijds, in de oorlog. Hij had hen op het hoogtepunt in de steek gelaten om ervandoor te gaan. Daardoor was Ultimo in gevangenschap beland. En een ander was gefusilleerd.
Nou en?
Cabiria bestaat niet meer, zei hij.
Volgens mij is het waanzin, als je moet gaan letten op iedereen die je verraadt, dat lijkt me niet verstandig. Ultimo is dom omdat hij niet kan vergeven.
Het is geen kwestie van vergeven, ik heb Cabiria allang vergeven. Maar hij bestaat niet meer, voor mij. De herinnering is belangrijk. Er bestaan geen schuldigen, maar er bestaan personen die ophouden te bestaan. Dat is wel het minste wat we kunnen doen. Zo hoort het.
Jij bent gek, Ultimo. Pak dat geld aan.

Ik heb je gezegd dat je niet meer over die brieven moet praten.
Maar je bewaart ze wel, je gooit ze niet weg.
Hij stond op en liep weg.
Toen kwam hij terug. Om tegen me te zeggen dat de wereld moet worden geordend als iemand hem overhoop gooit. Hij is gek.

Is mijn plan om elk gezin waarin ik werk *te verwoesten* een manier om de wereld te ordenen?

Dat is waar ook. Moeilijkheden met de politie. Maar ik loop geen gevaar. Het is vanwege dat gedoe met de familie Curtis. Ze kunnen niets bewijzen.
Ik wacht op antwoord van mijn zus.
Morgen ga ik weer werken. Guinness, daarna Lambert en Calkerman.
Balen.
Ik ga die schat zélf wel halen.

7 mei 1923
Bij de familie Curtis had ik aanvankelijk de vrouw in gedachten. Rijke, verveelde mensen. Ze hadden al een piano, maar ze zagen mij wel zitten. De vrouw was jaren geleden opgehouden, ze had het spelen weer opgepakt. Ze had niets te doen. Ze behandelde me als haar dochter. Maar het kan alleen als jullie een andere piano kopen. Ze kochten hem. Uit verveling doen die lui de gekste dingen. Mevrouw Curtis had een groep vriendinnen met wie ze, uit verveling, bepaalde spelletjes deed. Ik neem aan dat het deel uitmaakte van haar idee van *trouw* om het met vrouwen te doen. Spreekt voor zich dat ik aan haar dacht. Op een dag vraagt ze me of ik wat kleren van haar wil passen. Ik zeg ja. Ik kleed me aan en uit waar ze bij is. Ze vond het leuk, en ik deed alsof ik het ook leuk vond. We waren bijna in bed beland. Maar ik wilde haar langzaam opwarmen. Alleen een zoen. Daarna zou het gaan zoals het moest gaan, maar toen kwam de dag van dat feest.
Mevrouw had besloten dat ze een feest wilde geven waarop ik zou spelen. Natuurlijk word je daarvoor betaald, zegt ze tegen

me. ’s Avonds zit ik op de veranda met meneer Curtis. Hij drinkt. Ook voor hem ben ik blijkbaar een soort dochter geworden. Mensen zijn zo eenzaam dat

Op een gegeven moment barst hij in tranen uit. Dan zegt hij dat hij geen geld heeft om me te betalen, hij heeft nergens meer geld voor, voor dat feest, hij heeft geen rooie cent meer en elke ochtend doet hij alsof hij gaat werken op een kantoor dat niet meer bestaat. Hij gaat naar een café en van daaruit probeert hij de zaken weer op orde te krijgen. Ik ben een geruïneerd man, zegt hij. Eerst denk ik dat die lui zichzelf al hebben verwoest, maar dan bedenk ik dat ik ze nog wel een duwtje kan geven. Zomaar, om me toch aan mijn plan te houden. Ik zeg tegen meneer Curtis dat ik een idee heb. Ik weet ook niet waar ik sommige ideeën vandaan haal. Ik heb er aanleg voor. Dus op een gegeven moment tijdens het feest haal ik wat foto’s van Siberië tevoorschijn, en van de sloebers die daarheen zijn gestuurd door de bolsjewieken. Van die dingen die mijn zus me toestuurt. Ze doen mij helemaal niets. Het kan me geen zier schelen wat daarginds gebeurt, en ik heb al veel te lang geleden besloten om   Ik heb er niets mee te maken. Maar goed, ik zeg iets over die arme mensen en dan zeg ik dat meneer Curtis me heeft aangemoedigd om fondsen te werven om naar daarginds te sturen en dat hij zelf een eerste bijdrage heeft geleverd ter hoogte van maar liefst 300 dollar. Iedereen begon te klappen. In dat wereldje is liefdadigheid een soort sport. Het klassement is belangrijk. Eén voor één kwamen ze over de brug met duizelingwekkende bedragen. Ik nam het allemaal in ontvangst alsof ik hevig ontroerd was. Alsof ik het amper kon geloven. Naderhand maakte ik al het geld stiekem over aan meneer Curtis. Ik zal alles terugbetalen, zei hij, en hij bedoelde het waarschijnlijk ook allemaal best goed. Daar ben ik van overtuigd, zei ik tegen hem.

Toen de zes maanden voorbij waren, nam ik afscheid van ze en ging ik ervandoor. Maar niet nadat ik een anonieme brief had geschreven aan alle intekenaars voor Siberië, met het advies om eens na te gaan waar hun geld terecht was gekomen. Ik geloof dat meneer Curtis zich een paar maanden later heeft doodgeschoten. Maar dat zou hij anders toch wel gedaan hebben.

Hij is de oplichter, ik heb niets te vrezen van de politie. Het is zinloos dat ze mij zoeken. Ze verdoen hun tijd.

Het is wel van belang om vaak van regio te wisselen. Ultimo begrijpt niet waarom, maar ik wel.

Amerika is groot zat, dat is geen probleem.

Hoe lang zal ik hier nog blijven?

Hoe lang zal Ultimo hier nog blijven?

Wie weet zullen de bolsjewieken ooit zo ver komen op hun paarden dat ze op deze prairies belanden, zodat wij ons opnieuw uit de voeten moeten maken.

Ik zou daar willen wonen waar de Geschiedenis niet komt. Bestaat er een plek die vrij is van Geschiedenis? Dan zou ik daar willen wonen.

Ik ben een verstekeling, die stiekem aan boord van het grote schip van de Geschiedenis slaapt.

Ultimo is een verstekeling.

De lafaards zijn degenen die aan boord zijn gegaan met een kaartje en al. Hun maakt het iets uit waar het schip naartoe gaat. Ons niet.

Maar ik weet ook niet.

Om 9.55 p.m. gaat de verstekeling slapen.

14 mei 1923

Antwoord van mijn zus. Die vrouw is onverbeterlijk.

Er is ene Vasilij Zarubin, een grootgrondbezitter die mij heeft uitverkoren toen ik tien was. Ik zou zijn vrouw worden, dat had mijn vader besloten. Mij kon het niets schelen. Het liep enige vertraging op, vanwege bepaalde ziektes van mij, en toen kwam de Revolutie. Nou, die Vasilij Zarubin is er nog steeds, hij woont in Rome en hij is twee keer zo rijk als eerst. Hij was een aardige man. Het nieuws is dat hij nog altijd bereid is om met me te trouwen. Mijn zus twijfelt niet over het feit dat ik   Hij heeft een vriendin, op dit moment, maar schijnbaar zou het geen probleem zijn als ik   Mijn zus zegt dat ik wel zal weten wat me te doen staat. Dat klopt. Ze heeft geen ongelijk.

Vasilij, mijn lief.
Het is een prettig idee dat ik binnen een dag of twintig weer rijk zou kunnen zijn. De tijd die een reis naar daarginds in beslag neemt. Heel mooi. Mooi mooi mooi.
Van blijdschap zei ik tegen Ultimo dat hij bij me moest komen slapen. Nu ligt hij daar, de andere kant op gedraaid. Hij heeft een dunne nek, en grote, lachwekkende oren. Lange, dunne benen. Hij slaapt.
Dit ga ik doen. Ik kleed me helemaal uit en ga dicht tegen hem aan liggen. Ik glijd met mijn tong over de huid van zijn nek, hij wordt wakker, ik fluister in zijn oor Niet omdraaien, blijf stil liggen, er komt een engel voorbij. Dan pak ik zijn geslacht in mijn hand en streel het. Heel lang. Ik stop telkens net voordat hij komt. Dan begin ik weer. Op het laatst laat ik hem komen, door hem heel langzaam te strelen. Dan val ik in slaap met mijn hoofd tussen zijn schouders.
10.34 p.m.
Dat ga ik helemaal niet doen.
Zin om mezelf te strelen.

17 mei 1923
De politie is gekomen. Het was inderdaad vanwege dat gedoe met de familie Curtis. Ik heb alles verteld wat ik wist. Meneer Curtis heeft zich inderdaad doodgeschoten, een paar maanden later. Mooi zo. Ze zeggen dat ik misschien ergens moet gaan getuigen. Wanneer u maar wilt, zei ik. Het spijt me voor meneer Curtis, zei ik.
Ben maar een klein beetje bang.
De keren dat ik echt bang ben geweest:
De brand in Balkaev, als kind.
In de trein, die dag.
En eerder, toen de bolsjewieken door de straten galoppeerden.
Alle keren dat ik aan boord van een schip ben gegaan.
Verder alle keren dat ik bang ben zonder dat er iets is om bang voor te zijn. Het is als een piano die zomaar vanzelf begint te spelen, zonder dat er iemand op speelt.

Pianola's van je hart.
Als ik bij meneer Vasilij Zarubin woon, wil ik geen piano's in mijn huis, en geen pianola's of iets. Het spijt ons, maar mevrouw kan geen muziek verdragen, geen enkele soort muziek. Ze maakt alleen een uitzondering voor 'Going back'. Ja, dat is een lied. Dat is het enige dat mevrouw verdraagt.
Dan zingen ze 'Going back' voor me.
Vasilij, mijn lief.
Ultimo heeft het niet op de politie. Hij is bang voor ze. Op een dag, jaren geleden, kwam de politie naar zijn huis, op het platteland, en nam zijn vader mee. Ze waren bezig met een onderzoek naar dat ongeluk, dat waarbij de graaf was omgekomen, en ze hadden het idee dat het niet helemaal in de haak was. Dus namen ze zijn vader mee en voelden ze hem twee dagen lang grondig aan de tand. Ze waren ervan overtuigd dat hij iets te maken had met die rare zwieper. Schijnbaar hadden enkele getuigen vreemde dingen gezien.
Uiteindelijk was het een kwestie van geld, zei Ultimo.
Maar hij wilde het me niet uitleggen.
Dat verhaal dat ze zijn vader hadden aangezien voor een moordenaar zat hem niet lekker. Daarom had hij het helemaal gehad met de politie, sinds die dag.
Maar het is een verhaal waar hij niet over wil praten.
Een van de vele.
Dus al die tijd dat de politie bij me was, zwierf hij met het busje over het platteland.
Het platteland is hier fantastisch, overal doet het denken aan het beloofde land.
Af en toe een huis, maar altijd in stilte, alsof het daar alleen maar staat om zich te laten bekijken.
Er alleen maar zijn om je te laten bekijken. Dat is het uitgangspunt van mijn zus. Mijn zus is een boerderij op het platteland, in het eeuwige licht van een zonsondergang, oh yes.
Ook een hond, zou ik willen. Als ik rijk ben. Een hond. Ik zal kinderen moeten krijgen, maar ik wil vooral een hond. Die trouw is.
Op een dag, tijdens een strenge winter, in de buurt van Valstock,

of verderop, in de buurt van het huis van Norma, kwam er uit het bos ineens een
11.05 p.m.

19 mei 1923
Plotseling is Ultimo verdwenen. Het busje hebben ze in het dorp aangetroffen. Open. Alles op zijn plek, maar hijzelf was er niet. Iemand heeft hem in een vrachtwagen zien stappen, op de weg naar Pennington. Maar het is niet eens zeker dat hij het was.
Ik ben in de dubbele bodem gaan kijken, onder de stoelen. Zijn geld lag er niet. De brieven lagen er ook niet meer. Zijn spullen leken allemaal nog in het busje te liggen.
Hij komt wel terug.
Ik heb van de gelegenheid geprofiteerd door niet te gaan werken. De hele tijd fantaseren over Vasilij mijn lief. Hij was niet mooi en niet lelijk. Misschien een beetje te dik, naar mijn smaak.
Toen de mannen paardenraces hielden, op het grote grasveld, en wij allemaal bij de omheining stonden, heel elegant gekleed, kijkend naar de race als vele moeders die
Ik ging voor de spiegel staan en borstelde mijn haar zoals ik het vroeger borstelde.
Hier in Amerika hebben ze geen smaak, en de rijke dames pronken met sieraden waar ik om moet lachen. Wij hadden prachtige sieraden. Elk sieraad had een eigen geschiedenis, en er hing praktisch geen parel op onze huid waarvoor zich niet een man in de dood had gestort, in het verleden: hetzij vanwege de liefde, hetzij vanwege de schulden. Als je sieraden droeg was het dus alsof je onze atavistische neiging tot tragiek op je lijf droeg. We wisten dat we die keten van bloed voor niets ter wereld moesten onderbreken. Dat was ons leven.
Waar mijn sieraden nu zijn.
Daar kan ik beter niet aan denken.
Ze bestaan niet meer. Ik, besta niet meer.

20 mei 1923
Ik heb me door meneer Blanket naar mijn werk laten brengen. Ik vind het niet fijn, want meneer Blanket rijdt als een gek. Hij is ervan overtuigd dat hij rechtstreeks contact heeft met God. Ze praten met elkaar. God deelt adviezen en suggesties uit. Het is al eens voorgekomen dat Hij hem nuttige aanwijzingen over de Beurs gaf. Kun je nagaan.
Ik heb een telegram gestuurd aan Steinway & Sons om ze op de hoogte te brengen van Ultimo.
Of ze er iets vanaf wisten. Ik wacht op hun antwoord.
Ultimo is gek. Hij wordt zeker ontslagen.
Het zal toch niet zijn vanwege dat gedoe gisternacht.
Uitstekende resultaten bij de familie Stevenson. Hun dochter eet vrijwel niet meer. Ze zullen verteerd worden door bezorgdheid en ze zijn al begonnen elkaar de schuld te geven. Ik heb ze ervan weten te overtuigen dat pianoles een uitstekend medicijn is. Nog drie maanden lesgeven.
10.51 p.m.
Ik slaap met het licht aan.

21 mei 1923
Onweer. Ik haat onweer. De donderslagen waren zo luid dat ik moest stoppen met lesgeven. We gingen bij het raam staan om de hagelstenen te zien vallen. Op dat moment had ik het idee dat ik Ultimo onder een grote paraplu zag terugkomen.
Geen antwoord van Steinway.
Ik moet mijn zus schrijven om te vragen hoeveel geld ik apart heb gelegd. Maar daar heb ik geen zin in. Ik heb nergens zin in, de laatste tijd.
Elizaveta. Ik heb alleen maar zin om mijn naam te schrijven.
Elizaveta
Elizaveta
Elizaveeeeeta.
Ik wil geen onweer, vannacht.

22 mei 1923
Geen nieuws.
Ultimo. Wat doe je in godsnaam.
Ik bedacht dat dat verdomde verhaal van dat circuit er wel mee te maken zal hebben. Misschien heeft hij iemand ontmoet. Misschien heeft hij besloten om die schat op te gaan halen.
Ik ben teruggegaan naar het busje en ik heb zijn spullen eens goed bekeken. Ook zijn tekeningen heeft hij meegenomen.
Hij had toch wel iets tegen me kunnen zeggen.
Ik heb de brief aan mijn zus geschreven. Ik weet niet of ik hem zal opsturen.
11 uur: Stevenson.
3 uur: McMallow.
5 uur: Stanford.
De familie Stanford wil dat hun twee kinderen geen muziek spelen die is gecomponeerd door joden. Was Scarlatti een jood? Hoe moet ik dat weten? Ik moet muziek van joden zoeken en ze die stiekem laten spelen. Koosjere muziek, haha.
Ze zijn allemaal gek.
11.17 p.m.

23 mei 1923
Fonogram van Steinway & Sons. Ultimo heeft ontslag genomen. Ze sturen me een ander. Ze vragen of Ultimo geld heeft meegenomen. Of materialen van het bedrijf.
Ultimo, wat is er gebeurd? Waarom niet één regel, voor mij?

27 mei 1923
Niet één regel voor mij, terwijl ik jou er zoveel heb geschonken. Ultimo, ik vond het leuk hoe je je handen in de piano's stopte, alsof je bang was om ze pijn te doen. Ultimo, ik vond het leuk hoe je je verhalen maar half afmaakte. Ultimo, ik vond je naam leuk, en de manier waarop je sliep. Ultimo, ik vond het leuk dat je zachtjes praatte. Ik vond het leuk dat je mij leuk vond.
En het spijt me van die ene nacht.

Maar wat kunnen we doen als
Farewell, mijn vriend.

Vandaag, 27 mei 1923, stop ik met dit dagboek, omdat Ultimo niet zal terugkeren.

Elizaveta Seller, 21 jaar.
Tot je zult terugkeren.

ITALIË, Comomeer, 6 april 1939

Zestien jaar later

Niet te geloven. Wat je allemaal niet doet als je jong bent. Ik heb mijn dagboek herlezen, na al die tijd. Was ik dat grietje? Ik ken mezelf nauwelijks meer terug. Hoe kreeg ik het voor elkaar om al die dingen te verzinnen? Mijn fantasie is niet meer wat ze geweest is. Wat gaan er toch veel kwaliteiten verloren. Misschien de meest zinloze.

Het ongelooflijkste verhaal is wel dat van die gezinnen. Gezinnen *verwoesten*. Hoe kwam ik op het idee. Nooit iets dergelijks gedaan. Sommige van die gezinnen herinner ik me zelfs nog. De familie Cole bijvoorbeeld. Aardige mensen. Dat zoontje was een rakker, ik vond hem geweldig. Rood haar, sproeten. Hij leek zo uit een boek te zijn gestapt. Helemaal geen duivel! Ik nam elke keer een cadeautje voor hem mee. Kleine dingen, want ik was wel echt arm, dat was niet verzonnen. Tjonge, wat was ik arm.

Ik was gewoon een zwijgzaam meisje dat niemand had. Bezien vanuit hier, vanuit deze veertig jaar, zie ik mezelf ver weg en klein, helemaal verkeerd, maar o zo trots, ondanks alles, een meisje dat met rechte rug liep, de haren mooi geborsteld, zonder dat ze enig idee had waar ze heen moest.

En meneer Farrell, zo lang en charmant? Die heb ik nogal laten afgaan. Met zijn broek om zijn enkels voor zijn huilende vrouw. Dat had hij niet verdiend. In werkelijkheid herinner ik me hem als een vriendelijke, schone man. Hij had klasse, voor een Amerikaan. Het spreekt voor zich dat ik verliefd op hem was. Had hij wel eens schalkse bedoelingen als hij me naar huis bracht? Wie weet. Ik herinner me zijn geur, die keer dat hij zich naar me toe boog, voor ik uit de auto stapte, en me op mijn wang kuste. Nu ik net zo oud ben als hij destijds, lees ik in die kus allerlei dingen. Ook schalkse bedoelingen, natuurlijk. Nu ik die stekende pijnscheut heb leren kennen, die je voelt als je verlangens koestert die veel te jong zijn voor je, nu meen ik die glimlach te herkennen waarmee hij me liet uitstappen. Maar toen... Ik was zelfs een beetje teleurgesteld. Het leek me meer een kus die een vader aan zijn dochter geeft. Ik wist zelf ook niet wat ik moest verwachten. Ik wist niets. Het is indrukwekkend hoe je al een heel leven kunt hebben, als volwassene, terwijl je nog helemaal niets hebt begrepen van het echte leven, het volwassen leven.

Ik schreef alles voor Ultimo, dat weet ik wel. Ik liet mijn dagboek overal rondslingeren, elke dag, en hij las het en legde het op dezelfde plek terug. Hij heeft nooit iets tegen me gezegd. Maar ik wist dat hij het las. We hadden allebei zo'n teruggetrokken jeugd, dat soort van onzinnige ballingschap, en het enige wat we konden doen was fantaseren over alles wat we niet hadden. Verhalen. Hij had zijn circuit, in het niets, bestaand uit bochten die hij aan de wereld had ontnomen. Ik schreef voor hem. Voor mezelf. Wie weet.

We waren ver weg van alles. Veel te ver weg.

Nu pas weet ik dat het een van de mooiste dingen is die ik ooit heb gedaan. Die maanden met Ultimo. Rondtrekken met piano's. En 's avonds voor hem schrijven. Af en toe schreef ik verhalen op die hij me had verteld. Ik vond het leuk om hem tot een romanpersonage te maken, een verzinsel. Ik wilde dat hij wist dat hij een speciaal iemand was, zo een over wie je in boeken leest, zo een over wie hij in stripverhalen las. Een held. Ja, misschien wilde ik dat hij wist dat hij een held was.

Het tegen hem zeggen, dat nooit.

Ik praatte nooit. Ook nu ben ik een beleefde vrouw, hartelijk, maar meer ook niet. Op een of ander vergeten moment tijdens mijn kindertijd heb ik er het zwijgen toe gedaan, en daarna was er niets meer aan te doen.

Schrijven wel, ik heb veel geschreven. Maar schrijven is een verfijnde vorm van stilte.

Ik ben een week geleden vertrokken, ik heb in Rome de trein genomen en ben hierheen gekomen. Ik heb er even over gedaan om het goede dorpje te vinden, want Ultimo bleef altijd een beetje vaag als hij het over plekken had. Ik heb wel duizend keer de neiging gehad om weer naar huis te gaan, maar uiteindelijk ben ik voor die oude boerderij beland, midden in het platteland. Je zag nog de contouren op de muur van het vroegere opschrift. Garage Libero Parri. Ik weet dat het nergens op slaat. Maar wat zijn we toch mooie mensen, dat we in staat zijn tot zulke dingen. Tegen mijn man heb ik gezegd dat ik absoluut een bepaalde plek moest zien, en dat ik die in mijn eentje moest zien. Hij begreep het. Misschien moet ik even vermelden dat ik inderdaad ben getrouwd met Vasilij Zarubin (Vasilij, mijn lief), en dat ik twee kinderen van hem heb gekregen, en het privilege van een rijk, bedachtzaam leven. We hebben een prachtig huis, in Rome, achter Piazza del Gesù, en de zomers brengen we aan zee door op Menorca, waar de oceaanwind nog komt. Ons huis hangt vol schilderijen. Geen enkele piano, zoals beloofd. Daarin had ik niet gelogen. Zo nu en dan zing ik 'Going back'. Heel zachtjes.

Ik ben een gelukkige vrouw, zoals elke vrouw in de weerschijn van deze lichtende leeftijd zou moeten zijn. Ik heb elegante zwakheden, en charmante littekens. Ik koester geen illusies meer over het edele van mensen, en daarom waardeer ik hun onschatbare vermogen om samen te leven met hun eigen onvolmaaktheden. Ik ben uiteindelijk mild jegens mezelf en anderen. Dus ben ik klaar om oud te worden, en ik neem me voor om dat gepaard te laten gaan met allerlei uitwassen en dwaasheden. Als de volwassen leeftijd je heeft gegeven wat je wilde, moet de ouderdom een soort tweede kindertijd worden waarin je weer kunt spelen, en waarin er niemand meer is die kan zeggen dat je moet ophouden.

Ik ben een gelukkige vrouw, en dat is waarschijnlijk de reden dat ik me in mijn eentje voor die vage contouren van het woord Garage bevond. Ik zweer dat ik er in geen jaren meer aan had gedacht, aan Ultimo, aan piano's, en aan lessen voor tien cent. Dat dagboek heb ik alleen bewaard omdat ik nooit iets weggooi. Ik heb zelfs nog de kaartjes van de kermis op zondag, waarom zou ik dan juist dit dagboek hebben moeten kwijtraken? Maar het was een afgerond verhaal, een van de vele. Wat er toen gebeurd is weet ik niet precies, maar het had vast iets te maken met de perceptie die je soms ineens van je eigen verleden hebt, op een willekeurige dag terwijl we ouder worden. Eerst waren het figuren op de achtergrond, nauwelijks verlicht, en dan komen ze plotseling op je af, vol vorm en licht, als een verlate voorstelling. Onmogelijk je te onttrekken aan de indruk dat je ze moet *ontvangen*, als genode gasten, als onverwacht bezoek, als

Ik ben moe.

22.45.

Ik wil het net zo doen als toen.

10.45 p.m.

Leeg bed.

Ik ga niet uitgehongerd slapen. Ik ben nooit meer uitgehongerd gaan slapen.

Elizaveta.

Elizaveta rechte rug haren mooi geborsteld.

De volgende dag.

Op de boerderij stonden de contouren van het opschrift Garage, maar ze woonden er niet meer. Een aardige vrouw vertelde me dat de familie Parri was verhuisd naar de stad, al heel wat jaren geleden. Een jaar of twintig, zei ze. Ze vroeg of ik iets wist over het ongeluk. Wel iets, zei ik. Ze zijn naar de stad verhuisd, besloot ze. Dus ze leven nog wel? vroeg ik. Ze haalde haar schouders op.

De vader van Ultimo was het enige wat ik kon terugvinden, na al die jaren. Ik heb geen flauw idee waar Ultimo is gebleven. En daarbij weet ik niet zeker of ik hem wel zou willen zien. Ik had er alleen behoefte aan om wat meer over hem te weten te komen. Misschien om iets meer te weten te komen *over mij*. Of misschien is het enkel uit nostalgie. Een soort behoefte om de wereld in te ademen die zijn ogen hebben gezien. De dingen aanraken die hem hadden gekend.

Ik vroeg of er iets was overgebleven van de garage. De mevrouw zei van niet en toen maakte ze een gebaar, in de richting van de weg. Daar lagen oude buitenbanden, oude, grijs verkleurde banden, half ingegraven in het zand, allemaal naast elkaar, als een lage omheining. Ze gaven een paar meter lang de weg aan en verder niets meer. Ik ging ze aanraken. Ultimo, zei ik zachtjes.

Misschien had ik kunnen proberen die priester op te zoeken, in Udine, maar dat viel niet mee, en bovendien vond ik het een mooi idee om oog in oog te staan met die legendarische vader, Libero Parri. Ik wilde weten of Ultimo hem zo gedroomd had of dat hij echt zo was. Als kind zijn je ouders een droom, dat is gewoon zo. Ze zijn je allergrootste droom.

Het is niet waar dat mijn ouders zelfmoord hebben gepleegd met een dosis vergif op hun landgoed in Basterkiewitz. Ze zijn in Siberië omgekomen, als dwangarbeiders.

Dus ging ik naar de stad. Libero Parri heeft een busje waarmee hij transporten verzorgt. Hij parkeert het in een piepkleine garage, waar hij ook een klein kantoortje drijft. Er hangt een bord waarop staat: Transporten. Aan de muur heel veel foto's van automobielraces. En van motoren. Onder de lijsten hangt altijd een stukje tekst, geschreven in een net handschrift, dat altijd een beetje naar rechts helt. De virages van de berg Tarso, luidt er een.

Ik heb urenlang buiten staan wachten tot hij terugkwam. En toen ik hem zag, durfde ik niet naar hem toe te lopen. Ik bleef uit de verte naar hem kijken. Hij is een been kwijtgeraakt, bij dat ongeluk. En hij moet iets aan zijn rechterhand hebben, want die houdt hij steeds apart, zonder hem te gebruiken, behalve voor enkele basishandelingen. Het stuur vastklemmen, zijn haar achterover strijken. Libero Parri. Je bestaat dus echt.

Af en toe verstop ik mijn handen in mijn schoot, onder een sjaal, of een jasje, en speel ik Schubert. Ik vind het fijn om mijn vingers te voelen glijden. De muziek klinkt in mijn hoofd, en dat weet niemand. Ik zie er alleen uit alsof ik ergens anders ben beland met mijn gedachten. Maar dan ben ik gewoon Schubert aan het spelen.

De volgende dag heb ik moed gevat en ben ik de weg overgestoken. Ik vertelde hem wie ik was. Ik vertelde hem dat ik een paar maanden met Ultimo had doorgebracht, jaren geleden. In Amerika. We verkochten piano's. Ik heet Elizaveta.

Hij herhaalde mijn naam, alsof hij een herinnering zocht. Ja, misschien, zei hij. Misschien heeft Ultimo daar iets over gezegd.

Het was heel lang geleden dat ik die naam had horen uitspreken door een stem die niet de mijne was. Het is stom, maar misschien kreeg ik pas op dat moment de zekerheid dat Ultimo echt bestond, buiten mij om.

Die mysterieuze situatie dat de dingen uit ons verleden gewoon blijven bestaan, ook als ze buiten het bereik van ons leven vallen, en dat ze zelfs rijpen, en elk seizoen nieuwe vruchten dragen, voor een oogst waar wij niets meer vanaf weten. De onlogische hardnekkigheid van het leven.

We gingen tegenover elkaar zitten. In zijn kantoortje. Het viel ons allebei licht om te praten, ik weet niet waarom. Hij maakte zich druk dat hij naar huis moest, omdat Florence op hem wachtte. Hij leek een beetje *benauwd* voor zijn vrouw. Dat zijn alle mannen, op een bepaalde leeftijd, maar hij had een bijzondere intonatie in zijn stem, die deed denken aan de gedweeheid van tamme dieren. Op een gegeven moment besloot hij dat hij nu toch al te laat was, en dat hij er net zo goed niet meer aan kon denken. Hij moest erom lachen. Ik heet niet voor niets Libero, zei hij lachend. En hij klonk alsof hij vooral zichzelf probeerde te overtuigen.

'Ik zie het niet voor me, mijn zoon die piano's repareert,' zei hij.

'Hij was er goed in.'

'En zich maar afvragen waar de radiateur zat, zeker.'

'Nee, hij was er echt goed in.'

'Verdiende het goed?'

'Mwah...'

'Maar ja, dat was ook niet het probleem, voor hem...'

'O nee?'

'Ach, hij is steenrijk.'

'Wie, Ultimo?'

'Heeft hij u dat niet verteld?'

'We waren straatarm, allebei, voorzover ik weet.'

'Dan hebt u het mis, mijn beste mevrouw.'

'En waarom verdiende hij dan de kost met piano's verkopen?'

‘Laten we zeggen dat hij rijk zou kunnen zijn, als hij zou willen. Wilt u het verhaal horen?’

‘Graag.’

‘Het is een beetje ingewikkeld.’

‘Ik heb geen haast.’

‘Mooi, ik ook niet. Niet meer. Heeft Ultimo u iets verteld over de graaf?’

‘Ja, ik weet wie dat is. Ik weet hoe hij is gestorven. En ik weet dat hij de vader van zijn broer is.’

‘Toe maar!’

‘Het spijt me als ik te direct ben.’

‘Nee, nee, dat vind ik juist fijn, ik vind het prima.’

‘Neem me niet kwalijk.’

‘Florence is precies zo. Ik ben eraan gewend. Ik heb het altijd leuk gevonden, meer dan dat, eerlijk gezegd. Alleen vrouwen kunnen dat.’

‘Neem me niet kwalijk.’

‘Goed, hoe dan ook, feit is dat de graaf hem een aardige erfenis heeft nagelaten. Huizen, aandelen, een hoop geld. Een vermogen.’

‘De graaf?’

‘Hij was gefixeerd op Ultimo, hij zei dat het een heel bijzonder jongetje was. En dus, zonder iemand iets te vertellen, had hij een testament gemaakt waarin hij een hele hoop aan hem naliet. Iemand die automobielraces doet, maakt altijd een testament, begrijpt u?’

‘Ja.’

‘Het is ook best grappig, want in dit geval zou het beter zijn geweest als hij alles aan zijn echte zoon had nagelaten, en niet aan Ultimo. Maar dat wist hij toen nog niet, begrijpt u? Toen hij zijn testament schreef wist hij nog niet dat...’

‘Tja.’

‘En dus liet hij al die dingen aan Ultimo na.’

‘Ongelooflijk.’

‘Het meest ongelooflijke is dat het nog steeds allemaal op de bank staat. Ultimo heeft er nooit aan willen komen. Hij wil er niets van weten, van die kwestie. Dus blijft het geld maar op de bank, alsmaar groeien.'

'Heeft hij het niet opgenomen?'

'Voorzover ik weet niet.'

Toen moest ik denken aan dat verhaal van die schat, en van die vriend in de gevangenis, en van die priester in Udine. Er lag een hele berg geld te wachten op Ultimo. En hij wilde er niets van weten. Ik heb heel wat rijke mannen meegemaakt, maar zo'n absurde rijkdom als die van Ultimo heb ik nooit meegemaakt.

'Echt iets voor hem,' zei ik.

'Hoe bedoelt u?'

'Ik weet niet, niet dat ik hem zo goed gekend heb, maar het lijkt me echt iets voor hem om niet aan dat geld te komen. Zo was hij, als er iets was wat hem niet was bevallen, in zijn leven, dan bestond datgene niet meer voor hem, dan wiste hij het uit. Dat geld bestaat niet meer voor hem. Hij moest niets hebben van dat verhaal van het ongeluk, van zijn broer, dat hele verhaal.'

'U bent niet aardig voor me.'

'Neem me niet kwalijk.'

'Laat maar zitten.'

'Maar ik bedoelde niet dat hij niet van jullie houdt, hij is dol op jullie, geloof me, maar het is gewoon zijn manier om af te rekenen met verdriet, alles uitwissen, hij is niet in staat om...'

'Laat maar zitten.'

'Geloof me, Ultimo had het altijd over u.'

'O ja?'

'Mijn god, ik kreeg er een punthoofd van. Ik heb maandenlang naar de avonturen van Libero Parri moeten luisteren, u gelooft niet...'

'Praat geen onzin.'

'Ik zweer het u. Die keer in Turijn, weet u nog dat jullie naar Turijn waren gegaan, jullie met z'n tweetjes...'

'Naar de heer Gardini, we waren naar de heer Gardini geweest. Die had een secretaresse met een houten been. En moet je mij nou zien, nu heb ik ook een houten been, ik zou eigenlijk terug moeten gaan om het haar te laten zien...'

'Herinnert u zich dat jullie 's avonds een wandeling zijn gaan maken, in de mist?'

'Ik weet niet, we zijn die avond naar een restaurant geweest, dat wel, dat was waarschijnlijk de eerste keer...'

'Weet u nog dat jullie daarna urenlang rondjes hebben gelopen om een huizenblok, in de mist, en dat u maar praatte en praatte...'

'Nee, dat herinner ik me niet, we hadden ook wel wat gedronken...'

'Ultimo is dat nooit vergeten, weet u?'

'Om een huizenblok heen?'

'Jullie liepen daar en raakten verdwaald, terwijl jullie rondjes liepen om een huizenblok.'

'Ik weet niet. Ik herinner me dat we hebben geslapen in een hotel dat Deseo heette. In eerste instantie dacht ik dat er een bordeel in zat, en ik speelde zelfs met de gedachte...'

'Ultimo is volwassen geworden tijdens die wandeling van jullie, gelooft u me?'

'Zou kunnen.'

'U moest eens weten hoe vaak hij me daarover heeft verteld.'

'Zou kunnen.'

'Nogmaals mijn excuses, ik wilde niet zo direct zijn.'

'Maakt niet uit. Zullen we over iets anders praten?'

'Goed.'

'U bent rijk, hè?'

'Ik heb genoeg geld, ja. Ik ben met een schatrijke man getrouwd.'

'Is het een goede man?'

'Hij is niet slecht, nee. Dat is hij nooit.'

'En houdt u van hem?'

'Ja, ik geloof het wel.'

'Dat helpt.'

'Ja.'

'Weet u hoe je kunt merken of iemand van je houdt? Of iemand echt van je houdt, bedoel ik?'

'Ik heb er nooit over nagedacht.'
'Ik wel.'

'En hebt u een antwoord gevonden?'

'Ik geloof dat het iets is wat te maken heeft met het wachten. Als hij in staat is om op je te wachten, houdt hij van je.'

'Nou, dan zit ik wel goed. Mijn man heeft me uitverkoren toen ik een meisje van tien was. Dat was destijds gebruikelijk. Hij heeft me gezien, hij heeft een keer met me gesproken, hij was een man van dertig. Hij is naar mijn vader gegaan en heeft hem om mijn hand gevraagd. En toen is hij gaan wachten. Hij heeft twaalf jaar gewacht, nee, langer, dertien, veertien jaar, ik weet het niet eens meer precies. Maar goed, ik ben lange tijd in het niets verdwenen, en toen ik weer opdook wachtte hij nog steeds op me. Er was een revolutie tussen gekomen, we waren allebei aan de andere kant van de wereld beland, maar toen hij me zag terugkomen, weet u wat hij toen zei?'

'Wacht, dan ga ik even goed zitten. Hier wil ik van genieten.'

'Nee, niets bijzonders, hij is geen fantasievolle man.'

'Probeer het eens.'

'Hij kwam me tegemoet en hij zei tegen me: geeft niets.'

'Heel mooi.'

'Terwijl hij me een handkus gaf. Geeft niets, Elizaveta.'

'Hij houdt van u.'

'Ja.'

'En waar is hij nu?'

'Thuis.'

'Hebt u hem verteld wat u hier ging doen?'

'Dat was niet nodig.'

'Vertel het dan maar aan mij.'

'Wat.'

'Wat u hier komt doen.'

'Lastige vraag.'

'Wilt u er even over nadenken?'

'Nee... het is gewoon niet zo eenvoudig... ik wilde de garage zien. Misschien wilde ik u zien. Ik denk dat ik er behoefte aan had om een paar stukken op hun plek te leggen. Als je jong bent laat je een heleboel dingen half af... vervolgens geeft het leven je meer tijd... en krijg je zin om terug te keren en alles nog een keer te herschikken. Maar verder weet ik het niet. Misschien begon mijn geluk me een beetje te vervelen.'

'Hebt u hem ooit teruggezien, Ultimo?'

'Nee. En u?'

'Ik heb hem niet meer gezien, nee. Hij is op een dag vertrokken en we hebben hem niet meer gezien. Aanvankelijk maakte ik me geen zorgen, het stikte van de mensen die terugkeerden uit de oorlog, en niemand kon zijn draai meer vinden, in het gewone leven, dus waren er een heleboel die gingen rondzwerven. Ik wist zeker dat hij zou terugkomen. Maar hij was echt voorgoed vertrokken.'

'Schrijft hij u, af en toe?'

'Af en toe. Een, twee brieven per jaar. Dan vraagt hij of we iets nodig hebben. Maar hij vertelt weinig. Hij zegt dat alles goed gaat. En verder verontschuldigt hij zich altijd. Daar kan ik zo kwaad om worden. Hoezo moeten er verontschuldigingen worden aangeboden? Als we daarmee beginnen, kunnen we wel aan de gang blijven.'

'U bent een geweldige vader geweest.'

'Zou kunnen.'

'Als u moet gaan, moet u niet moeilijk doen, dan moet u het gewoon zeggen.'

'Ja, het is inderdaad een beetje laat.'

'Uw vrouw zal wel bezorgd zijn.'

'Ja. Wilt u met me meekomen, wilt u haar leren kennen?'

'Ik?'

'Ja, u.'

'Nee, ik geloof niet dat... nee, het is wel goed zo.'

'Ze bijt niet hoor.'

'Dat weet ik, dat is het niet, maar ik weet niet, het is wel goed zo.'

'Oké.'

'Een andere keer misschien.'

'Wilt u me nog één ding vertellen, Elizaveta?'

'Ja.'

'Mijn zoon, wat heeft hij u verteld over het ongeluk? Ik bedoel, heeft hij u ooit verteld dat... nou ja, dat sommige mensen dachten dat het mijn schuld was, dat ik de graaf had vermoord?'

'Hij vertelde daar niet graag over.'

'Ja, dat weet ik, maar heeft hij u er wel iets over verteld?'

'Wel iets.'

'En hebt u een idee gekregen van wat hij dacht?'

'Hij dacht niet dat hij de zoon van een moordenaar was.'

'Maar was hij daar absoluut zeker van?'

'Ja, volgens mij was hij daar absoluut zeker van.'

'Dank u wel. Ik ben u werkelijk zeer dankbaar.'

'Hebben ze u echt beschuldigd van moord?'

'Dat was de familie van de graaf... Ze waren pisnijdig geworden vanwege die rare erfenis, en dus... kwamen ze op de proppen met dat verhaal van die moord...'

'Om het geld terug te krijgen?'

'Ik denk het wel. Ze kwamen op het idee van die moord door wat enkele getuigen hadden gezegd. Ze zeiden dat de automobiel plotseling, zonder reden, op een rij platanen af was gereden, van de weg af, en dat ik op het moment van de botsing uit mijn stoel hing en met allebei de handen aan het stuur trok.'

'Hadden ze de getuigen betaald?'

'Nee. Het was allemaal waar.'

'Ook dat van die handen op het stuur?'

'Ja. Iemand zei zelfs dat hij de stem van de graaf "Nee, nee" had horen roepen.'

'Maar dat was belachelijk, u had zelf ook net zo goed kunnen omkomen.'

'Nu moet u niet boos worden, maar ik heb werkelijk geen zin om u nog meer te vertellen.'

'Wilt u me niet de waarheid vertellen?'

'Nee.'

Toen vroeg ik hem of hij hem vermoord had.

Libero Parri glimlachte.

'U bent net Florence. U bent niet bang voor woorden. Weet u hoe het ging, die ene ochtend, de ochtend van de race? De graaf komt me ophalen, en Florence komt voor ons staan, voor ons tweeën, nadat ze Ultimo even ergens heen heeft gestuurd. En ze zegt tegen ons: ik verwacht een kind. En ik weet niet wie van jullie tweeën de vader is. Ik zou mezelf voor mijn kop willen slaan om wat ik gedaan heb, maar dat is nu te laat. Niets zeggen. Gaan jullie die stomme race maar rijden. Later bedenken we wel een oplossing. Het spijt me. Ga maar en doe geen domme dingen, want dat heb ik al gedaan. En ze loopt weg. En ik wist dat er iets was tussen hen, dat wil zeggen, ik wist het en ik wist het niet, nou ja, *ik verwachtte het*, vraag me niet om dat uit te leggen. Maar het was een enorme klap. We stapten zwijgend in de auto en we reden naar het vertrekpunt. We hadden nog tijd over, en we gingen ons bezatten. Op een gegeven moment zei de graaf dat we met elkaar op de vuist zouden moeten gaan of zoiets. Hij zei dat echte mannen dat zouden doen. We bleven drinken. Toen we van start gingen, waren we bezopen. Kunt u zich daar een voorstelling van maken, twee mannen, met zo'n verhaal, die met 140 per uur door het platteland razen?'

'Misschien.'

'Als u de waarheid wilt weten, moet u die maar aan Ultimo vragen. Hij weet het. Hem heb ik alles verteld.'

'Ik zal Ultimo nooit meer zien, meneer Parri.'

'Nu moet ik echt weg.'

'Zoals u wilt.'

'Trek nu niet zo'n gezicht. Dit zijn verhalen van dertig jaar geleden, als u er goed over nadenkt kan het u ook helemaal niets schelen. U bent hierheen gekomen vanwege Ultimo. Laat uw nieuwsgierigheid naar wie de moordenaar is nu niet de boventoon voeren. Dat is iets voor politieromans. Kappers zijn degenen die politieromans lezen.'

'Echt waar?'

'Bij ons wel. De barbier leest ze en dan vertelt hij erover aan ons terwijl hij ons scheert. Zo bespaart hij ons de moeite, begrijpt u?'

'Een handig systeem.'

'We hebben het ook met echte boeken geprobeerd, maar dat werkte niet.'

'Nee?'

'Het idee dat wij ons hebben gevormd over boeken, is dat, als je ze niet kunt navertellen in het tijdsbestek van een scheerbeurt, dat het dan literatuur is. En dat is niets voor ons. Leest u?'

'Ja. Af en toe schrijf ik ook.'

'Boeken?'

'Dat heb ik wel eens gedaan.'

'Fantastisch.'

'Ja.'

'Weet u dat Fangio nooit van start gaat als hij niet net geschoren is? Dat is een obsessie van hem.'

'Ik betwijfel of ik weet wie Fangio is.'

'Dat mag u niet eens voor de grap zeggen.'

Nog heel veel andere dingen, die ik me alleen niet meer herinner, of die lastig zijn om op te schrijven. Urenlang hebben we daar gezeten, in dat kantoortje. Toen vroeg ik of ik met hem mee naar huis mocht lopen. Hij zei ja. God, wat ben ik moe. Ik heb ontzettend veel geschreven.

11.41 p.m.

De volgende dag.

Hij had een beetje moeite met lopen, vanwege dat houten been. Hij zei dat ik niet de eerste persoon uit het leven van Ultimo was die zich bij hem meldde. Jaren geleden was er een oude professor van de universiteit gekomen, een wiskundige. Hij wilde weten of Ultimo erin was geslaagd zijn droom te verwezenlijken. Een circuit in het niets.

'Ik wist helemaal niets van dat vreemde idee. Ik heb geprobeerd om het me te laten uitleggen door de professor, maar ik snapte er niet veel van. Weet u er iets van?'

Ik vertelde hem het hele verhaal over het circuit in het niets, met alle bochten die Ultimo aan de wereld had ontnomen.

'Wat een idee,' zei hij. 'Er zijn toch al wegen voor automobielraces? Meer is er niet nodig.'

Als er iets is wat me altijd gefascineerd heeft, is het wel het feit dat ouders zo blind zijn voor de dromen van hun kinderen. Die zien ze gewoon niet. Dat is geen boze opzet.

Toen bleef hij staan en zei hij dat ik niets van hem en Florence kon begrijpen als ik niet begreep waar ze vandaan kwamen. U kunt zich daar amper een voorstelling van maken, zei hij. Wij kwamen uit een wereld die niet wist wat levensvreugde was. Het leven was enkel een kwelling, een straf. Een boerenleven. U hebt er geen idee van. Ik wil u iets vertellen over mijn broer. Hij heeft zijn hele leven als een beest gewerkt, op het land en met het vee, tot hij erin slaagde een flatje in de stad te kopen. Vanaf die dag is hij in zijn flatje getrokken en heeft hij praktisch geen voet meer buiten de deur gezet. Hij was gelukkig. Toen ik hem vroeg wat hij in godsnaam de hele dag deed, antwoordde hij me in één zin, die alles zegt over die wereld. Ik geniet van mijn flatje. Stel u voor. Nu kijkt u naar mij en Florence en denkt u waarschijnlijk dat we er een puinhoop van hebben gemaakt, maar geloof me, juist daarvoor hebben we ons zo uitgesloofd, om er een puinhoop van te maken, om te ontsnappen uit dat moeras. Een beestachtige inspanning, dat kan ik u wel vertellen. Maar we zouden ons door niemand hebben laten tegenhouden. Beseft u wat een automobiel die rokend aan de horizon verdween voor mij betekende? Begrijpt u dat ik er alles voor over zou hebben gehad om ook maar één kans te krijgen om samen met die auto rokend in de verte te verdwijnen?

Of een goedgeklede graaf, die de juiste woorden wist te vinden, en die geurde naar een wereld die wij nooit gezien hadden.

U ziet mij nu zo, met mijn houten been, een zoon die niet van mij is, een andere die in het niets is verdwenen, en een invalidenbusje om fruitkistjes mee te transporteren, en u denkt waarschijnlijk dat ik een treurige man ben, of een mislukte man. Maar u moet niet alleen naar de buitenkant kijken. Weet u, mensen leven vele jaren, maar in werkelijkheid leven ze alleen echt wanneer ze erin slagen te doen waarvoor ze geboren zijn. Daarvóór en daarna doen ze niets anders dan wachten en terugdenken. Ze zijn echter niet treurig terwijl ze wachten of terugdenken. Ze *lijken* treurig. Maar ze zijn alleen een beetje ver weg.

Ja, dat weet ik, zei ik tegen hem.

U had me eens moeten zien toen ik koeien verkocht in ruil voor benzine, zei hij. Wat een genot.

En u, hebt u al gedaan waarvoor u bent geboren? vroeg hij me. Bent u zo ver weg omdat u aan het wachten bent, of omdat u aan het terugdenken bent?

Misschien allebei, zei ik.

Hij begon te lachen.

Toen bleef hij staan. Hij wilde me recht in de ogen kijken terwijl hij me de vraag stelde die hij al een tijdje in zijn hoofd had. En wat hebt ú Ultimo aangedaan om zo grondig te worden uitgewist, nog erger dan ik?

Hij vroeg het glimlachend, alsof het ons allebei duidelijk was dat er nu immers toch niets meer aan te doen was.

'Het is niet gezegd dat hij me helemaal heeft uitgewist.'

'Hij is zonder een woord vertrokken, dat hebt u me zelf verteld. Hij heeft u niet eens geschreven. Hoe noemt u dat?'

'Uitgewist worden.'

'Dat is zijn manier om af te rekenen met zijn verdriet, dat hebt u me zelf uitgelegd. Wat hebt u hem aangedaan? Vertel het me maar, wat maakt het nog uit?'

Wat heb ik hem aangedaan, wat heb ik hem aangedaan, lieve oude meneer Parri, Libero Parri, Garage Libero Parri. Dat zou u moeten vragen aan dat meisje daar, dat gezinnen verwoestte, rechte rug en haren mooi geborsteld. Voor mij, van hieraf, is het moeilijk te doorgronden. Ik had zoveel in mijn hoofd, destijds, dat ik de wereld daarbuiten nauwelijks voelde; die gleed langs me heen als een schaduw, het leven vond volledig in mijn gedachten plaats. Ik zie die jongen amper, hij was in mijn dagboek echter dan op de straten van Amerika, hij was een geluid dat ik amper hoorde en dat ik met mijn ogen open zong in mijn dromen. Ultimo, ik heb het idee dat ik er nooit toe gekomen ben hem als een echt, reëel persoon te zien. Het was te vroeg, voor mij. Dus als ik er nu over nadenk, vanaf de hoogte van mijn veertig jaar, zie ik in de verte een aaneenschakeling van handelingen die ik niet zou kunnen benoemen. Onze lichamen, lieve meneer Parri, onze lichamen bezaten we als speelgoed zonder gebruiksaanwijzing, geen van beiden wisten we wat we ermee moesten doen, ik kon het meesterlijk inzetten op de pagina's van mijn dagboek, maar dat was enkel een manier om het overdag, in het licht van de zon, niet te hoeven gebruiken. En voorzover ik het me herinner droeg Ultimo het zijne met zich mee als een veel te grote regenjas. Ja, ik moet hem iets hebben aangedaan, natuurlijk moet ik hem iets hebben aangedaan, en ik herinner me ook vaag een vervelende nacht, waarin ik steeds maar lachte, en een hele wals van gebaren die ik niet wilde begrijpen, en woorden waarvan ik smeekte om ze niet te hoeven horen. Maar wat ik hem precies heb aangedaan, dat weet ik niet.

Wat ik hem heb aangedaan is dat ik nog niet geboren was, en dat is voor mensen heel moeilijk te begrijpen.

Ik heb er heel lang over gedaan om geboren te worden. Zo is het gegaan.

Maar tegen meneer Parri zei ik alleen maar:

'Ik was niet verliefd op hem.'

Kan gebeuren, zei hij.

Ik pakte mijn koffers, in mijn kamer in dit luxueuze hotel, aan de rand van het meer. Het wordt tijd dat ik ga. Als je alles hebt ingepakt, en er achter je alleen wanorde is, *jouw* wanorde, dan is een hotelkamer een schitterend spoor, en het is jammer dat de enigen die het zullen lezen en uitwissen verveelde kamermeisjes zullen zijn, die met hun hart ergens anders zijn. Ik neem de trein en keer terug naar Rome. Ik heb twee kinderen, en een heleboel dingen om me mee bezig te houden. Ik heb een man, naar wie het verrukkelijk is om terug te keren. Ik zal ervan genieten om het landschap aan het raampje voorbij te zien trekken, terwijl ik Schubert speel, met mijn handen verborgen onder mijn sjaal van Indiase zijde.

Ik vond het indrukwekkend om na zoveel jaar weer in een dagboek te schrijven. Maar het is slechts een van de vele dingen die me de laatste tijd overkomen, en die ik niet weet te duiden. Wat voor seizoen van het hart is dit, waarin je ineens vergeten jaren te hulp schiet, en doet alsof je ze om hulp hebt horen roepen?

Voor we uit elkaar gingen had Libero Parri nog net tijd om me goed uit te leggen wie Fangio is en hoe je een carburateur moet opvoeren zonder dat de jury er iets van merkt. Het kan u altijd nog eens van pas komen, zei hij.

En dan nog iets, voegde hij eraan toe.

Ultimo was zo mager als een lat, hij had van die rare oren, en muiskleurige ogen, dat weet ik. Hij zag eruit als iemand die steeds moest spuiten, nietwaar?

Ja, daar leek het wel op.

Dat weet ik, zei Libero Parri. Maar hij had de gouden schaduw, en u was verliefd op hem. En dat bent u nog steeds. En dat zult u ook altijd blijven, want dat is waarvoor u geboren bent.

Ik vroeg hem wat de gouden schaduw is.

Laat maar zitten. Mensen die hem zelf hebben, kunnen het niet begrijpen.

Hij reikte me de hand. Zijn gewonde hand, die hij alleen voor een paar belangrijke handelingen gebruikt.

Ik keek hem na terwijl hij wegliep, met die manke, vaste tred van hem.

Pas nu realiseer ik me dat het met al dat praten niet in me is opgekomen om hem te vragen wat er van Ultimo geworden is, en of hij wist waar hij was, en wat hij deed. En ook hij heeft me heel veel verhalen verteld, maar alleen over een kind dat achter hem aan rende, alsof de man die Ultimo moet zijn geworden, in de tussentijd, niet langer iets was wat ons aanging. Absurd.

Het zou zo natuurlijk zijn geweest om samen over hem te praten, maar we hebben het niet gedaan, en ik weet niet eens waarom niet.

Of misschien weet ik het wel.

3.47 p.m.

Sinnington, Engeland, 7 mei 1969

Zoveel tijd later

Vooruit dan maar, laten we eens gek doen. Waarom niet. Ik kan toch niet slapen. Een bejaarde dame van 67 jaar pakt het dagboek uit haar jeugd op en

Lief dagboek, je had nog een laatste bladzijde van me te goed, en hier is ie dan. Ik heb er even over gedaan. Zie je die lange, vermoeide letters? Dat zijn de mijne. Ze lagen besloten in die vlugge letters van mijn twintigste en in het mooie handschrift van de prachtige vrouw die ik niet meer ben. Ze waren de bloem in het zaad.

Wat heb je al die tijd gedaan? Je hebt in mijn koffers gezeten, dat is wat je gedaan hebt. Ook toen ik alles heb weggegooid, ben jij gebleven. Je had nog een laatste bladzijde van me te goed. Hier is ie dan.

Ik schrijf in de kleine salon, bij het licht van een schemerlampje. Ik heb die twee in bed laten liggen, en ik heb de deur dichtgedaan. Ik wil dat ze slapen, terwijl ik wakker blijf en me verheug op de bijzondere morgen die me wacht. Ik heb er zeer naar verlangd, en hij heeft me gezocht vanuit het diepst van mijn verleden. Het wordt een geweldige dag. Er is niemand die er iets van begrijpt, en niemand aan wie ik iets kan vertellen. Ze denken allemaal dat ik gek ben. Laat ze maar denken. Ik heb geen zin om iets uit te leggen. Dit verhaal is niet voor hen.

Ze denken dat ik een oude gekkin ben, en een slechte vrouw. Dat is niet zo, maar ik vind het leuk dat ze dat denken. Ik zou bovendien niet willen dat ze vergeten dat ik rijk ben, onherroepelijk en onuitstaanbaar rijk. Het is een privilege dat ik niet verdiend heb, maar dat me wel in de gelegenheid stelt om over anderen te kunnen beschikken. Dat is wat ik altijd gewild heb. Als klein kind droomde ik er al van. Nu doe ik het, elke dag. Ik weet niet wat een kind ertoe brengt om op te groeien met wraakgevoelens, maar zo is het met mij gegaan, en vergeefs heb ik mezelf jarenlang getracht aan te praten dat het slechts een kinderlijke gewoonte was, die ik moest afleren. Flauwekul. Het is de wraak, de roes van de wraak, de energie van de wraak, dat wat me tot leven heeft gewekt, en al die tijd waarin ik dat niet heb willen begrijpen was ik dood. In mijn jeugd was ik er zo dichtbij, ik sliep ermee, het zat onder mijn kleren, het was mijn geur. Ik *leefde* om mezelf te wreken. Maar de jeugd... die betekent behoefte, armoede, tenminste dat betekende hij voor mij, ik was te jong, en hard, en ik kon mijn waarheid niet het hoofd bieden; dat kan niemand, als hij jong is, niemand. Maar wat hou ik veel van dat meisje dat 's avonds, met de pen in de hand, gezinnen verwoestte, en poedeltjes vermoordde met pesticide, en haar blouse openscheurde in het bijzijn van geile boekhouders. Ik was bij je, lieve Elizaveta, ik was het, maar ik kon je niet helpen, ik probeerde te schreeuwen maar je hoorde me niet. Ik wil je laten weten dat ik je niet verraden heb, ook al heb ik veel fouten gemaakt op het laatst, ik heb je niet verraden. Ik ben een oude gekkin, steenrijk en slecht. Dat heb ik aan jou te danken. Aan jou dank ik die twee jongelui die in mijn bed liggen, ze zijn beeldschoon en ze zijn van jou. Zij heet Aurora. Hij is een Egyptenaar, ik weet niet eens hoe oud hij is. Een jongen. Aanvankelijk kocht ik ze, die jongens. Toen ik ontwaakte uit mijn verstarring van rond de veertig, was ik inmiddels te oud om ze met mijn charme te veroveren. Ik had heel veel geld, ik besloot ze gewoon te betalen. De eerste keren was het vreselijk, maar met een beetje alcohol was dat zo over, geloof me. Daarna heb ik geleerd om te doen waar ik zin in had. Ik betaalde ze om bij mij te komen slapen, dat komt rechtstreeks van jou. Ik ben geen moment vergeten dat ik oude lippen en een vermoeide huid heb. Ik wil niet dat ze me kussen en ik kleed me niet voor ze uit. We zijn bijeen voor hun lichaam, niet voor het mijne. Ik kijk naar ze, ik raak ze aan, ik laat mijn tong over hun huid glijden. Ik ruik hun geuren, en ik luister naar hun stem terwijl ze genieten. Ik vind het niet prettig om met ze te neuken, en als ik het doe, heel af en toe, is het uit vermoeidheid. Neuken is veel te close, ook dat heb jij me geleerd. Met de tijd kreeg ik door dat ik iets beters kon doen. Ik begon meisjes te kopen. De mooiste die ik kon vinden. Niet omdat ik ze aantrekkelijk vond – dat is iets wat ik niet heb teruggevonden, misschien had jij het wel, maar ik ben het onderweg kwijtgeraakt; ik heb geen zin om te vrijen met een vrouw die mooier is dan ik. Ik weet niet. Maar ik betaal ze om bij me te zijn, en als ze bij me zijn, verleiden ze de jongens. Ik kies ze zelf uit. Degenen die ik leuk vind. Met arme jongens is het allemaal veel eenvoudiger. De meiden verleiden ze, en dan nemen we ze mee. De eerste keren laat ik ze alleen. Dan lees ik een boek, in de aangrenzende kamer, en dat is een sensatie die je eens zou moeten meemaken. Daarna wordt het allemaal heel normaal. Ineens ben ik dan bij ze, en kijk ik naar ze. Ik hou ervan de kruimels van hun feest bijeen te vegen, want het zijn geen kruimels maar wonderen. Ik hou ervan die neukende jongen over zijn haar te strelen, en zijn geslacht in mijn mond te houden terwijl hij een jonge mond kust die ik niet meer heb. Klopt het dat je wat herkent, in dit alles? Jij was zo, Elizaveta, je kon jouw waarheid niet het hoofd bieden, maar jij was zo; je kon het wel wegstoppen onder het pantser van je niet echt knappe, verschoten en gekwetste persoontje, maar jij was zo. Hoe is het mogelijk dat je niet in tweeën bent gebroken, in de mist van al die eendere dagen, verslagen door de angst, met aan de binnenkant dat verlangen, en aan de buitenkant die blinde wereld? Je hebt het gered, je bent niet gebroken, en nu ben je hier. Veel plezier, Elizaveta.

En let maar niet op die veertigjarige schitterende vrouw, echtgenote en moeder, beeldschone vrouw. Mijn god, wat een kwelling om die pagina's over te lezen. Wat gênant. Hoe kan iemand zichzelf zo voor de gek houden, zo adellijk en blind... En hoe ik mijn dagen doorbracht in die jaren, god vergeef me, wat een *keurige* dagen... Dat onbegrijpelijke talent dat we hebben om ineens te groeien, en wat we zijn te reduceren tot onvolmaaktheid, of zelfs tot vergissing. Je zou je gewoon kapot moeten schamen. Maar niettemin heeft het iets magnifieks, die overgang van de leeftijd waarop de mensen die nog energie te besteden hebben, die allemaal laten samenstromen in de titanische inspanning om *groot te worden*. En dan vinden ze die schoonheid van een Grieks beeld, waarin het groteske profiel van wat ze als jongelui waren magistraal wordt gereconstrueerd in gouden vormen en proporties, gedicteerd door hun verantwoordelijkheidsgevoel, door de wijsheid van hun ervaring, door de *slowmotion* van hun volwassen lichaam. Zelfs hun gezicht vindt vaak een lichtende kalmte waarin je een waarheid leest die nog niet aanwezig was in de onbesuisde gelaatstrekken van hun jonge jaren. Het is het lange seizoen waarin mensen vader en moeder worden, en hun leven op orde brengen door het geduldig over te leveren. Kan iemand zich daadwerkelijk onttrekken aan een dergelijke overgang? Ik denk het niet. Een leven zonder winter, wat zou dat voor leven zijn? Wat voor leven is jullie leven als eeuwige, zomerse kinderen? De voortduring van het zaad onder de sneeuw, ook dat is ons gegeven om te leren kennen. En te waarderen. Waar ik erg dol op was, in die periode van rond de veertig, was dat onderaardse, onophoudelijke geknetter, dat hardnekkige geschreeuw onder de sneeuw, de stille wanhoop in het hart van de kalmte, de eindeloze breekbaarheid, de stenige stevigheid die balanceert op het zand – de onbedwingbare angst om gelukkig te zijn *op die manier*. Altijd met de argwaan dat één blik op straat, één moment van eenzaamheid, een paar minuten te lang moeten wachten op een vriendin, al genoeg zouden zijn om alles plotseling te laten ineenstorten, onvoorwaardelijk. En dat we dan zouden terugkeren, als schepen die worden teruggeroepen naar de haven, na de zeeslag. De haven die we in onze jeugd waren.

Het is natuurlijk waar dat er vaak niets gebeurt en dat voor veel mensen nooit de dooi inzet, zodat de winter alle jaren die hun nog resten blijft overheersen, tot aan hun bedaarde ouderdom, zonder een sprankje zon. Maar zo is het met mij niet gegaan – voor mij, en voor jou Elizaveta rechte rug, mooi geborstelde haren. Ik ben geholpen door de aanblik van de langzame dood van onze Vasilij, lieve vriend, mijn man, en onze man. Toen hij overleed, keek ik mijn kinderen aan en ineens begreep ik niet meer waarom ik moest leven voor hun jeugd en niet voor de mijne. Dus ben ik teruggegaan naar jou. We hadden ons werk halverwege onderbroken. Het werd tijd om het af te maken.

Het eerste wat ik deed was ophouden met mild zijn. Het tweede: jonge jongens betalen. Het derde: Ultimo zoeken. Ik heb veel moeite gedaan om te begrijpen waarom ik daar eigenlijk behoefte aan had, maar ik heb veel tijd gehad om erachter te komen. Nu weet ik dat Libero Parri het verkeerd zag toen hij dacht dat ik was geboren om van Ultimo te houden. Geen enkele vrouw wordt slechts geboren om van iemand te houden. Ik ben geboren om me te wreken, en, dat is waar, nu pas leef ik eindelijk, nu ik me elke dag wreek, zonder wroeging. Maar het is evengoed waar, lieve kleine Elizaveta, dat jij verliefd op hem was, en dat ik dat ook altijd zal zijn. Dat had die oude Parri niet verkeerd gezien. Jij kon het niet begrijpen, en ik heb het heel lang niet willen weten. Maar het is zo. Wij tweeën hebben van niemand anders gehouden. Hij was lelijk, vreemd en onbenaderbaar. Maar wij hebben altijd geweten dat onze redding in zijn gouden schaduw lag. Hij zou de wereld weer in elkaar zetten, telkens als wij hem kapot hadden gemaakt, en met hem zou het mogelijk zijn geweest om onszelf te zijn. En zo is het ook geweest.

Ik ging Libero Parri opzoeken, maar ik vond hem niet meer. Hij was weggenomen door een beroerte, vlak na de oorlog. In zijn huis trof ik een kleine, trotse vrouw, met kinderlijke trekken. Florence, eindelijk krijg ik je te zien. Ik zei tegen haar dat het me speet. Ik omhelsde haar. Ze was een harde vrouw. Verbazingwekkend streng. Ik vertelde haar mijn hele verhaal en vroeg toen waar ik Ultimo kon vinden. Ze gaf me een grote, witte envelop. Ultimo heeft dit voor u achtergelaten, zei ze.

In de envelop zat een groot vel papier, vele malen opgevouwen. Zo groot als een landkaart. Op het grijze papier was met rode Oost-Indische inkt het ontwerp van een circuit getekend. Achttien bochten. Het bewoog zich met onmiskenbare gratie door de ruimte. Het spoor was keurig recht, de straal van de bochten exact. En op het grijs eromheen, heel dicht opeen, vertelde het piepkleine handschrift van Ultimo over elke meter van die weg. Hij had het beloofd: dit was zijn hele leven.

Verder stond er niets, voor mij, geen regel, geen bericht, niets. Alleen maar dat circuit.

'Is het hem ook gelukt om het aan te leggen?' vroeg ik.

Maar Florence gaf geen antwoord.

Ze zat naast haar zoon, en hield zijn hand vast. De zoon van de graaf. Hij leek afwezig. Een volwassen lichaam, maar hij leek een kind. Zwijgend. Een idioot.

'Het is hem ook gelukt om het aan te leggen, hè,' zei ik.

'Het is een tekening,' zei Florence.

'Ja, maar het is hem wel gelukt, hè?'

'Hij zei dat ik u die tekening moest geven, dat is alles,' zei ze.

'Ja, het is hem wel gelukt, en u weet ook waar.'

'Ik ben zijn moeder.'

En toen, na een stilte: 'Het is maar een tekening.'

Ze bleef dat volwassen kind maar vasthouden, als een rechtvaardige straf waar ze trots op was.

Voor ik afscheid van haar nam, kreeg ik nog de kans om de stem terug te horen waarover Ultimo me verteld had, en die ze leek te zijn kwijtgeraakt. De stem van de Florence van toen.

'U bent walgelijk rijk en hebt zeeën van tijd. Ga zelf maar zoeken.' Dat zei ze. Heel vriendelijk.

Ik wist niet eens of ze bedoelde dat ik Ultimo moest gaan zoeken of het circuit.

Maar ik antwoordde zonder aarzeling.

'Dat zal ik zeker doen.'

En toen glimlachte het volwassen kind.

Ik heb gezocht, Elizaveta, en ik heb gevonden. Je mag trots op me zijn.

Misschien ga ik even wat slapen. Maar zodra het licht wordt, wil ik wakker worden. Ik wil niet één zonnestraal missen van deze dag, die opkomt voor mij, en alleen voor mij.

Vergeef me al die sentimenten, Elizaveta, maar oude mensen zijn gauw ontroerd.

Wat een stilte, om me heen.

Wat fantastisch.

Ik vind alles mooi van dit moment.

Dat plaatsvindt om 2.12 a.m.

Verdomd dagboek, ben je nu tevreden?

1947. SINNINGTON, ENGELAND

Mijn broer houdt mijn hand vast, Mijn broer houdt mijn hand vast en in mijn andere hand houd ik het koffertje van kapitein Skodel, Mijn broer houdt mijn hand vast en ik moet oppassen dat ik niet over de grond sleep met het koffertje van kapitein Skodel dat ik in mijn andere hand houd, Ik moet oppassen dat het koffertje van kapitein Skodel niet over de aangestampte grond van de baan sleept, Kapitein Skodel heeft gezegd dat ik moet oppassen dat ik niet met het koffertje over de aangestampte grond van de baan sleep, Daardoor kijk ik steeds naar de bruine aangestampte grond van deze landingsbaan. Onder het lopen.

Maar ineens weet ik niet meer waar ik dat muntje heb gelaten, Kapitein Skodel heeft me een muntje gegeven en nu weet ik niet meer waar ik dat heb gelaten, Kapitein Skodel heeft me gevraagd om zijn koffertje te dragen en in ruil daarvoor heeft hij me een muntje gegeven en nu weet ik niet meer waar ik dat heb gelaten, Ik moet in al mijn zakken zoeken om te weten te komen waar ik het heb gelaten, maar hoe kan ik in mijn zakken zoeken als mijn broer mijn hand vasthoudt en ik in mijn andere hand het koffertje van kapitein Skodel houd, Dan moet ik de hand van mijn broer of het koffertje van kapitein Skodel loslaten. Maar dat kan ik niet.

Trouwens misschien zit het ook niet in mijn zakken, Misschien heb ik het wel ergens laten vallen in plaats van dat ik het in mijn zakken heb gedaan, Maar ik kan niet weten of ik het ergens heb laten vallen als ik niet blijf staan om eerst in mijn zakken te zoeken, Ik moet stoppen met lopen en in mijn zakken zoeken of ik het muntje vind, Maar ik blijf gewoon lopen zonder dat ik durf te stoppen omdat mijn broer en kapitein Skodel naast me lopen, met grote stappen, over de landingsbaan, Mijn broer en kapitein

Skodel zijn dikke vrienden en ze lopen met grote stappen, naast elkaar, lachend, en daarom durf ik niet te blijven staan om mijn muntje te zoeken. Ik moet er niet meer aan denken.

Met z'n drieën lopen we, We lopen met z'n drieën, alleen, over deze landingsbaan die in het niets is aangelegd, We zijn heel klein terwijl we over deze landingsbaan lopen want rondom is het niets tot aan de horizon, In het licht van de avond zijn we drie kleine mannetjes die over een landingsbaan in het niets lopen en ik ben mijn muntje kwijt, Het licht van de avond en de hemel zijn een grote kathedraal en wij zijn klein terwijl we over deze landingsbaan lopen, als pelgrims, We zijn drie kleine pelgrims die met grote stappen door een kathedraal van licht midden in het niets lopen. En een van hen is zijn muntje kwijt.

Kapitein Skodel loopt vastberaden maar hij kent deze landingsbaan dan ook als zijn broekzak, De reden dat kapitein Skodel deze landingsbaan kent als zijn broekzak is dat hij er 86 keer op geland is, Op deze landingsbaan is kapitein Skodel 86 keer geland in vier jaar tijd, In de vier oorlogsjaren heeft hij hem heel goed leren kennen, doordat hij er 86 keer is geland, en evenzovele keren is opgestegen, uiteraard, Zoveel keren is hij hier opgestegen en geland in de vier oorlogsjaren waarin Engeland zich heeft moeten verdedigen tegen de agressie van de nazi's. In de oorlog die ze hebben gewonnen van de nazi's.

Ik heb niet gevochten in deze oorlog, Ik en mijn broer hebben niet gevochten in deze oorlog, Ik heb er niet in gevochten en mijn broer heeft er op een heel bijzondere manier in gevochten, Mijn broer heeft in deze oorlog gevochten als vrijwillig monteur, Hij heeft dus niet echt in de oorlog gevochten, maar hij heeft meegeholpen als gedetacheerd vrijwillig monteur op deze landingsbaan, De taak van mijn broer was om als gedetacheerd vrijwillig monteur op deze landingsbaan in Sinnington, Engeland, te werken, midden op het platteland, Op deze landingsbaan van Sinnington, Engeland, heeft hij nooit geschoten. Hij repareerde vliegtuigen.

Daarom zijn mijn broer en kapitein Skodel zulke hechte vrienden. Mijn broer en kapitein Skodel zijn hechte vrienden geworden omdat ze vier jaar op deze basis in Sinnington, Engeland hebben gewoond, Vier jaar lang hebben ze elke dag gedacht dat het de laatste dag zou zijn maar kapitein Skodel keerde altijd terug van zijn missies, en zo zijn ze uiteindelijk dikke vrienden geworden, Wel 86 keer, in vier jaar tijd, hebben ze afscheid van elkaar genomen met het idee dat het de laatste keer zou zijn, en nu staan ze op het punt om afscheid van elkaar te nemen, en dit zal echt de laatste keer zijn. Want kapitein Skodel gaat vertrekken.

Mijn broer zegt iets tegen me, Mijn broer zegt dat ik harder moet lopen, Ik moet harder lopen omdat mijn broer zegt dat kapitein Skodel haast heeft om te vertrekken, Hij zegt dat kapitein Skodel voor het donker in Londen wil aankomen en dat hij daarom haast heeft om te vertrekken, Daarom moet ik harder lopen, maar zonder dat ik met het koffertje van kapitein Skodel over de aangestampte grond van de baan sleep, Hoe kan ik harder lopen zonder het risico te lopen dat ik over de grond sleep met het koffertje van kapitein Skodel die haast heeft om te vertrekken? Ik loop het risico dat ik met het koffertje van kapitein Skodel over de baan sleep die hij als zijn broekzak kent. Ik sleep met het koffertje.

Ik kijk op om te zien of kapitein Skodel merkt dat ik met zijn koffertje sleep, Maar als ik opkijk zie ik niet kapitein Skodel omdat ik dat ene vliegtuig zie, één enkel vliegtuig midden op de baan, ik zie een Spitfire-jager midden op de baan, met de neus in de richting van het westen, en het is het enige vliegtuig, op de baan, De Spitfire 808-jager van kapitein Skodel staat midden op de baan en er zijn nergens meer andere vliegtuigen, Er waren nog vier vliegtuigen, gisteren nog, naast de Spitfire 808-jager van kapitein Skodel, maar nu is er geen een meer te zien, midden op de baan. Of in de lucht.

Want dit zal het laatste vliegtuig zijn dat opstijgt, De Spitfire 808-jager zal het laatste vliegtuig zijn dat opstijgt van deze baan in Sinnington, Engeland, Mijn broer zegt dat dit het laatste vliegtuig is dat opstijgt van deze baan in Sinnington, Engeland, omdat de oorlog is afgelopen, Er zullen geen vliegtuigen meer opstijgen van deze baan in Sinnington, Engeland, omdat de oorlog sinds twee jaar is afgelopen, Er waren nog andere vliegtuigen maar die zijn er nu niet meer omdat de oorlog al twee jaar is afgelopen en het militaire vliegveld van Sinnington, Engeland, vandaag dichtgaat, Mijn broer houdt mijn hand vast en zegt tegen me dat er geen vliegtuigen meer zullen opstijgen van deze baan in Sinnington, Engeland, en dat er ook geen meer zullen landen. Dit is het laatste.

Dan krijg ik de schrik te pakken omdat ik mijn muntje kwijt ben, Als mijn broer tegen me zegt dat dit het laatste vliegtuig is dat zal opstijgen van deze baan in Sinnington, Engeland, word ik weer bevangen door de schrik dat ik mijn muntje kwijt ben, Dus in plaats van dat ik harder ga lopen blijf ik staan, verlamd door de schrik dat ik mijn muntje kwijt ben, Mijn broer weet niet dat ik mijn muntje kwijt ben dus draait hij zich naar me toe en vraagt me iets, Mijn broer weet niet dat ik mijn muntje kwijt ben en dus draait hij zich naar me toe en vraagt me wat er aan de hand is, Ook kapitein Skodel draait zich naar me toe juist op het moment dat mijn broer me vraagt wat er aan de hand is. Maar ik geef geen antwoord.

Kapitein Skodel zegt iets en lacht, hij doet niets dan praten en lachen, Kapitein Skodel doet niets dan praten en lachen met zijn mooie vermoeide glimlach, Ik weet dat hij heel verdrietig is en dat hij daarom niets doet dan praten en lachen met zijn mooie vermoeide glimlach, Terwijl hij lacht met zijn mooie vermoeide glimlach denkt hij waarschijnlijk aan deze baan waarop hij 86 keer is geland, Hij ziet deze baan weer voor zich zoals hij hem vanuit de hemel zag, iedere keer dat hij terugkeerde, al die 86 keren dat hij op deze baan landde, Hij keerde terug van zijn missies en dan zag hij van hoog uit de lucht uiteindelijk deze kleine dunne baan in het niets en dan wist hij dat hij de aarde zou terugvinden. Daarom is hij nu verdrietig, en lacht hij.

Ik heb besloten dat ik beter kan doorlopen want hoe eerder we bij het vliegtuig zijn hoe eerder ik mijn muntje kan zoeken, Als we bij het vliegtuig zijn kan ik het koffertje aan kapitein Skodel geven en dan kan ik mijn muntje zoeken in mijn zakken, Dan geef ik het koffertje aan kapitein Skodel en dan kan ik met mijn linkerhand in mijn zakken naar mijn muntje zoeken, Ik kan mijn muntje met mijn linkerhand zoeken want met mijn rechterhand zal ik die van mijn broer blijven vasthouden, Ik kan in alle zakken aan de linkerkant zoeken, van mijn broek en van mijn jas, maar ik kan niet in die aan de rechterkant zoeken omdat ik aan die kant de hand van mijn broer vasthoud. Mijn broer houdt altijd mijn hand vast.

Mijn broer houdt altijd mijn hand vast en dat doet hij vanaf de dag dat ik hier ben aangekomen, Hij houdt altijd mijn hand vast vanaf de dag dat ik hier ben aangekomen, zodra de oorlog was afgelopen, Zodra de oorlog was afgelopen ben ik hier aangekomen en heeft mijn broer mijn hand vastgepakt en aan onze moeder beloofd dat hij dat altijd zou blijven doen, Mijn moeder liet hem beloven dat hij altijd mijn hand vast zou houden, en alleen op die voorwaarde vond mijn moeder het goed dat hij me meenam hiernaartoe, zodra de oorlog was afgelopen, Het was waarschijnlijk meer bij wijze van spreken, maar wij hebben het letterlijk opgevat. We houden elkaars hand vast.

Blijkbaar zijn we er want mijn broer zegt dat ik hier moet blijven staan, Ik blijf hier staan en zie dat we op zo'n twintig passen van het vliegtuig zijn, Het vliegtuig van kapitein Skodel staat roerloos op zo'n twintig passen van ons af, dus blijven we staan, Kapitein Skodel kijkt naar zijn vliegtuig dat roerloos op zo'n twintig passen van ons af staat en zegt niets, Aangezien kapitein Skodel niets zegt en mijn broer ook niet valt er ineens een grote stilte over deze eenzame baan in het niets waar het vliegtuig van kapitein Skodel roerloos wacht op zo'n twintig passen van ons af. Je hoort alleen de wind.

Nu zal kapitein Skodel zijn koffertje weer overnemen, Dat is heel belangrijk voor me want als kapitein Skodel zijn koffertje weer overneemt heb ik mijn linkerhand vrij, Dan kan ik met mijn vrije linkerhand in mijn zakken naar mijn muntje zoeken, iets wat ik niet kon doen zolang ik het koffertje van kapitein Skodel moest vasthouden, Ik moet alleen nog even wachten tot kapitein Skodel zijn koffertje weer overneemt, maar dat doet hij niet, Kapitein Skodel neemt zijn koffertje niet over omdat hij nu mijn broer omhelst, Mijn broer en kapitein Skodel omhelzen elkaar, terwijl ik wacht tot kapitein Skodel zijn koffertje weer overneemt. Ze omhelzen elkaar stevig, maar in stilte.

Maar als kapitein Skodel dan zijn koffertje wil overnemen krijg ik de hand niet open die het handvat van zijn koffertje omklemt, Ik wil heel graag mijn hand opendoen maar ik krijg hem niet open en kapitein Skodel kan zijn koffertje niet overnemen, Soms overkomt het me dat ik het niet voor elkaar krijg om te doen wat ik wil dus nu wil kapitein Skodel zijn koffertje overnemen maar nu krijg ik mijn hand die het handvat van zijn koffertje omklemt niet open, Als het me niet lukt om de hand die het handvat van zijn koffertje omklemt open te krijgen kan ik niet mijn muntje zoeken en dan kan kapitein Skodel zijn koffertje niet overnemen. Maar hoe meer ik eraan denk, hoe harder ik knijp.

Mijn moeder zei dat het niets bijzonders is en dat het iedereen overkomt, Mijn moeder zei dat het iedereen overkomt dat ze niet kunnen doen wat ze willen dus dat het niets bijzonders was als ik, bijvoorbeeld, naar mijn schoenen zat te staren, Als ik, bijvoorbeeld, naar mijn schoenen zat te staren zonder dat ik ze kon aantrekken zei mijn moeder dat het niets bijzonders was omdat het iedereen wel overkomt dat ze niet kunnen doen wat ze in feite het liefst zouden willen, Mijn moeder zei dat het iedereen overkomt dat ze niet kunnen doen wat ze het liefst zouden willen, en dat het dus maar een kleinigheid was als het enige wat je wilde doen je schoenen aantrekken was. En dan trok ik mijn schoenen aan.

Gelukkig helpt mijn broer me om mijn hand open te maken en ten slotte maak ik hem open, Gelukkig buigt mijn broer zich over me heen en helpt hij me heel voorzichtig om mijn hand open te maken en daardoor maak ik hem ten slotte open, Als hij me heel voorzichtig helpt om mijn hand open te maken, maak ik hem ten slotte open door mijn vingers één voor één los te maken van het handvat van het koffertje, Ik merk dat mijn vingers rood en opgezwollen zijn terwijl ik kijk hoe ze zich één voor één losmaken van het handvat van het koffertje, Ik heb bijna geen gevoel meer in mijn vingers en ik merk dat ze helemaal rood en opgezwollen zijn terwijl ik kijk hoe ze zich één voor één losmaken van het handvat van het koffertje. Maar nu kan ik mijn muntje gaan zoeken.

Ik moet nog even wachten tot mijn vingers weer normaal zijn en dan ga ik mijn muntje zoeken, Als ik niet even wacht tot mijn vingers weer normaal zijn loop ik kans dat ik mijn muntje wel zoek maar dat ik het niet vind, Daarom wacht ik even tot mijn vingers weer normaal zijn terwijl kapitein Skodel in zijn eentje naar zijn vliegtuig loopt met zijn koffertje in de hand, Terwijl ik even wacht tot mijn vingers weer normaal zijn loopt kapitein Skodel in zijn eentje naar zijn Spitfire 808 met zijn koffertje in de hand dat hij laat schommelen, Zonder zich om te draaien loopt kapitein Skodel daar terwijl hij zijn koffertje laat schommelen alsof het zomaar een willekeurige dag is. Maar dat is het niet.

Ik steek mijn hand in mijn zak en de motoren verscheuren de kathedraal, Ik steek mijn hand in mijn linkerjaszak en de twee motoren van de Spitfire 808 verscheuren de stilte van de kathedraal van licht, De twee motoren van de Spitfire 808 verscheuren de stilte van deze kathedraal maar ik schrik er niet van want ik zoek mijn muntje in mijn linkerjaszak, en dat neemt al mijn aandacht in beslag, Ik zoek mijn muntje in mijn linkerjaszak en daardoor merk ik nauwelijks dat de Spitfire 808 langzaam over de baan rolt terwijl de twee motoren de stilte van deze kathedraal van licht verscheuren. Dan richt hij de neus in de wind en staat stil.

Ik voel iets in mijn jaszak maar het is niet mijn muntje, Ik voel een glazen knikker onder in mijn zak maar mijn muntje voel ik niet, Als mijn muntje erin zou zitten zou ik het voelen maar in plaats daarvan voel ik alleen een glazen knikker en ook nog iets anders, maar dat is van stof, Een muntje kun je makkelijk herkennen omdat het niet van glas en niet van stof is, en daarom haal ik mijn hand uit mijn jaszak, Als ik mijn hand uit mijn jaszak haal om hem in mijn broekzak te stoppen laat kapitein Skodel zijn twee motoren op volle toeren draaien, Kapitein Skodel laat zijn twee motoren op volle toeren draaien terwijl ik mijn hand in de voorzak van mijn broek stop. Ik zoek mijn muntje.

Die stoot waarmee ze de lucht in schieten, heel licht, Wat hou ik van die zachte stoot waarmee ze de lucht in schieten, heel licht, Ik heb nooit tegen iemand gezegd hoeveel ik hou van die zachte stoot waarmee ze de lucht in schieten, heel licht, Omdat praten me pijn doet, heb ik nooit tegen iemand gezegd hoeveel ik ervan hou om naar ze te kijken terwijl ze met die zachte stoot de lucht in schieten, heel licht, Maar als ik zou kunnen praten zonder dat het pijn deed, zou ik meteen tegen mijn broer zeggen hoezeer ik ervan hou om naar ze te kijken terwijl ze met die zachte stoot de lucht in schieten, heel licht, Heel licht schieten ze de lucht in, en lichtelijk stuurloos. Scheef.

Zo heb ik het laatste vliegtuig zien opstijgen van deze baan in Sinnington, Engeland, Terwijl ik mijn muntje zocht in de voorzak van mijn broek zag ik het laatste vliegtuig opstijgen voordat deze baan in Sinnington, Engeland, definitief dichtgaat, Het is jammer, vind ik, want voor hij dichtging heeft deze baan in Sinnington, Engeland, zoveel avonturen beleefd, Het is jammer, vind ik, want hij heeft zoveel avonturen van trots en moed beleefd, Zoveel avonturen van trots en moed en angst, Van trots en moed en angst en waanzin. Zoveel avonturen van mannen in oorlog.

En precies terwijl ik denk dat het jammer is, maakt het vliegtuig van kapitein Skodel een grote bocht in de lucht, Precies terwijl ik denk dat het jammer is, maakt het vliegtuig van kapitein Skodel een ruime bocht in de lucht en komt weer op ons af, Het maakt een ruime bocht in de roze lucht en komt weer op ons af terwijl het steeds lager gaat vliegen, Het vliegtuig van kapitein Skodel komt weer op ons af steeds lager in de roze hemel tot het met grote snelheid in de roze hemel over onze hoofden scheert, Zo laag dat het vlak over onze hoofden scheert terwijl het de roze hemel met grote snelheid doorklieft. Om ons te groeten.

Ik zou kunnen schrikken maar ik schrik niet, ik moet juist lachen, Ik zou kunnen schrikken van dat kabaal dat rakelings over onze hoofden scheert maar ik schrik niet, ik moet juist lachen, Ik zou kunnen schrikken van dat kabaal en die zwarte schaduw die rakelings over onze hoofden scheren, maar een feit is dat ik niet schrik, en dat ik juist hard moet lachen, Een feit is dat ik begin te lachen en mijn broer begint ook te lachen, en allebei beginnen we te lachen, Een feit is dat we hard beginnen te lachen terwijl die zwarte schaduw rakelings over onze hoofden scheert en het kabaal onze haren door de war gooit. We lachen van emotie.

Daardoor ben ik even mijn muntje vergeten, maar dan weet ik het meteen weer, Even ben ik vergeten dat ik mijn muntje zoek, maar dan weet ik het meteen weer heel goed, Ik weet weer heel goed dat ik mijn muntje zoek in mijn linkerbroekzak, Met mijn hand zoek ik mijn muntje in mijn linkerbroekzak, maar ik vind het niet, Ik voel met mijn vingers in mijn linkerbroekzak maar ik vind mijn muntje niet terwijl het vliegtuig van kapitein Skodel wegvliegt in de roze lucht. Het wordt steeds kleiner.

Misschien dat als kapitein Skodel verdwijnt, ook het muntje verdwijnt, Misschien dat als kapitein Skodel aan de horizon verdwijnt, ook het muntje verdwijnt en daarmee alles wat van kapitein Skodel was, Misschien dat als mensen aan de horizon verdwijnen, alles wat ze hebben aangeraakt met hen verdwijnt, inclusief de muntjes die ze hebben achtergelaten, Dus ik kan maar beter opschieten met zoeken naar mijn muntje voordat het aan de horizon verdwijnt samen met kapitein Skodel, Ik kan het maar beter in mijn handen hebben op het moment dat kapitein Skodel aan de horizon verdwijnt. Dan verdwijnt het muntje niet.

Maar het vliegtuig wordt steeds kleiner en ik vind het niet, Het vliegtuig van kapitein Skodel wordt steeds kleiner aan de horizon en ik heb mijn muntje nog steeds niet gevonden, Het is nog maar een klein zwart insect aan de horizon dat bijna verdwijnt en ik heb nog steeds niet mijn muntje gevonden in mijn broekzak, Het is een gezoem van een klein zwart insect aan de horizon en ik hoor het verdwijnen terwijl ik met mijn vingers in mijn broekzak voel zonder dat ik mijn muntje kan vinden, Ik hoor het onherroepelijk verdwijnen aan de horizon, zonder dat ik mijn muntje kan vinden. Nu verdwijnt het.

Op het moment dat het verdwijnt, ik zweer het, voel ik mijn muntje verdwijnen, Op het moment dat het vliegtuig van kapitein Skodel aan de horizon verdwijnt, voel ik het muntje verdwijnen, ik zweer het, Op het moment dat het vliegtuig van kapitein Skodel aan de horizon verdwijnt valt er een eindeloze stilte over ons, en in die stilte, ik zweer het, voel ik mijn muntje verdwijnen, Ik voel het verdwijnen, opgeslokt door die ijselijke stilte die over ons is gevallen samen met een onverwachte eenzaamheid, een ijselijke stilte en een onverwachte eenzaamheid waarin ik mijn muntje voel verdwijnen. Het verdwijnt als een zeepbel.

Dan moet ik bijna huilen, ineens, en mijn broer merkt het, Ik moet bijna huilen omdat ik mijn muntje voelde verdwijnen en mijn broer merkt het en knijpt nog steviger in mijn hand en zegt niet huilen, Maar ik heb heel veel zin om te huilen, ineens, en ook al knijpt mijn broer steviger in mijn hand en zegt hij dat ik niet moet huilen, toch begin ik te huilen omdat ik mijn muntje voelde verdwijnen als een zeepbel, Omdat ik mijn muntje voelde verdwijnen en die stilte en die eenzaamheid voelde komen. Dus ga ik huilen.

Maar mijn broer zegt dat ik niet moet huilen en hij vraagt of ik soms een geheimpje wil weten, Mijn broer glimlacht en vraagt of ik soms een geheimpje wil weten midden in deze stilte en deze eenzaamheid, En ik knik van ja, dat ik wel een geheimpje wil weten midden in deze stilte en deze eenzaamheid, dus vertelt mijn broer me een geheimpje midden in deze stilte en deze eenzaamheid, Hij vertelt me een geheimpje om deze stilte en deze eenzaamheid te verdrijven, hij vertelt het me zachtjes, terwijl hij zich een beetje over me heen buigt. Zie je deze landingsbaan, vraagt hij.

Die is van ons, zegt hij.

Deze landingsbaan is van ons, zegt hij, omdat ik hem heb gekocht, Deze landingsbaan in Sinnington, Engeland, is nu van ons omdat ik hem heb gekocht voor 70.000 pond, zegt hij, Deze landingsbaan in Sinnington, Engeland, is nu van ons, zegt hij, omdat ik hem heb gekocht voor 70.000 pond samen met al het land dat je eromheen ziet, Ik heb voor 70.000 pond deze landingsbaan in Sinnington, Engeland, gekocht, en al het land dat je eromheen ziet, zegt hij, want het is geen landingsbaan, dit, en het is ook geen land dat je overal rondom ziet, tot aan die bomen daarginds. Het is mijn circuit, zegt hij.

En er komen geen vliegtuigen meer, alleen maar automobielen, zegt hij, Er zullen geen vliegtuigen meer opstijgen van deze baan maar er zullen automobielen over dit rechte stuk racen, Er zullen geen vliegtuigen meer opstijgen omdat er automobielen zullen racen die dit rechte stuk zullen verslinden, Er zullen geen vliegtuigen meer opstijgen omdat er automobielen zullen racen die dit rechte stuk zullen verslinden en daarna achttien wendingen zullen maken dwars over het platteland, eerst dit rechte stuk zullen verslinden en daarna door achttien bochten dwars over het platteland zullen racen tot ze weer terugkeren bij dit rechte stuk. Mijn circuit, zegt hij.

Zie je ze voor je, vraagt hij, Zie je ze voor je de automobielen die dwars over het platteland racen, vraagt hij, Zie je ze voor je de automobielen die zacht dwars over het platteland racen en wegrijden om daarna weer terug te keren, vraagt hij, Zie je ze voor je hoe ze over dit rechte stuk scheuren en dan dwars over het platteland afbuigen om zacht door achttien bochten te racen tot ze hier terugkeren, vraagt hij, Zie je ze voor je de fonkelende automobielen hoe ze door het stof van dit rechte stuk scheuren om dan linksaf te buigen over het platteland waar ze razendsnel achttien bochten zullen tekenen die hen beetje bij beetje terug zullen voeren tot precies hier, vraagt hij. Dan kijk ik.

En ik zie het smaragdgroene gras, de zachte glooiing van een kleine heuvel, een weifelende rij fruitboompjes, de droge bedding van een beek, een stapel brandhout, het donkere schijnsel van een paadje, de grillige oneffenheden in het terrein, een groepje bloemen, de stekelige contouren van de braamstruiken, een omheining in de verte, de omgewoelde aarde van een verlaten akker, een wankele piramide van benzineblikken, het struikgewas dat is gegroeid volgens een ondoorgrondelijke orde, een vliegtuigkarkas in de zon, de schaarse rietstengels aan de rand van het moeras, de buik van een opengereten reservoir, de schaduw van de bomen op de grond, de zachte duikvlucht van kleine vogeltjes op het gras, het spinnenweb van takken tussen de bladeren, de trillende weerspiegeling van de waterplassen, heel veel lichte nestjes, een militaire pet in het gras, het geel van eenzame korenaren, een opgedroogde voetafdruk in de modder van het pad, het wuiven in de wind van te lange stengels, de vlucht van het aarzelende insect, de bovengrondse wortel aan de voet van de eik, de verborgen holen van jachtige diertjes, de gekartelde rand van donkere blaadjes, het mos op de stenen, de vlinder op het blauwe bloemblaadje, de omgekrulde pootjes van de vliegende hoornaar, de blauwe stenen op de droge zomerbedding van het stroompje, de ziekte die de varens verbrandt, de groene weerschijn op de rug van de vis in de vijver, de traan van plantensap op de schors van een boom, de roest op een vergeten snoeimes, het spinnenweb en de spin, het slijm van de slak, en de rook van de aarde. Dan zie ik de fonkelende automobielen.

Het zijn net geesten en ze rijden zonder geluid te maken, Het zijn net geesten die heel langzaam rijden zonder het minste geluid te maken, Het zijn net gekleurde geesten die heel langzaam rakelings over de grond rijden zonder het minste geluid te maken behalve een soort ademhaling, Net gekleurde geesten die ademhalen zonder het minste geluid te maken terwijl ze heel langzaam rakelings over de grond rijden, Gekleurde geesten die heel langzaam rijden, rakelings over de grond, zonder het minste geluid te maken behalve een soort regelmatige ademhaling, Ze rijden in stilte heel langzaam terwijl ze de grond inademen, zonder het minste geluid te maken behalve een soort ademhaling. Gekleurde geesten.

Wanneer mijn broer zonder iets te zeggen mijn hand loslaat, Ik sta naar de fonkelende automobielen te kijken wanneer mijn broer zonder iets te zeggen mijn hand loslaat, Mijn broer laat nooit mijn hand los maar terwijl ik naar de fonkelende automobielen sta te kijken laat hij zonder iets te zeggen mijn hand los en loopt weg, Mijn broer laat nooit mijn hand los want hij houdt altijd mijn hand vast maar wanneer ik naar de fonkelende automobielen sta te kijken laat hij zonder iets te zeggen en zelfs zonder enige waarschuwing mijn hand los. En hij loopt weg.

Mijn broer zet een paar stappen en ik ben bang, Ik zie mijn broer een paar stappen zetten en ik wil achter hem aan lopen maar ik kan me niet verroeren omdat ik bang ben, Ik zie mijn broer die nadat hij mijn hand heeft losgelaten een paar stappen op de landingsbaan zet en ik wil achter hem aan lopen maar ik kan me niet verroeren dus blijf ik stilstaan met mijn hand in de lucht verlamd van angst, Dus blijf ik stilstaan met mijn hand in de lucht verlamd van angst terwijl mijn broer een paar stappen op de landingsbaan zet en dan blijft staan en zich bukt, Hij zet een paar stappen op de landingsbaan en dan blijft hij staan en bukt zich terwijl hij zijn hand uitsteekt. Hij raapt een handjevol zand op, van de landingsbaan.

Hoe lang doet hij erover om terug te komen, Ik vraag me af hoe lang hij erover doet om terug te komen, Ik vraag me af hoe lang mijn broer erover doet om terug te komen en intussen staat hij nog steeds daar, Ik vraag me af hoe lang mijn broer erover doet om terug te komen maar intussen staat hij nog steeds daar, waar hij overeind komt en kijkt naar het zand dat hij in zijn hand gepakt heeft, Hij kijkt naar het fijne zand dat hij in de hand heeft en dan kijkt hij naar de fonkelende automobielen, Hij kijkt naar het fijne zand dat hij in de hand heeft en dan kijkt hij op naar de fonkelende automobielen en glimlacht, Hij kijkt naar het fijne zand en dan naar de fonkelende automobielen en dan weer naar het fijne zand. Dan stopt hij het zand in zijn zak, en glimlacht.

Hij doet zijn hand in zijn zak, opent hem en haalt hem dan weer te voorschijn, leeg, Mijn broer doet zijn hand in zijn zak, opent hem en haalt hem dan weer te voorschijn, leeg, Dan doet mijn broer eindelijk zijn hand in zijn zak, opent hem, haalt hem leeg weer te voorschijn en komt terug naar mij, Nadat hij het fijne zand in zijn zak heeft gestopt draait hij zich om en komt weer naar mij toe terwijl hij maar blijft glimlachen, Hij draait zich om en komt weer naar mij toe terwijl hij maar blijft glimlachen in deze kathedraal van zwak licht en eenzaamheid waar ik op hem wacht. Nu zal hij mijn hand weer vastpakken.

Maar in plaats daarvan doe hij zoiets vreemds, Maar in plaats van dat hij mijn hand vastpakt doet hij zoiets vreemds, In plaats van dat hij mijn hand vastpakt doet hij iets vreemds waar ik niets van begrijp, In plaats van dat hij mijn hand vastpakt, pakt hij een beetje van dat zand dat hij in zijn zak heeft zonder dat ik er iets van begrijp, Hij pakt een beetje van dat zand dat hij in zijn zak heeft en terwijl hij blijft glimlachen kijkt hij me recht aan, Hij pakt een beetje van dat zand terwijl hij blijft glimlachen en hij kijkt me recht aan en stopt het in mijn zak, Hij kijkt me recht aan en stopt een beetje van dat zand in mijn jaszak. Dit is van jou, zegt hij.

Mijn broer zegt dat het van mij is en ik ben niet meer bang, Ik snap niet waarom maar als mijn broer zegt dat dat zand van mij is ben ik niet meer bang, Hij pakte een beetje van dat zand en stopte het in mijn zak en zei dat het van mij was en daarom ben ik niet meer bang, Ook al pakte mijn broer uiteindelijk niet mijn hand vast toch was ik niet meer bang toen hij een beetje van dat zand pakte en het heel rustig in mijn jaszak stopte en terwijl hij bleef glimlachen zei dat het van mij was. Dat zand.

Wij zijn de enigen hier, Wij zijn de enigen hier mijn broer en ik, Wij zijn de enigen hier mijn broer, ik en dit zand dat van ons is, Wij zijn de enigen hier mijn broer, ik, dit zand dat van ons is en de fonkelende automobielen, Wij zijn de enigen hier als gekleurde geesten die heel langzaam rakelings over de grond rijden zonder het minste geluid te maken behalve een soort ademhaling onder de gewelven van deze kathedraal van licht en eenzaamheid. Het is volmaakt.

Heel voorzichtig stop ik dan mijn hand in mijn zak, Heel voorzichtig stop ik dan mijn hand in mijn zak en duw mijn vingers in het fijne zand, Heel voorzichtig stop ik mijn hand in mijn jaszak en zonder angst duw ik mijn vingers in het fijne zand om het aan te raken, Zonder angst duw ik mijn vingers in ons zand dat nog lauw is van de zon omdat het fijn is om aan te raken, Ik woel zonder angst met mijn vingers door ons zand dat nog lauw is van de zon en ik blijf eraan voelen tot mijn vingers in ons zand dat nog lauw is van de zon iets metaligs aanraken. Mijn muntje.

Muntje, muntje van me, Waar was je gebleven muntje van me, Ik heb je zo gezocht maar je was verdwenen muntje van me, In alle zakken heb ik je gezocht maar je was verdwenen muntje van me, Waar was je gebleven terwijl ik je in alle zakken zocht muntje van me, Je bent dus niet aan de horizon verdwenen terwijl ik je maar in alle zakken bleef zoeken muntje van me, Ik dacht dat je aan de horizon was verdwenen maar terwijl ik je in alle zakken zocht zat je hier gewoon op me te wachten muntje van me, Ik wist zeker dat je aan de horizon verdwenen was maar terwijl ik je zocht zat je hier gewoon te wachten tot je werd gevonden. Muntje van me.

Ik doe mijn hand dicht, in mijn zak, met een kracht en een vastberadenheid die ik niet herken. Ik hou hem een beetje onbeweeglijk, terwijl ik onder mijn vingers en in mijn handpalm het zand en het muntje vastklem. Dan haal ik langzaam maar zonder te trillen mijn hand uit mijn zak en draai hem behoedzaam om tot de rug van mijn hand omlaag gericht is. Ik doe mijn hand voorzichtig open. De vingers één voor één, geordend. Ik tril niet, ik ben niet bang. Ik doe mijn hand behoedzaam open. Ik kijk. Ons zand en mijn muntje. Mijn muntje, vuil van het zand. In mijn hand.

Kom mee, broertje. Er wacht ons nog een heleboel werk, zegt hij.

1950. MILLE MIGLIA

Het was een herberg aan de rijksweg, aan het begin van het dorp. Je kon er eten en slapen. Er was ook een garage en een benzinepomp. Het was allemaal van dezelfde eigenaar. Aanvankelijk was de benzinepomp een primitief ding dat van alle kanten lekte. Maar na de oorlog was er een heel moderne, fonkelnieuwe gekomen. Er stonden twee rode pompen, met het merk van de benzine erop, en getallen die automatisch doortikten. Het was helemaal verlicht en nu was het de meest oogverblindende plek van het dorp. Ook de herberg was opnieuw ingericht. Ze hadden tafeltjes neergezet met plastic kleedjes. En ze hadden stoelen met een stoffen zitting. Het was een mooie plek.

Voor de oorlog kwam de Grote Race elk jaar daar langs. Sommige deelnemers stopten er om wat te eten, en velen kwamen voor benzine of voor kleine reparaties. Er stonden altijd een hoop mensen naar de auto's en de coureurs te kijken. Veel van hen waren vrienden geworden. Na de oorlog werd echter besloten dat de Grote Race voortaan zoveel mogelijk de dorpen zou mijden, uit veiligheidsoverwegingen. Daardoor nam de route nu een secundaire weg, een kilometer voor de herberg, en werd hij om de bebouwde kom heen geleid. Bij de herberg waren ze hevig teleurgesteld. Maar de Grote Race zat hun inmiddels in het bloed, en zodoende was er uiteindelijk ook weer niet zoveel veranderd. In die dagen gingen ze nooit dicht, en als je wilde weten hoe de wedstrijd verliep konden ze je daar alles vertellen. Er waren zelfs coureurs die speciaal die ene kilometer omreden om even gedag te komen zeggen. Of om er eentje te drinken.

De Grote Race was een slopende zaak, die de allersnelsten in twaalf, dertien uur afhandelden. Maar iedereen kon aan de start verschijnen. Sommigen deden er zelfs wel twee dagen over. Het was 1600 kilometer, zonder tussenstop. Een paar controleposten en rijden maar weer. Honderden auto's, één voor één, op en neer over de Italiaanse wegen. De mensen waren er bezeten van. Alles stond stil waar de Grote Race voorbijkwam, en de automobielen veroverden alle ogen en alle harten. Vaak viel er een dode te betreuren. Soms was het een coureur, maar vaker waren het mensen die langs de kant van de weg waren toegestroomd, om te kijken. Gewone mensen. Maar niemand was gewoon, gedurende die uren.

Bejaarden en kinderen, en alle volwassenen: ze werden allemaal vreemd.

Dat jaar kwam de Grote Race op 21 mei langs het dorp. Het duurde twee dagen. Maar deze dingen gebeurden 's nachts. Ze begonnen 's avonds, toen de zon was ondergegaan, en ze eindigden voordat de nacht voorbij was. Vanuit de herberg zag je in de verte de lichtbundels van de racende auto's die afsloegen in de richting van het platteland. In het donker waren het net minuscule vuurtorentjes die over het golvende graan uitkeken.

Het meisje verliet de herberg bijna rennend, en ze sloeg de deur achter zich dicht. Ze zal een jaar of vijftien zijn geweest. Zestien. Ze droeg schoenen met hoge hakken en een strak rokje. Ze had zorgvuldig golven aangebracht in haar lange zwarte haar, en om haar hals had ze een ketting van kleine pareltjes. Ze had een mooie, jonge boezem, en die hield ze in bedwang onder een strak, laag uitgesneden truitje. Ze had roodgelakte nagels.

Ze liep boos een paar stappen door en bleef toen naast de benzinepomp staan, in het volle licht. Ze keek in het duister, voor zich. Ze had vochtige ogen en een ernstig gezicht.

De deur van de herberg ging opnieuw open, met een ruk, en een vrouw boog zich een eind naar voren, zonder echt naar buiten te komen. Ze schreeuwde.

'Hoe durf je je vader zo te behandelen!'

Het meisje zei niets. Ze draaide zich niet eens om.

'Kijk toch eens naar jezelf, je lijkt er wel zo eentje.'

Het meisje haalde haar schouders op.

'Je maakt jezelf hartstikke kapot, weet je dat? Zo maak je jezelf hartstikke kapot!'

Ook de vrouw had vochtige ogen.

'En kijk me aan als ik tegen je praat!'

Het meisje draaide zich niet om. Ze zei niets.

De vrouw zweeg even en schudde haar hoofd. Ze zette een stap naar buiten en liet de deur achter zich dichtvallen. Ze duwde een krul naar achteren die over haar voorhoofd was gevallen. Ze was een mooie vrouw, van een jaar of veertig. Ze had haar keukenschort om haar heupen gebonden. Ze zei luid:

'Het maakt me niet uit wat je in je kop hebt, maar jij hebt je ouders te respecteren, begrepen? Zolang je hier woont geldt de regel dat je je ouders respecteert en dat je het moet vragen als je weg wilt, en moet zeggen waar je naartoe gaat! Heb je me gehoord?'

Het meisje verroerde zich niet. De vrouw schudde haar hoofd en veegde haar handen aan haar schort af. Maar dan zomaar, zonder reden. Ze keek naar de Grote Race, waar de koplampen van de auto's afbogen. Ze hoorde het geronk van de motoren met golven komen, en in de tussenpozen de stilte van het platteland, verbroken door de krekels. Uiteindelijk zette ze een paar stappen in de richting van het meisje en bleef staan toen ze achter haar was. Ze begon weer te praten, maar zonder te schreeuwen.

'Je moet niet zo doen tegen je vader.'

'Ik haat mijn vader,' zei het meisje.

'Praat geen onzin.'

'Hij begrijpt er niets van,' zei het meisje terwijl ze zich omdraaide.

De vrouw keek haar aandachtig aan, ze zag eruit alsof ze er zelf ook niets van begreep.

Toen zei ze:

'Hoe zitten je schoenen?'

'Een beetje te groot.'

'Ik kan niet eens lopen op die schoenen.'

'Ze zijn alleen een beetje te groot,' zei het meisje terwijl ze haar neus optrok.

'Je lijkt er echt wel zo eentje,' zei de vrouw, maar deze keer niet onvriendelijk.

Het meisje draaide zich weer om en keerde haar de rug toe.

De vrouw vroeg haar waar ze naartoe wilde, met die kleren.

Het meisje maakte een vaag gebaar in de richting van de Grote Race.

‘Niet te laat thuis. En doe geen gekke dingen.’

Ze zocht nog iets om te zeggen.

‘En maak geen ladder in mijn panty. Het is de enige die ik heb.’

Het meisje richtte instinctief haar blik op haar benen. Het waren mooie benen, niet heel lang maar wel dun.

‘Ik zal ze niet kapotmaken.’

‘Mooi zo.’

Toen draaide de vrouw zich om en liep terug naar de herberg. Ze deed de deur open en wierp een laatste blik op haar dochter. Ze leek er echt wel zo eentje. Maar ze was wel mooi. Haar hart kromp samen. Al was het haar niet duidelijk waarom.

Haastig ging ze weer naar binnen. Er zaten een heleboel mensen binnen. En allemaal praatten ze over de Grote Race. Er waren er die aten en er waren er die alleen maar dronken. De radio stond aan, speelde lichte muziek en gaf nieuws over de Race. Er waren ook een paar vrouwen, maar niet veel. Veel mensen rookten. Iedereen praatte luidkeels. Het was net een feest. De vrouw liep vlug door de zaal, met een opgewekt gezicht, alsof er niets gebeurd was. Voor ze de keuken binnen ging, wisselde ze een blik met haar man. Maar eventjes, zomaar, zonder dat het iets betekende. Iemand maakte een grapje tegen haar, misschien over haar dochter. Ze reageerde met een lach.

Buiten, onder het licht van de benzinepomp, pakte het meisje een van de sigaretten die ze onder haar truitje verstopt had en stak hem op. Ze keek achterom, naar de herberg, deels om te checken, deels uitdagend. Ze begon te roken. Ze wist niet precies wat ze moest doen. Normaal gesproken kwamen er altijd wel een paar coureurs, voor benzine of voor de monteur. Ze wisten dat er daar een was. Maar dat kwam niet zo heel vaak voor. Je liep kans dat je uren zat te wachten en niemand zag. Ze stond daar maar wat te roken, schommelend van het ene op het andere been. Toen dook uit het donker het zwakke schijnsel van een fiets op. Hij kwam vanuit het dorp. Er zat een jonge vent op. Hij was van daar. Op de stang zat een blond jongetje, een jongetje van vier, vijf jaar. Toen hij bij het meisje was, remde de man en bleef staan.

‘Hoi.’
‘Hoi.’
‘Zit het vol bij jullie?’
‘Ja.’
‘Ga je niet naar de Race?’
‘Ik ga zo meteen.’
De man bekeek haar eens goed. Zij liet zich bekijken.
‘Zie je wat een mooie mevrouw dat is?’ zei de man tegen het jongetje. ‘Kijk maar eens goed wat een tieten, zulke tieten zie je tenslotte niet elke dag,’ voegde hij eraan toe, en hij begon te lachen.
Want als de Grote Race was, zeiden en dachten de mensen dingen die ze op andere dagen voor zich hielden.
Het meisje antwoordde met een beweging die ze in de bioscoop had opgepikt.
Het jongetje glimlachte.
De man bedacht dat het jammer was dat hij niet alleen was weggegaan, die avond. Hij wist zeker dat er dan wel iets te halen zou zijn geweest.
‘Is Fangio al voorbij?’ vroeg hij.
‘Nee, volgens mij niet.’
‘Ik heb hem beloofd dat ik hem Fangio laat zien,’ zei de man, doelend op het jongetje.
Het meisje gaf het jongetje een aai.
‘Fangio is de allerbeste,’ zei ze glimlachend tegen hem.
Toen keek ze op en boorde haar ogen in die van de man. Ze bedoelde er niets mee, ze deed het gewoon voor de lol.
‘Volgooien?’ vroeg ze, doelend op de benzinepomp.
De man voelde zich opgelaten. Hij lachte.
‘Nee,’ zei hij, omdat hem niets anders te binnen schoot.
Het meisje bleef hem maar in de ogen staren, met een vreemde glimlach.
De man duwde zijn pedaal naar achteren. Hij wist niet goed wat te doen. Hij aaide het jongetje over zijn hoofd.
‘Tot straks dan,’ zei hij.
Het meisje bleef hem maar aanstaren.
‘Wees voorzichtig,’ zei ze.

'Ja, tot straks bij de Race.'

'Misschien.'

De man glimlachte. Toen begon hij te trappen en reed weg. Hij draaide zich niet om.

Het meisje rookte verder. Ze was blij dat ze hem zo had aangekeken. Misschien had ze er zelfs een beetje moed door gevat. Dus besloot ze in de richting van de Grote Race te lopen. Het was een eindje weg, en met die hakken zou het niet meevallen. Maar als er een coureur aankwam, zou hij haar beslist zien. Ik heb nog twee sigaretten, bedacht ze.

In de herberg verliep alles normaal, tot er een man op een motor aan kwam om te zeggen dat er een ongeluk was gebeurd, bij de bocht van de Tordo, en dat er misschien doden waren gevallen. Toen trok iedereen een ernstig gezicht en drong naar buiten. Je kon zien dat het opwinding veroorzaakte. Ze wilden allemaal zo snel mogelijk naar het ongeluk gaan kijken. Sommigen op de fiets, anderen te voet. Een enkeling had een automobiel. Die zouden met piepende banden vertrekken, net als de politie in de film. 'Elk jaar hetzelfde verhaal,' zeiden ze hoofdschuddend. Maar je kon zien dat ze ervan genoten.

De vrouw hoorde het nieuws terwijl ze in de keuken stond, aan het fornuis. Ze liep naar de eetzaal en zag degenen die van hun tafeltje opstonden en hun jas aantrokken om te vertrekken. En degenen die haastig hun glas leegdronken. Ze liep naar de bar om de lege glazen te pakken, en intussen groette ze degenen die weggingen. Toen keerde ze terug naar de keuken om het fornuis uit te draaien. Voorlopig zou het geen zin hebben om het eten warm te houden. Wie weet keerden ze over twee of drie uur uitgehongerd terug, maar nu had het geen zin meer. Ze dacht aan haar dochter, en ze vroeg zich af of ze elkaar zouden tegenkomen, zij en haar vader, te midden van de drukte bij het ongeluk. Wie weet zouden ze het goedmaken. De Grote Race kon relaties maken en breken, zo was het altijd geweest. Vanuit de eetzaal stierven de stemmen rommelig weg, begeleid door het geschuif van stoelen en dichtslaande deuren. Na een poosje klonk er alleen nog stilte, en de radio, die verslag deed van het ongeluk.

Zo te horen wisten ze er weinig van, die van de radio, maar toch keerde de vrouw terug naar de eetzaal om het beter te kunnen horen. Toen ze achter de bar stond, merkte ze dat er in een hoek, aan een tafeltje, een man was blijven zitten. Hij had een leeg bord voor zich staan, en hij zat rustig te wachten. Hij had zijn jas uitgedaan en over de rugleuning van zijn stoel gehangen. Op tafel stond een fles wijn die bijna leeg was.

'Neem me niet kwalijk, ik had u niet gezien,' zei de vrouw.

'Maakt u zich niet druk.'

'U zit ergens op te wachten, hè?'

'Vlees, meen ik.'

'Ja, vlees.'

'Maar maakt u zich niet druk.'

De vrouw schudde haar hoofd, alsof ze een of andere verwarring wilde verjagen.

'Ik ben er gewoon niet bij met mijn hoofd, vanavond,' zei ze. 'Ik dacht dat ze echt allemaal weg waren gegaan.'

Ze keerde terug naar de keuken, om het fornuis weer aan te steken. Ik ben er helemaal niet bij, vanavond, zei ze bij zichzelf. Misschien heb ik te veel gedronken. Ik moet eigenlijk niet drinken als ik zoveel werk. Maar toen bedacht ze dat het de nacht van de Grote Race was, en dus schonk ze zichzelf nog maar een glaasje in en zei zachtjes: 'Ze kunnen allemaal de pot op.' En ze lachte, bij zichzelf.

Ze kwam bij de tafel met het bord vlees, waar de stoom vanaf kwam.

'Gaat u niet naar het ongeluk kijken?' vroeg ze.

'Nee.'

'Hier is iedereen gek op ongelukken.'

'Dat heb ik gemerkt,' zei de man glimlachend.

De vrouw pakte het lege bord van de soep maar bleef bij de tafel staan.

'U was hier gisteravond ook, hè?' vroeg ze.

'Ja.'

'Bent u een liefhebber van de Race?'

'Nee, eerlijk gezegd niet, ik ben hier omdat ik een vriend verwacht. Hij had gisteren moeten komen, maar misschien heeft hij onderweg problemen gehad. We hadden afgesproken dat ik zou blijven wachten.'

'Zal ik u nog wat wijn brengen?'

'Ja, heel graag.'

'En wat brood, dat ben ik ook al vergeten.'

De radio zond nu muziek uit. Er werd gewacht op nadere berichten over het ongeluk. Schijnbaar waren er wel gewonden gevallen, maar geen doden. De vrouw keerde terug naar de keuken, en bedacht hoe vreemd deze stilte en deze eenzaamheid waren, juist deze nacht. Het leek net een betovering. Ze werd er vrolijk van. Maar dat kon ook aan de wijn liggen.

Toen ze terugkwam bij de tafel, met het brood en de wijn, vroeg ze de man in een opwelling of ze bij hem mocht komen zitten.

'Natuurlijk,' zei de man. 'Haal voor uzelf ook een glas.'

'Ja, dat is een goed idee,' zei de vrouw, en ze ging een schoon glas halen bij de bar. Voor ze terugging naar de tafel liep ze naar de radio om het volume een beetje lager te zetten. Nu iedereen was vertrokken, was al die muziek niet meer nodig.

'Het schijnt dat er geen doden zijn gevallen,' zei ze terwijl ze ging zitten.

'Dat zeiden ze, ja.'

'Laten we het hopen.'

'Ja.'

'Weet u hoeveel doden ik gezien heb, van de Grote Race? Vier. In al die jaren: vier. Een coureur, een Duitser met een ingewikkelde naam, jaren geleden. En vorig jaar drie mensen die stonden te kijken. Er was ook een vrouw bij. Arm mens.'

'Vaak zijn de toeschouwers het slachtoffer.'

'Die automobiel vloog van de weg af, en ze waren op slag dood. Ze hebben ze hierheen gebracht, weet u?'

'Echt waar?'

'We hebben ze op de tafels neergelegd, met de tafellakens eroverheen,' zei de vrouw. Toen dacht ze: wat zeg ik nu in godsnaam?

De man begreep haar en begon een beetje te lachen.

'Neem me niet kwalijk, ik ben echt een sufferd,' zei de vrouw hoofdschuddend. En ze begon zelf ook te lachen.

'Neem me werkelijk niet kwalijk, vanavond doe ik alles fout. Hoe dan ook, het was niet *deze* tafel, dat zweer ik u.'

De man schonk haar nog wat wijn in, en eventjes bleven ze zachtjes zitten lachen.

Toen zei de vrouw dat de Grote Race hoe dan ook iets fantastisch was.

'Afgezien van de doden, bedoel ik.'

Ze zei dat ze er nooit een gemist had. Ze had ze allemaal voorbij zien komen. Afgezien van de oorlogsjaren, uiteraard, want in die jaren was hij niet gehouden. Ze zei dat ze zich zelfs de eerste keer nog kon herinneren, in 1927. De eerste keer was zij vijftien jaar.

'Het was ongelooflijk. We hadden nog nooit zoiets gezien, al die mensen, al die automobielen... we woonden volkomen geïsoleerd, en toen trok ineens van de ene dag op de andere heel die wereld aan ons huis voorbij. Ze begonnen al dagen van tevoren, weet u? Ze kwamen de route testen. Ze testten de bochten, ze gingen op zoek naar benzinepompen of garages. Ze kwamen hierheen, stralend, ontspannen, en dan stopten ze hier om te eten of zelfs om te slapen. Op hun auto's stond een rode pijl met de tekst TESTDEELNEMER. Voor mij waren het allemaal helden, allemaal, zonder uitzondering. Zelfs de dikste en de oudste deelnemers waren nog echte heren.'

De man zat naar haar te luisteren, terwijl hij zijn vlees at.

'Ik waste elke ochtend mijn haar. En gedurende al die dagen was ik helemaal door het dolle heen. Vijftien jaar, denk u eens in. Ik geloof dat ik verliefd ben geworden op wel twaalf coureurs, alleen al dat eerste jaar. Ik vond ze allemaal leuk.'

Ze lachte.

De man zei dat de coureurs misschien ook wel verliefd waren op haar.

'Wie weet. Ze maakten me in elk geval heel veel complimentjes. Ze wisten wel van wanten. En als ze weer verder reden kusten ze je, en sommigen kwamen zelfs heel dicht bij je lippen, ik voel die snorren nog prikken hier, dat was iets waar je uren van tevoren al naartoe leefde. Wat een hartkloppingen...'

Glimlachend schoof de vrouw het broodmandje opzij en begon de kruimels op het tafelkleed op een rijtje te rangschikken.

Ze zei dat er later, als de echte race begon, dat er dan twee dagen niet meer geslapen werd, en dat het één eindeloos feest was.

'Weet u, één keer kwam hij precies hier langs, toen hadden we onmogelijk kunnen slapen, al hadden we het gewild. Aan één stuk door had je dat geronk, en die koplampen, en die schreeuwende mensen. We waren de hele tijd bezig met eten en drinken serveren, en dan had je nog het tanken of de reparaties in de garage. We voelden de vermoeidheid niet eens. En 's nachts... ongelooflijk, die lange nacht van de Race, allemaal een beetje gek, weglopen om naar de bocht in de rivier te gaan, en met de anderen door het donker rennen, het leek of alles mocht, elk hoekje was goed om je te verstoppen en te doen wat je wilde, en er was niets dat je bang kon maken. Het was een droom.'

Ze zweeg even, alsof ze wilde luisteren naar de weerklank van wat ze had gezegd. Toen zei ze dat de volgende dag, als de race voorbij was, alles onder het stof zat, zelfs binnenshuis, op de flessen en tot in de laden. Het stof van de weg.

De man veegde met zijn brood door de saus van het vlees. Toen hij klaar was leek zijn bord brandschoon.

'Dat heeft gesmaakt, zo te zien?'

'Ja, mijn complimenten.'

'Specialiteit van het huis.'

'Echt heerlijk. Mag ik u nog wat wijn inschenken?'

'Ik dacht het wel,' zei de vrouw, terwijl ze het bord oppakte en opstond. 'Ik zal u wat fruit brengen,' zei ze.

En terwijl ze naar de keuken liep begon ze te zeggen dat ze nu van plan waren om races te houden op circuits, op die stomme racebanen die speciaal waren gemaakt voor raceauto's. Ze bleef allerlei dingen zeggen terwijl ze in de keuken was, en toen ze terugkwam met het fruit vroeg ze aan de man of hij dat niet triest vond.

'Wat?'

'Dat van die circuits en autoraces.'

De man glimlachte vreemd.

'Dat heeft niets poëtisch meer, niets heroïsch, niets,' zei de vrouw. 'Ze rijden gewoon duizend keer hetzelfde rondje, als dolgedraaide dieren.'

De man zei dat het als je er goed over nadacht ook weer niet zo heel stom was.

'Maakt u een grapje?' zei de vrouw, terwijl ze weer tegenover hem ging zitten.

'Steeds dezelfde bochten? Wat is daar moeilijk aan? En trouwens, zonder de wereld eromheen, de mensen, de echte mensen, die hun huizen uit zijn gekomen met de stofdoek nog in de hand, of met hun baby op de arm... Die circuits zijn hartstikke nep, ze zijn gewoon nep, er is niets echts aan.'

'In welk opzicht?'

'Hoezo, in welk opzicht? Het zijn geen echte wegen, het is iets wat alleen in het hoofd van de makers zit, dit hier zijn echte wegen, denkt u niet?' En ze wees met haar hoofd in de richting van de koplampen die de zee van het platteland in de gaten hielden.

'Ja, dat is misschien wel zo,' zei de man.

'En vindt u dat dan niet triest?'

De man dacht er een poosje over na. Toen zei hij dat het inderdaad triest was. Hij zei dat circuits echt ontzettend triest waren.

'Zo is het,' zei de vrouw. Toen begonnen ze samen te lachen.

De radio zond nog steeds muziek uit. Misschien was er wel iets op geweest over het ongeluk, maar hadden zij tweeën het niet gehoord.

De vrouw bedacht dat ze misschien te veel praatte. Ze bedacht ook dat het echt vreemd was dat die man hier toevallig was, om een vriend te ontmoeten, juist in de nacht van de Grote Race. Dus zei ze tegen hem dat ze hem niet geloofde, en dat er beslist een reden moest zijn waarom hij juist deze plek had uitgekozen.

'Ja, eerlijk gezegd is er wel een reden.'

'En die is?'

'Het is een verhaal dat echter niets met de Race te maken heeft. Niet met deze, tenminste.'

De vrouw boog zich een stukje naar hem toe en drukte een hand op zijn arm.

'Nu gaat u me dat vertellen.'

'Maar het is geen leuk verhaal.'

'Maakt niet uit, vertel het maar.'

Ze had er lol in. Ze liet haar hand gewoon liggen.

De man begon een beetje verlegen te praten, maar kalm. Hij zei dat zijn vader vele jaren geleden precies hier een ongeluk had gehad, op dat rechte stuk dat naar het dorp voerde, waar die lange rij platanen stond.

'Ziet u die lange rij platanen voor u?'

'Natuurlijk.'

'Mijn vader was mecanicien en hij reed samen met een coureur, een graaf met een passie voor automobielen. Ze deden het niet slecht. Op een dag kwamen ze hier in de buurt meedoen aan een wedstrijd, en toen ze op dat rechte stuk waren, gooide de graaf ineens het stuur om in de richting van de bomen. Hij trapte het gas in en schreeuwde zijn eigen naam.'

'Wilt u zeggen dat hij het expres deed?'

'Ja.'

'Wat was hij van plan?'

'Zelfmoord plegen, neem ik aan.'

'Maakt u een grapje?'

'Nee, nee, het is allemaal waar. Mijn vader begreep wat er gebeurde, en wierp zich op het stuur om van richting te veranderen. Maar de graaf liet niet los.'

'En toen?'

'De graaf kwam om. Mijn vader werd uit zijn stoel geslingerd en overleefde het. Hij verloor een been en brak zo'n beetje alles. Maar hij kwam wel weer thuis.'

'Het spijt me voor u.'

'Het is lang geleden.'

'Wat een verhaal... Zelfmoord plegen met een auto...'

'Mijn vader zei dat het eigenlijk ook niet zo gek was. Hij zei dat al die lui die in auto's racen diep vanbinnen juist dat zoeken.'

'Juist wat?'

'De dood.'

'God nee, dat is helemaal niet waar.'

'Ik weet niet.'

'Ik zeg u dat het niet waar is. En denk eraan dat ik heel wat coureurs heb leren kennen. Dat waren helemaal geen mensen die graag dood wilden. Sommigen misschien, die echt gek waren, maar gelooft u me dat...'

'Misschien waren degenen die ten tijde van mijn vader raceten wel allemaal gek. U had eens moeten zien in wat voor auto's ze reden...'

'In wrakken, zeker?'

'Niet te geloven.'

'Ja, ik heb er wel foto's van gezien.'

'En daarmee reden ze dan 140, 150 per uur...'

'Knettergek.'

'Ja.'

'En u bent hier teruggekomen vanwege dat ongeluk?'

De man aarzelde even, en zei toen dat hij op het idee was gekomen om naar die platanen te gaan kijken. Hij zei dat hij er nooit eerder naar was gaan kijken.

'En hebt u ze nu gezien?'

'Vanuit de verte. Ik had geen zin om heel dichtbij te gaan. Ik heb ze vanuit de verte gezien.'

'Nu zitten we alweer over doden te praten, hebt u dat gemerkt?'

'Jezus.'

De vrouw vond het leuk dat hij Jezus had gezegd. Hij leek niet het type om dat soort dingen te zeggen. Maar dat was hij wel. Ze drukte haar hand steviger om zijn arm en trok hem toen terug.

'Het zal toch niet zo zijn dat ook uw vriend dood is, degene die gisteren had moeten komen?'

'Ik hoop het niet, verdomd.'

'Weet u zeker dat hij zal komen?'

'Ja. Ik denk het wel. Ik heb hem al heel lang niet gezien. Maar hij heeft me geschreven dat hij zou komen. We hebben de oorlog samen meegemaakt, hij en ik.'

'Echt waar?'

'Niet *deze* oorlog, de andere, die aan de Carso.'

De vrouw maakte een gebaar in de lucht.

'Niemand herinnert zich die oorlog nog.'

'Ik wel. Ik was bij Caporetto.'

'Met uw vriend?'

De man aarzelde even.

'Ja, met hem ook.'

Toen zei hij dat iemand die er niet geweest was, het niet kon begrijpen. Hij zei dat zijn leven zonder Caporetto totaal anders zou zijn geweest. En hij zei dat hij zijn vriend sindsdien niet meer gezien had.

De vrouw keek de man aan en bedacht dat hij niet oud genoeg leek om bij Caporetto te hebben gevochten. Ze vroeg hoe het kwam dat ze elkaar uit het oog waren verloren, hij en zijn vriend.

'We zijn ver van elkaar af beland,' antwoordde de man.

Toen begon hij te vertellen, zonder dat zij er zelfs maar om gevraagd had. Het was een verhaal dat te maken had met de Eerste Wereldoorlog. Het was best een mooi verhaal, er kwam zelfs een schat of iets dergelijks in voor, maar de vrouw luisterde niet echt omdat ze, terwijl ze haar ogen strak op die man gericht hield, ineens bedacht wat een rare situatie dit was om hier naar hem te zitten luisteren, zij tweeën alleen, in de nacht van de Grote Race. Het was allemaal zo rustig, en tegelijkertijd zo spannend. Ze begon te fantaseren, en ze stelde zich voor dat er niemand meer zou terugkomen, die nacht, en dat zij tweeën samen zouden blijven tot het weer licht werd. Terwijl de man vertelde, zag ze een hele onsamenhangende opeenvolging van beelden die haar allemaal bevielen. Er was er een waarin ze met de man danste, op de muziek van de radio, midden in de herberg. En in een ander beeld lag hij te slapen, met zijn jas over zijn schouders, op een tafeltje leunend. Misschien lag zij ook te slapen. Of ze zat naar hem te kijken, en streek af en toe met haar hand door zijn haar. Het had iets vreemds. Misschien moest ze niet meer drinken.

Toen ging de deur open en onderbrak de man zijn verhaal. Er kwamen twee jongens binnen, en toen ze zagen dat de herberg leeg was, bleven ze een beetje onthutst staan.

'Is er niemand?' vroegen ze.

De vrouw stond op en zei dat ze allemaal naar de bocht van de Tordo waren gegaan, omdat daar een ongeluk was gebeurd.

'Een ongeluk!' zeiden de twee jongens met grote ogen.

De vrouw zei dat als ze opschoten, ze iedereen daar nog wel

zouden aantreffen. Ze hield de deur open terwijl de jongens er haastig vandoor gingen, en ze riep hun na dat ze voorzichtig moesten zijn. Toen bleef ze daar een poosje staan kijken naar het licht van de benzinepomp en verder weg, naar het duister dat de straat opslokte. Het leek of ze iets zocht. Toen ze de deur weer dichtdeed, leek ze niet meer zo vrolijk als eerst.

De man vroeg haar of ze bezorgd was om haar dochter.

Ze vond het fijn dat hij haar gedachten had gelezen. Hij was echt een vreemde man.

'Tja, mijn dochter... hebt u genoten van die scène daarstraks, met haar vader?'

'Die dingen gebeuren.'

'Ja, maar waar iedereen bij is...'

'Maakt u zich niet druk.'

'Nee, maar ik bedoel, hebt u gezien wat ze aanhad?'

'Ze zag er leuk uit.'

'Ik wéét dat ze er leuk uitzag, maar zo loop je er niet bij, als je er zo bij loopt is het vragen om moeilijkheden.'

'Het is toch de nacht van de Grote Race?'

'Ja, maar ik liep er nooit zo bij toen ik van haar leeftijd was, echt niet.'

'Misschien had u dat niet nodig.'

De vrouw vatte het op als een compliment. En ze was er blij mee. Dus liep ze naar het tafeltje van de man en gaf hem spontaan een tikje op zijn wang. Wat doe ik nu weer, dacht ze.

'Hebt u geen kinderen?' vroeg ze, terwijl ze weer ging zitten.

'Nee.'

'Bent u getrouwd?'

'Nee.'

'Waarom niet?'

Het was haar niet duidelijk waarom, maar ze vond het leuk om die vragen te stellen, met een heldere stem, als die van een meisje. Best een mooie stem.

De man antwoordde dat er geen duidelijke reden voor was. Hij was niet getrouwd, klaar.

'Kom nou. Er is altijd een reden,' zei de vrouw.

'O ja?'

'Nou, laten we zeggen dat het over het algemeen zo is dat iemand wel had wíllen trouwen, maar dat er iets mis is gegaan.'

'Echt waar?'

'Meestal wel. Wat is er bij u misgegaan?'

De man begon te lachen. Maar dan echt hartelijk. Voor het eerst had de vrouw het gevoel dat hij dit echt was, precies zoals hij was, zonder enige schijn, of façade. Ze had het gevoel dat hij haar toegang had verschaft tot een of ander geheim deel. Dus stond ze op, deed haar keukenschort af, legde het op tafel, en terwijl ze weer ging zitten boog ze zich een beetje over de tafel heen, naar hem toe, en zei:

'Hoe was ze? Dat meisje, hoe was ze?'

'Boosaardig,' antwoordde de man glimlachend.

'Geweldig. En verder?'

'U denkt toch niet dat ik u het hele verhaal ga vertellen?'

'Natuurlijk wel. Waarom niet?'

De man kon geen enkel intelligent antwoord bedenken, en dus begon hij maar te vertellen. Hij deed het op een grappige manier, alsof het iets was wat allang geen pijn meer deed. Het was een verhaal van vele jaren geleden. De vrouw bestierf het bijna van het lachen bij de scène waarin hij, na heel lange tijd, tegen het meisje had gezegd dat hij van haar hield, en vervolgens heel ernstig zijn shirt en zijn broek had uitgetrokken, zwijgend. Hij was in zijn onderbroek en sokken voor haar blijven staan. Zijn schoenen had hij al eerder uitgedaan. Het meisje was begonnen te lachen en ze was niet meer opgehouden. Telkens als ze een beetje op adem kwam, zei ze vreselijke dingen, en dan barstte ze weer in lachen uit. De man vertelde het geamuseerd, maar hij bezwoer dat hij op dat moment echt het gevoel had dat hij doodging. Doodging. 'Het was het ergste wat me ooit was overkomen,' zei hij. 'Ik wist niet beter dan dat ze gek op me was,' zei hij.

'Maar dat was ze dus niet, hè?'

'Ik weet niet. Het is niet zo eenvoudig. *Zij* was niet zo eenvoudig.'

'Misschien waren het alleen maar de zenuwen.'

'Ja. Misschien had ze moeite met mannen die alleen hun sokken en hun onderbroek aanhadden, ik weet niet.'

'En hoe is het afgelopen?'

'O, dat... het liep op een heel vreemde manier af.'

Hij zei het met zo'n mooie stem dat de vrouw moest denken aan dat beeld van zij tweeën die dansten, midden in de lege herberg. Ze bedacht er zelfs bij dat hij haar een beetje tegen zich aan drukte. Jij bent gek, zei ze bij zichzelf. Maar intussen zou ze wel doodgaan van ellende als hij niet verder zou vertellen.

'Als u me niet vertelt hoe het is afgelopen, pleeg ik zelfmoord door me op mijn fiets te pletter te rijden tegen de platanen op het rechte stuk.'

'Dat zou u nooit voor elkaar krijgen.'

'Dan kent u mij nog niet.'

De man glimlachte. Je kon zien dat hij geen zin had om dat verhaal te vertellen, maar dat hij ook wel een beetje zin had om het te vertellen.

'Ik luister,' zei de vrouw.

Dus vertelde hij.

'Het was vanwege dat verhaal van dat dagboek. Weet u, zij was op een gegeven moment een dagboek begonnen, maar het was niet echt een dagboek. Sommige dingen waren waar, maar heel veel andere dingen niet. Die verzon ze gewoon. Ik weet niet hoe ik het u moet uitleggen. Ze verzon dingen die ze deed, of die we deden, en die waren uitzonderlijk. Dat was onze verborgen kant, heel mooi verteld, ook de slechtste dingen. U weet wel wat verborgen dingen zijn, hè?'

'Ja.'

'Die dingen stonden er allemaal in. Ze schreef bijna elke dag en dan liet ze het dagboek rondslingeren. Ze deed het expres, ze wilde dat ik het las. En ik las het. Daarna legde ik het weer terug. We praatten er nooit over, maar we wisten het allebei. Zo ging het een hele poos door. Het was veel meer dan samen slapen, of vrijen. Het was heel intiem, snapt u?'

'Ja.'

'Voor mij voelde het een beetje alsof we een relatie hadden. Maar toen kwam die avond, met mij in mijn onderbroek en sokken en al dat gedoe. De eerste paar dagen daarna was alles nog normaal. Maar op een ochtend, toen zij aan het lesgeven was, pakte ik het dagboek en in het dagboek stond dat ik was vertrokken. Ik was zonder iets te zeggen verdwenen, ik had het busje zomaar achtergelaten, met de sleutels in het slot en de piano's erin. Op dat moment vond ik het nogal raar, maar ik nam het niet al te serieus. De dagen daarna echter bleef ik maar weg, in het dagboek. En op het laatst zei het dagboek dat ik echt met de noorderzon was vertrokken, dat ik ontslag had genomen en zonder een woord was verdwenen. Toen begreep ik het. Ik deed alles precies zoals het in het dagboek stond. Ik vertrok over dezelfde weg die zij had beschreven, en precies op die manier. Ik nam ontslag bij het bedrijf en verdween zonder een woord in het niets. Zo is het afgelopen.'

'En hebt u haar nooit meer gezien?'

'Nee.'

'Maar dat is krankzinnig.'

'Eerlijk gezegd verwachtte ik dat zij me op een dag, op de een of andere manier, zou laten weten wat de volgende stap was. Ik wist zeker dat zij alles onder controle had, en dat ze ons vroeg of laat weer bijeen zou brengen. Er zou zeker nog wel een dagboekpagina volgen, na die laatste, en die zou zij schrijven, en ik zou hem lezen. Ik prentte mezelf in dat ik alleen maar hoefde te wachten, dat zij het wel zou regelen. Maar zo is het niet gegaan.'

'Heeft ze nooit meer iets van zich laten horen?'

'Nee.'

'Misschien heeft ze u wel gezocht, maar niet gevonden.'

De man glimlachte.

'Misschien,' zei hij.

'Hoezo, *misschien*? U hebt toch wel een of andere aanwijzing achtergelaten voor haar, iets waarmee dat meisje u kon vinden?'

'Ik weet niet, misschien één keer, vele jaren later. Eén keer heb ik iets achtergelaten bij mijn ouders, op de enige plek waar ze me had kunnen komen zoeken.'

'En wat hebt u daar voor haar achtergelaten?'

'Mijn hele leven,' zei de man.

'In welk opzicht?'

'Nee, dat duurt te lang om uit te leggen.'

'Leg het me maar uit.'

Daarop stak de man een hand uit, streelde even het gezicht van de vrouw en legde hem toen boven op de hare, op het tafelblad.

'Echt waar, dat is een veel te lang verhaal, dwing me niet om dat te vertellen,' zei hij.

De vrouw verroerde haar hand niet, onder de zijne.

'Misschien was ze toch niet de vrouw van uw leven. Waarschijnlijk was het gewoon een verwende, half frigide troela, weet u?' zei ze.

'Nee, dat was ze niet,' zei de man.

Toen zei hij dat ze beslist de vrouw van zijn leven was.

'En waarom?'

'Omdat ze boosaardig was. Ze was gek, boosaardig, en helemaal fout. Ze was echt, als u begrijpt wat ik bedoel. Ze was een weg vol onzinnige bochten, en ze liep dwars door het platteland, zonder dat ze er ooit aan dacht om terug te keren. Zonder dat ze eigenlijk zelf goed wist waar ze heen ging.'

Hij zweeg even.

'Ze was zo'n weg waarop mensen zich doodrijden.'

Ze zaten daar maar, hand in hand, en de man zei iets over zichzelf. Iets wat echt van heel ver kwam, vanaf een punt heel diep in zijn binnenste.

'Ik heb zelf gewoon nooit anders gekund dan een lief kind zijn. Ik had begrepen dat dat de manier was om je erdoorheen te slaan.'

Hij leek met zijn ogen iets te zoeken, in de lucht.

'Maar misschien is dat niet zo,' zei hij.

De vrouw maakte haar hand los uit de zijne. Ze speelde met een haarlok in haar nek. Ze vond het allemaal een beetje ongemakkelijk. Ze vond het leuk, maar ook ongemakkelijk. In de stilte zond de radio nog steeds langzame muziek uit. Ze overwoog serieus om op te staan en de man te vragen of hij wilde dansen. Om te voorkomen dat ze dat zou doen, zei ze het eerste wat er in haar opkwam.

'U praat vreemd, ik bedoel, met een vreemd accent.'

'Ik ben heel lang weggeweest uit Italië, ik ben niet helemaal losgekomen van het Engels.'

'Spreekt u Engels?'

'Ik heb het geleerd, ja.'

'De soldaten aan het eind van de oorlog praatten zo. De Amerikaanse soldaten. Ik vond het prachtig.'

'Het is een mooie taal.'

'Zeg eens iets. In het Engels.'

'Wat wilt u dat ik zeg?'

'Zeg maar iets. Wat u maar wilt.'

'*It's great to be here.*'

'Mooi. Zeg nog eens.'

'*So nice, you are so nice, and it's so great to be here with you.*'

De vrouw lachte, pakte haar glas en nam een slok wijn.

'U lijkt net een echte Amerikaan, weet u dat? Nog iets, zeg nog eens iets.'

De man glimlachte en schudde zijn hoofd.

'Toe, zeg nog eens iets, nog één keertje, dan niet meer.'

'Ik weet niet,' zei de man. Toen zei hij *Let me kiss you, and hold you in my arms*. Het was een regel uit een lied dat vlak na de oorlog een hit was geweest, in Engeland.

'Wat betekent dat?' vroeg de vrouw.

'Het betekent dat dit een leuke plek is, dat het hier goed toeven is.'

De vrouw lachte. Toen werd ze weer ernstig. Maar niet helemaal ernstig.

'Nee, zeg eens wat het écht betekent.'

De man dacht even na. Toen zei hij: 'Laat me je kussen, en je in mijn armen nemen.'

Hij zei het kalm, maar wel met zijn ogen op de hare gericht.

De vrouw lachte, en liet zich instinctief achterover zakken, tegen de rugleuning.

Toen richtte ze haar blik op een van de ramen. Vervolgens keek ze weer naar de man en glimlachte.

'U hebt uw fruit niet opgegeten.'

'Inderdaad.'

'Misschien is het een idee om een likeurtje te nemen, wat vindt u daarvan?'

'Ja, dat lust ik wel.'

‘Een likeurtje dus.’

Ze stond op en liep naar de bar. Ze had haar schort op tafel laten liggen. Onder het lopen streek ze haar rok glad over haar heupen, met een vlugge handbeweging. Ze kreeg haar gedachten niet onder bedwang.

Ze pakte een fles zonder etiket en twee borrelglaasjes. Toen keek ze op naar de man.

‘We stoken hem zelf. De gebruikelijke grappa van het huis, weet u wel?’

Maar ze bleef achter de bar staan, en zette de fles naast de glaasjes neer.

Toen stond de man op en liep naar de bar. Terwijl hij de eetzaal door liep, veegde hij de kruimels weg die aan zijn broek waren blijven plakken. De vrouw keek hem aandachtig aan, zoals ze nog niet eerder gedaan had. Het was om te bepalen of hij mooi was. Maar dat was moeilijk te zeggen. Hij had het gezicht van een oud geworden kind, en hij was heel mager. De rimpels op zijn gezicht waren mooi. Misschien zijn mond, als hij glimlachte. Wie weet hoe oud hij was. Hij was wel schoon.

Hij kwam bij de bar en ging voor de vrouw staan.

‘Nou, op de Grote Race,’ zei hij terwijl hij een van de glaasjes hief.

‘Op de Grote Race, op u en op mij,’ zei de vrouw.

Ze keken elkaar in de ogen. Ja, zijn rimpels en ook zijn ogen, niet de kleur, maar de *plooi* van zijn ogen.

‘Ik kan nu maar beter teruggaan naar de keuken. Ze zullen vroeg of laat wel terugkomen,’ zei de vrouw.

‘Ja.’

‘Blijft u op uw vriend wachten?’

‘Ja. Misschien wel.’

‘Als u nog wat wilt, neem gerust,’ en ze wees op de fles.

‘Dank u.’

De vrouw glimlachte, draaide zich om en ging de keuken in.

Bij het fornuis begon ze de lucifers te zoeken. Ze had haar schort op tafel laten liggen. Haar hart bonsde. Ze tilde een deksel op, en toen een ander. Ze vond de lucifers niet. Toen zag ze de man de keuken in komen. Hij liep op haar af, langzaam, zonder iets te zeggen. Hij bleef vlak naast haar staan.

De vrouw draaide zich naar de man toe. Hij had een vreemd lachje op zijn gezicht.

'Als u het niet erg vindt, wil ik deze keer liever niet in mijn onderbroek en sokken blijven staan.'

De vrouw moest erg lachen, maar dan vanbinnen, in een heel ver, heel belangrijk deel van haar hart.

Ze sloeg haar armen om de hals van de man, en legde haar hoofd op zijn schouder. Hij legde zijn handen om haar middel. Ze klemden zich tegen elkaar aan. De vrouw voelde haar geest ineens helder worden als een ochtend, en ze voelde dat alles precies was zoals ze het wilde.

'Niet hier, hier kunnen ze ons zien,' zei ze.

Ze pakte de hand van de man vast en nam hem mee naar een hoekje van de keuken dat niet te zien was door de ramen. Toen pakte ze zijn hoofd tussen haar handen en kuste hem. Ze deed het met haar ogen dicht.

De man raakte haar aan, maar heel behoedzaam, alsof hij geen haast had. Eerst haar borsten, toen onder haar rok. Af en toe klemden ze zich stevig tegen elkaar aan, en voelde ze zijn magere lichaam onder zijn kleren. Ze stak een hand onder zijn overhemd. Ze begon haar heupen tegen hem aan te drukken, op het ritme van de langzame muziek die vanuit de eetzaal klonk. Ze hoorde de ademhaling van de man, rustig, maar een klein beetje versneld. Ze dacht nergens aan.

Er klonk een scherp geluid. De vrouw begreep dat iemand de deur van de herberg had opengedaan. Maar ze wilde niet dat zij zich als eerste zou losmaken, en dus verroerde ze zich niet. De deur ging weer dicht. Ook de man verroerde zich niet. Ze bleven in hun omhelzing staan. Ze waren alleen opgehouden met strelen. Een mannenstem vroeg luid:

'Is er iemand?'

De vrouw wist dat het krankzinnig was, maar ze wilde echt niet de eerste zijn die bang werd.

'Is er iemand?'

Het was een stem die de vrouw niet wist te duiden. Ze hoorden de voetstappen van de man van buiten door de eetzaal lopen. Toen hoorden ze dat het volume van de radio ineens omlaag ging. De stem herhaalde nog eens, in de stilte: 'Is er iemand?'

Toen voelde de vrouw dat de man zich tegen haar aan klemde, en zijn hoofd op haar schouder legde, en zich heel stevig tegen haar aan klemde. We zijn gek, dacht ze. Ze streelde met haar hand door de haren van de man, en kuste ze, heel vaak, en licht, zoals je bij kinderen doet.

Het volume van de radio ging weer omhoog, en de man daarginds mompelde iets onverstaanbaars. De vrouw stelde zich voor hoe hij tussen de tafeltjes door liep, en zich afvroeg wat er aan de hand was. Ze dacht aan de jas die nog over de rugleuning hing, en aan haar schort, op het tafeltje. Aan het fruit op het bord. Toen hoorde ze de deur weer opengaan. De stem, daarginds, zei nog één ding, heel hard.

'Nou, hier is dus echt iedereen dood, zeker?'

Toen ging de deur weer dicht. De stilte keerde terug. Enkel de muziek van de radio.

Misschien klonk er van buiten iets als het geluid van een motor die wegreed. Maar waarschijnlijk was het enkel de weerklank van de Grote Race.

De man hief zijn hoofd weer op. Ze keken elkaar in de ogen. Ze moesten zien uit te vinden wat ze nu moesten doen. De vrouw voelde weer die helderheid in haar hoofd opkomen, als de ochtendlucht. Ze gaf de man een aai, en klemde hem toen stevig tegen zich aan.

De man had zijn jas weer aangedaan en nu geneerde hij zich een beetje, omdat hij in principe nog moest betalen voor het eten. Zijn hand ging voortdurend naar de zak waarin zijn portemonnee zat, maar na wat er gebeurd was kon hij die handeling onmogelijk nog verrichten. Bij de vierde poging barstte de vrouw in lachen uit, en luidkeels lachend zei ze dat er een heleboel ordinaire grappen in haar opkwamen.

'Ik had beter van tevoren kunnen betalen, denk ik,' zei de man, toen ze weer ernstig werden.

'Dat moet je de volgende keer niet vergeten,' zei de vrouw.

Maar ze had meteen spijt dat ze het over een volgende keer had gehad.

'Wacht je niet tot ze terugkomen van het ongeluk?' vroeg ze.

Ze had de zin nog niet uitgesproken of ze had ook daar alweer spijt van. Maar ze wist dat het van nu af aan moeilijk zou worden om nog de juiste woorden te vinden, dat wist ze en daar was niets aan te doen. Ze zouden op eieren blijven lopen tot hij was verdwenen in het donker daarbuiten.

Ook de man wist dat, en dus zei hij dat hij nu echt weg moest. De vrouw vroeg niets over de vriend die had moeten komen, en hij begon er ook niet over. Hij nam nog een slok grappa, en ze maakten wat grapjes over zelfgestookte likeuren. Op de radio hadden ze het op een gegeven moment over het ongeluk, en ze zeiden dat er een coureur in ernstige toestand in het ziekenhuis was opgenomen. Schijnbaar had hij een klapband gehad, net in een bocht. Het was nog goed afgelopen, want niemand in het publiek was gewond geraakt. De verslaggever zei dat het incident het debat over het gevaar van de Grote Race weer actueel zou maken.

'Dan ga ik maar eens,' zei de man.

'Het is laat, waar kun je op dit tijdstip nog naartoe?'

'O, dat doet er niet toe, ik vind het fijn om 's nachts te lopen.'

'Als je in de richting van de Race loopt, kun je misschien een lift krijgen.'

'Ja, misschien doe ik dat wel.'

Ze stonden tegenover elkaar, bij de deur.

Zij zette een stap naar voren en kuste hem onstuimig, maar liefdevol, op zijn mond.

'Niet verdwalen, daarbuiten,' zei ze.

De man zei dat hij niet zou verdwalen.

Toen zei hij dat ze een prachtige vrouw was. Voorzover hij er verstand van had, was zij een prachtige vrouw.

Ze glimlachte.

De man deed de deur open en ging naar buiten. Hij liet de deur dichtvallen en liep weg zonder zich om te draaien.

De vrouw liep terug naar het tafeltje waaraan de man had gegeten. Ze pakte haar schort, die ze daar had laten liggen, en bond hem om haar middel. Ze schoof de twee stoelen tegen de tafel aan en deed de resten van het brood in het rieten mandje. Ze pakte het vuile bestek en het bord met fruit en wilde teruglopen naar de keuken. Maar toen ging ze naar een raam en wierp een blik in de richting van de benzinepomp. Ze tuurde wat rond. Er was niemand.

'Veel succes,' zei ze zachtjes.

De man liep weg van de benzinepomp. Te veel licht, dacht hij. Hij ging het donker opzoeken. Hij was van plan om naar de Grote Race te lopen, maar toen hij in de verte de koplampen van de auto's zag die naar het platteland draaiden was hij er niet meer zo zeker van dat hij daarheen wilde. Hij draaide zich om en meende iemand te zien, aan de rand van de weg, waar het duister begon. Dus besloot hij die kant op te gaan. Toen hij dichterbij kwam, zag hij op een paaltje de dochter van de vrouw zitten. Ze had haar schoenen uitgedaan en netjes op het gras gezet. Haar haren waren nog mooi geborsteld, maar op de huid van haar gezicht glinsterde een beetje zweet.

'Hebt u een sigaret?' vroeg het meisje.

'Nee. Ik rook niet, het spijt me.'

Het meisje staarde weer in het duister voor zich.

Hij vroeg haar of ze hier ergens een man voorbij had zien komen, een heel lange man, die uit de herberg was gekomen.

'Een heel grote, forse man?'

'Ja, waarschijnlijk wel.'

'Een beetje dronken?'

'Ik weet niet.'

Het meisje trok een grijns alsof ze wilde zeggen dat ze hem niet leuk had gevonden.

'Hij is naar de Race gaan kijken. Hij wist niet eens wat het was, maar hij is die kant op gegaan.'

De man draaide zich om en keek naar de bocht, daarginds, waar de koplampen langsreden. Hij maakte zich een voorstelling van al die mensen, en het stof dat opwaaide onder de banden, en de subtiele geur van verbrande olie en benzine. Hij kon het geroezemoes van de mensen horen, tussen twee auto's door, alsof hij er zelf bij was. Hij wist met wat voor stemmetjes de kinderen het nummer op de flank van de automobielen schreeuwden, en hij kende de trots van de vaders die daarop de namen van de coureurs zeiden. Hij herinnerde zich de vermoeidheid en de angst, de stilte en het lawaai. Hij herinnerde zich alles, omdat hij het nooit zou kunnen vergeten.

Hij keerde zich weer naar het meisje en zag dat ze zat te huilen, heel stilletjes.

'Wat doet u, juffrouw?' vroeg hij.

Het meisje streek met de rug van haar hand over haar ogen. Ze huilde in stilte, maar haar schouders schokten op en neer, van het snikken.

'Het is allemaal één grote klerezooi,' zei ze.

De man keek wat om zich heen, en staarde toen weer naar het meisje.

'Doe nou niet zo.'

'Het is allemaal één grote klerezooi,' herhaalde ze.

'Dat is niet waar.'

'Dat is wel waar.'

Het is allemaal één grote klerezooi, zei ze nog een keer.

De man haalde een zakdoek uit zijn zak en reikte hem haar aan. Ze pakte hem aan, zonder te bedanken. Ze drukte hem tegen haar ogen en bleef maar huilen.

'U zou naar de Race moeten gaan kijken,' zei de man.

Het meisje schudde haar hoofd en snoot haar neus in de zakdoek.

Toen zei ze dat ze een hekel had aan de Race. Ze zei het heel boosaardig.

'Je kunt niet aan alles een hekel hebben,' zei de man daarop.

Het meisje keek hem aan, alsof ze hem nu pas opmerkte.

'Wat zegt u?'

'Niets, ik zei dat je niet aan alles een hekel kunt hebben.'

Het meisje sloeg haar blik neer. Het interesseerde haar al niet meer. Of ze begreep het niet.

De man zocht naar iets om tegen haar te zeggen, maar het was moeilijk, want het verdriet van jonge mensen is altijd ontroostbaar, en zonder reden is hun smart.

Toen hoorde hij het geluid van een auto, in de verte.

'Er komt iemand aan,' zei hij.

Van de kant van de race kwamen de koplampen van een auto met hoge snelheid de weg af rijden, in de richting van de benzinepomp.

Het meisje draaide zich om en keek ernaar. Ze kneep haar ogen samen, want ze kon niet goed zien door de tranen.

'Dat is beslist een auto van de race,' zei de man.

De twee koplampen kwamen snel dichterbij; het leken net de ogen van een slang die door de nacht gleed.

'Ga maar vlug, ze hebben vast benzine nodig.'

Het meisje stond op en zag de auto in het licht komen en met een schok tot stilstand komen voor de pomp. Toen pakte ze haar schoenen en hield ze in de hand terwijl ze langs de kant van de weg begon te rennen. Onder het rennen fatsoeneerde ze haar haren. Ze had een paar meter afgelegd toen ze stopte en zich omdraaide. Ze had de zakdoek in de hand, en die stak ze omhoog.

'Geeft niet, ga maar,' riep de man.

Het meisje begon weer te rennen.

De man zag van veraf dat het een zilverkleurige Jaguar was, schitterend. Op de motorkap stond met rode verf een heel mooi nummer geschilderd. 111. Hij hoopte dat het het meisje geluk zou brengen. Hij zag haar bij de pomp aankomen en naar de auto toe lopen. Even later gingen de portieren open en stapten er twee coureurs uit. Zo, van veraf gezien, leken ze elegant gekleed, als rijkelui. Wie weet, dacht de man. Eén goede zin zou al genoeg kunnen zijn om ervoor te zorgen dat het meisje niet langer zou denken dat het allemaal één grote klerezooi was. Maar je weet nooit wanneer de mensen zin hebben om goede zinnen te zeggen.

Hij wierp een laatste blik op de pomp, draaide zich toen om en begon in de richting van het duister te lopen. De weg was kaarsrecht en verdween in het absolute zwart. De man begon zijn stappen te tellen, en toen hij bij 111 kwam begon hij weer van voor af aan. Hij deed het voor het meisje. Soms werken dat soort trucjes.

De man stierf vier jaar later, langs de rand van een grote weg, in Zuid-Amerika. Het was een van die wegen die honderden kilometers lang door het niets voeren, zonder een bocht. Een van die wegen waarvan niemand precies weet waar ze eindigen en waar ze zijn begonnen. Aangezien de man daar woonde, was het daar dat zijn hart ermee ophield.

EPILOOG

Omdat ze het zichzelf beloofd had, zocht Elizaveta Seller, weduwe Zarubin, jarenlang naar een circuit met achttien bochten, dat was gebouwd in het niets en dat naar alle waarschijnlijkheid nooit gebruikt was. Ze kende het vanbuiten en had het waar en wanneer dan ook exact na kunnen tekenen; dat deed ze ook weleens, lusteloos, op de achterkant van een nutteloze brief, of op de laatste pagina van een boek dat ze niet uitlas.

Ze beschikte over verbluffende rijkdommen, en het was niet haar enige pleziertje die uit te geven voor ondoorgrondelijke doeleinden. Als ze de cheques ondertekende voor de mannen die in alle delen van de wereld hun tijd vulden met het informeren naar een vergeten circuit, deed ze dat graag onder de verontwaardigde ogen van haar financieel adviseurs. Een van hen, een Nederlander, vroeg op een dag haar toestemming om haar inzicht te geven in de kosten die ze op zich genomen had om die ongewone zoektocht te financieren.

'Toestemming verleend,' zei Elizaveta Seller.

De Nederlander opende een koffertje en las een bedrag voor dat nogal plechtig klonk.

Elizaveta Seller vertrok geen spier. Ze vroeg de Nederlander of hij zo vriendelijk wilde zijn om uit te rekenen hoeveel jaar ze nog zou kunnen doorgaan met zoeken voor ze in armoede zou vervallen.

'Dat is het punt niet,' wierp de Nederlander tegen.

'Beperkt u zich alstublieft enkel tot het uitrekenen.'

Het bleek dat ze bij benadering nog iets van 182 jaar vooruit kon.

'Vóór die tijd vinden we het wel,' zei Elizaveta Seller vol overtuiging.

Aan het feit dat het circuit echt bestond twijfelde ze geen moment. Ze had Ultimo en zijn wereld goed genoeg gekend om te weten dat dat soort mensen het geduld van een insect en de vastberadenheid van een roofvogel heeft. De luxe van de twijfel hadden ze niet meegekregen, en al generaties lang had niemand zich ooit kunnen voorstellen dat er in een leven meer zou passen dan één enkel leven – en één enkele waanzin. Met zo'n uitgangspunt gold dat je hoe dan ook zou doen wat je wilde doen, als je maar talent had en het geluk dat je bleef leven. Sinds Florence haar die tekening had aangereikt, in achten gevouwen, had ze begrepen dat Ultimo's droom niet de vluchtige wens van een kind was, maar het kalme besluit van een volwassene. Mensen die eeuwenlang de rust hadden gehad om de grond om te ploegen, elk jaar weer, zonder te twijfelen aan de trouw van de seizoenen, zouden het nooit in hun hoofd halen om zomaar iets te tekenen, voor de lol, of vanwege de hun onbekende zwakte om met je fantasie te spelen. Ze was ervan overtuigd: *eerst* had Ultimo het circuit aangelegd, en *daarna* had hij het getekend. En ze was ook overtuigd van iets anders: hij had het getekend *voor haar*.

Het enige wat haar te doen stond was geduld hebben, en zoeken. Dat deed ze eerst in de Verenigde Staten, want dat leek haar het meest voor de hand te liggen. Vervolgens zette ze haar mannen op Zuid-Amerika en Europa. Een jaar lang, toegevend aan een onzinnig romantische ingeving, had ze een afgevaardigde naar Rusland gestuurd. Af en toe ontving ze gedetailleerde samenvattingen van vreemde, absurde circuits, half verwoest, volkomen vergeten of uitgewist door de anonieme periferieën van grote steden. Ze bestudeerde elk geval, zorgvuldig en zelfs nieuwsgierig. Ze ontdekte, zoals vaak voorkomt, dat ongeacht wat voor zonderlinge en geniale ingeving je ook mag hebben, er altijd nog een hele hoop mensen zijn, verspreid over de hele wereld, die precies hetzelfde idee hebben gehad. Je kon zelfs iemand treffen die een nog veel verbluffendere variant had gerealiseerd. In Colombia wezen ze haar op een circuit waarop, naar men beweerde, Nuvolari nog gereden had. Nu hadden ze er een kunstmatig meer overheen laten stromen. Het rustte zo'n twintig meter onder water, bewoond door vissen. Ze vond het een leuk idee om er kikvorsmannen op af te sturen, die het bekeken en er een tekening van maakten. Het had geen achttien bochten, en vergeleken met het parcours van Ultimo was het kinderspel.

'Laat het maar daar op de bodem liggen,' zei ze.

Ze zocht niet met de koortsachtige obsessie van een verzamelaar, maar met de kalme zorgvuldigheid van een ambachtsman die bezig is de scherven van een kapotte vaas aan elkaar te plakken. Ze had geen haast, en ze had geen rivalen, en ze hield van het zoeken zelf. Het was een manier om bij Ultimo te zijn, en gedurende al die jaren was dat het enige wat het lot voor haar in petto had. Iemand anders zou zich misschien hebben verzet, en misschien zijn bezweken voor de verleiding om de realiteit van een willekeurig feit op te eisen in plaats van die onsamenhangende liturgie van de afwezigheid. Maar het kwam nog geen moment in haar op dat het misschien makkelijker zou zijn geweest om Ultimo te vinden dan zijn circuit. Vele jaren daarvoor had zij hem in een dagboek geschreven wat ze van hem verwachtte, en hij had het gedaan. Nu was het haar beurt. Er was een tekening, en ze hoefde alleen maar te doen wat daar stond. Het maakt niet uit als mensen zichzelf uiteindelijk niet weten te vinden. Jezelf niet verraden, daar gaat het om.

Elizaveta Seller zocht gedurende negentien jaar, drie maanden en twaalf dagen. Toen ontving ze een bericht uit Engeland: er lag een circuit met achttien bochten, in alles corresponderend met de door haar verschafte tekening, half vernield tussen de moerassen van Sinnington, een dorpje in Yorkshire. Er waren luchtfoto's bijgevoegd. Elizaveta wilde er niet eens naar kijken. Ze vertrok meteen dezelfde dag, met zeven reiskisten, drie bedienden, een beeldschoon meisje dat Aurora heette en een Egyptische jongen. Tegen de huishoudster van haar landhuis zei ze dat ze niet wist wanneer ze zou terugkomen. Maar ze drukte haar op het hart om ervoor te zorgen dat er elke dag verse bloemen in de vazen stonden, en dat de tuinpaden vrij werden gehouden van dode bladeren. Ze vertrok zonder zich om te draaien. Ze was 67 jaar, want in al die jaren had ze veel geleefd, en was ze nooit doodgegaan.

Haar Engelse agent was een heel dun mannetje dat Strauss heette. Als jongeman, na de oorlog, had hij een detectivebureau opgezet met een schoolgenoot, een goed uitziend, niet al te snugger type. Na een paar jaar was de schoolgenoot ervandoor gegaan met de twee meest inhoudloze dingen van het bedrijf: de secretaresse en de kas. Vandaar dat er nu nog maar één naam op de deur van het bureau stond: Strauss.

Engeland wemelde van de autoracecircuits, omdat de strenge snelheidslimieten altijd ontmoedigend hadden gewerkt op het organiseren van races op de weg. Vandaar dat het voor Strauss een kwestie was geweest van het hele land door reizen, de meest eigenaardige mensen ontmoeten, en eindeloze inspecties doorstaan van circuits die hem niets deden. Hij was geen chauffeur en moest meestal overgeven als hij in een auto zat.

Om geen tijd te verdoen had hij zich aangewend om bij voorbaat duidelijk te maken dat hij enkel geïnteresseerd was in circuits met achttien bochten.

'U bent in de war met golf,' zei een keer een Schotse chauffeur tegen hem, duidelijk een homo. 'En u bedoelt gaten, niet bochten,' had hij eraan toegevoegd.

Sommige circuits werden nog altijd gebruikt, vele andere waren verworden tot parkeerplaats of vuilstort. Vaak waren ze enkel nog een herinnering, vervangen door flatjes vol forenzen en baby's die nodig verschoond moesten worden. Ook wanneer het zinloos was, maakte Strauss aantekeningen en stuurde hij nauwgezette verslagen naar het Romeinse adres van Elizaveta Seller. Hij had haar nooit rechtstreeks gesproken, en hij had geen flauw idee waarom een Russische dame zo dringend een autoracecircuit nodig had. Aangezien hij over een beperkte fantasie beschikte, had hij zich haar voorgesteld als een excentrieke multimiljonaire die in de autoracebusiness wilde stappen. Maar op een avond, toen hij een beetje dronken was, stelde hij zich ineens een kunstenares voor, waarschijnlijk avant-gardistisch, die circuits beeldhouwde alsof het standbeelden waren. Hij had overigens geen vastomlijnd idee van wat het woord avant-gardistisch inhield.

In Sinnington kwam hij per toeval terecht, afgaand op de schijnbaar nutteloze suggestie van een taxichauffeur in Liverpool. De taxichauffeur praatte veel en had van hem willen weten wat voor werk hij deed.

'Ik heb een detectivebureau,' had Strauss gezegd.

'Fantastisch! Bent u op zoek naar een moordenaar?'

'Nee, naar een circuit.'

Het bleek dat de taxichauffeur tijdens de oorlog bij de luchtmacht had gezeten. Op een dag vol heftige nostalgie was hij teruggekeerd naar de baan waarvan hij talloze keren was opgestegen in de jaren dat hij een held was in plaats van een mislukkeling. De baan was er nog steeds, maar de rest was enorm veranderd. Ze hadden er iets onzinnigs van gemaakt, wat echter nog het meest deed denken aan een circuit. Strauss had het hele Verenigd Koninkrijk al uitgekamd, en hij wist niet meer wat hij moest verzinnen om de onkostennota's die hij op gezette tijden naar Italië stuurde te verantwoorden. Hij liet zich de naam van de plek noemen.

Toen hij in Sinnington aankwam, regende het en waaide er een meedogenloze noordenwind. Hij beklom een heuveltje en wierp een blik om zich heen. Het was nogal onduidelijk, maar er waren beslist enkele tekenen die op een circuit duidden. Hij vroeg in het dorp of ze er iets vanaf wisten. In die contreien praatten de mensen niet graag, en Strauss had onvermijdelijk iets van een smeris over zich. Maar op dat moment liet iemand zich ontvallen dat er inderdaad een gek was geweest, jaren geleden, die het vliegveld had gekocht en er iets anders van had gemaakt. Strauss vroeg of ze zich de naam van die gek konden herinneren. Een van hen zei dat het een Italiaan was.

'Hij heette Primo, of iets dergelijks,' zei hij, zonder veel overtuiging.

Elizaveta Seller stapte uit de auto en ging te voet verder om een heuveltje te beklimmen van waaraf er iets te zien viel. Ze had zich alleen laten vergezellen door Strauss en door een plaatselijke ingenieur, die een mooie naam had. Hij heette Bloom. De zon scheen volop. Ze liep zonder op te kijken, omdat ze de verrassing niet wilde bederven. Ze maakte zich niet al te veel illusies over wat ze zou aantreffen, maar ze wist dat de streep van de horizon, voor haar, dezelfde zou zijn als die de ogen van Ultimo jaren geleden hadden gezien. Dat was een mooi punt om opnieuw te beginnen.

Ze bereikten de top van de heuvel en ze keerden zich naar het platteland. Even stonden ze zwijgend te kijken. Toen zei de ingenieur, die zich goed had voorbereid, wat hij wist.

'Het is een moerassig terrein. Het was gekkenwerk om te denken dat je daar iets op kon bouwen.'

Elizaveta Seller gaf geen commentaar. De ingenieur sprak verder.

'Met de tijd heeft het water een groot gedeelte opgeëist. De stukken die u daar beneden ziet, voor het bos, hadden ze met stenen bestraat. Daar is wel iets van overgebleven. Maar waar het gewoon aangestampte aarde was, heeft de modder alles opgeslokt.'

Toen wees hij op een tamelijk scheef heuveltje waarop je een stuk donkere weg kon vermoeden.

'Sommige details zijn werkelijk verbazingwekkend. Dat heuveltje is kunstmatig, het rust op een houten bouwsel. Het is nogal bouwvallig, maar het staat nog overeind.'

Strauss zette een stap naar voren. Hij had iets te zeggen.

'Het was dat heuveltje dat me over de streep heeft getrokken. Op de tekening staat het precies zo, en geloof me, er zijn niet veel racebanen met zo'n bult erin.'

Elizaveta Seller knikte. Toen zei ze heel zachtjes iets wat niet goed te verstaan was.

'Sorry?' zei de ingenieur.

'Ga door,' zei Elizaveta Seller terwijl ze naar het platteland bleef staren.

De ingenieur zei dat sommige bochten verhoogd waren, en dat het circuit op verschillende plaatsen onder het niveau van de poelen was beland, maar dat het nog voldoende herkenbaar was. Hij wees op een witte streep, die een ruime, zachte bocht tekende, en verduidelijkte dat ze het daar hadden geprobeerd met een bestrating van stenen en grind, een techniek uit de jaren twintig. Dat was gedaan om het probleem van het stof tegen te gaan. Hij zei dat het vanuit een puur technisch oogpunt een onberijdbaar circuit moest zijn. Te veel bochten, het had niet echt een ritme, en sommige stukken leken ronduit gevaarlijk. Misschien zou het met de automobielen van tegenwoordig wel kunnen, zei hij, maar met de auto's van toen was het onmogelijk. Hij voegde eraan toe dat hij in de archieven van de krant had gezocht, maar dat er geen enkel bewijs te vinden was dat er ooit een wedstrijd had plaatsgevonden, op dit circuit. Het zou goed kunnen dat ze het hadden gebouwd en vervolgens hadden verwaarloosd, zonder het zelfs maar uit te proberen, zei hij. Toen deed hij er het zwijgen toe.

Elizaveta Seller zette een paar stappen naar voren. Eindelijk heerste er een grote stilte. Ze keek naar de resten van het circuit, die hier en daar uit het moeras staken. En ze begreep dat ze zich niet vergist had, noch ten aanzien van Ultimo, noch ten aanzien van zichzelf. Ze dacht aan twee jongelui, dolend over de wegen van Amerika met een busje vol piano's, en ze zag hen helderder en sterker dan ooit tevoren. Nu wist ze dat, hoezeer de hele aarde zich ook had ingespannen om elke horizon te vertroebelen, hun weg zo rechtlijnig en eenvoudig was geweest, en onuitsprekelijk schoon. Veel mensen hadden het als waanzin beschouwd, maar het was juist enkel een nauwkeurige handeling geweest, die was ontrukt aan de chaos van het gebeuren, en die ze samen hadden verricht. Er gaat niets, dacht ze, niets boven hier zijn, op dit moment. Om de wereld te ordenen.

Ze bleef daar een hele poos staan kijken. Er waren een heleboel dingen die alleen zij kon zien. Het was alsof ze een brief las die was geschreven in een taal die slechts twee personen ter wereld kenden. Uiteindelijk stak er een klein briesje op, vanuit het niets, en bedacht ze dat het tijd was om te gaan. Ze omhelsde de droom van Ultimo nog een laatste keer met haar blik, en draaide zich toen om. De twee mannen stonden onbeweeglijk, ze hadden iets plechtigs over zich. Zij wisten het niet, maar er moest nog één ding gebeuren, om alles echt op zijn plek te krijgen. Elizaveta Seller liep naar de ingenieur en haalde uit haar tas een groot blad, in achten gevouwen. Ze reikte het hem aan.

'Leg dat klotemoeras droog en breng het circuit terug in de oude staat. Ik wil dat het precies zo wordt als vroeger.'

De ingenieur ging er prat op dat hij zijn Engelse aplomb zelfs op de ergste ogenblikken niet verloor.

'Ik geloof niet dat ik u begrijp,' zei hij.

Elizaveta Seller staarde hem aan zoals ze naar een plas kots in de hal van een vijfsterrenhotel had kunnen staren.

'Ik zei dat u dit circuit weer in de oude staat terugbrengt, precies zoals het was, en dat doet u binnen drie maanden, al is het het laatste wat u doet.'

Strauss, de detective, slaakte onwillekeurig een soort kreetje. Hij had al jaren geen voeling meer met bepaalde dromen uit zijn jeugd, en inmiddels had hij niet meer het idee dat leven iets anders was dan op waardige wijze de schade beperken. De toon van de Russische miljardaire maakte iets in hem wakker waarvoor hij niet eens meer een naam had. Waarschijnlijk zou hij zich die avond bezatten en zou hij tegen mevrouw MacGovern zeggen dat hij waanzinnig veel geluk had.

Terwijl Elizaveta Seller de heuvel af liep, babbelde ze over de onherroepelijke verwaarlozing van het Engelse platteland. De ingenieur liep een paar stappen achter haar, terwijl hij in zichzelf zocht naar een elegante formulering waarmee hij uitdrukking zou kunnen geven aan zijn verbijstering. Toen ze bij de auto kwamen, verzamelde hij al zijn moed.

'Het is waanzin,' zei hij samenvattend.

'U hebt niet het flauwste benul wat werkelijk waanzin is,' antwoordde Elizaveta Seller, op een toon die gewoonlijk wordt gereserveerd voor condoléances.

De ingenieur nam wraak door te zeggen wat hij dacht.

'Er zal nooit iemand op rijden, op zo'n circuit.'

Strauss, de detective, zette een stap naar voren, want hij was niet van plan om dit antwoord te missen.

'Ik zal er zelf op rijden, en dat is genoeg,' zei Elizaveta Seller.

De werkzaamheden kostten een beslist aanzienlijk bedrag en ze namen zes maanden en zevenentwintig dagen in beslag. Dat was veel langer dan voorzien, maar ingenieur Bloom wist aan te tonen dat het menselijk ondenkbaar was om het nog sneller te doen. Tenzij we Superman inhuren, verduidelijkte hij. Naar zijn maatstaven was dat een grap. En nog best een goeie ook.

Elizaveta Seller nam haar intrek in een luxehotel op 32 mijl van het circuit en daar ging ze nooit weg. Ze wilde de bouwplaats niet zien, en ze toonde zich evenmin geïnteresseerd in de toeristische trekpleisters die er toch volop waren, in de omgeving. Ze bracht haar dagen door met wandelen in de tuinen van het hotel of met kalm in het niets staren, gezeten in een rieten fauteuil op de veranda. Met haar handen in haar schoot, verborgen onder een sjaal van Indiase zijde, genoot ze ervan om Schubert te spelen, zonder dat iemand het kon weten.

Ze deelde een suite op de bovenste verdieping met de jongen en het meisje die haar hadden vergezeld. Het hotelpersoneel had niet nagelaten een dergelijke menage streng af te keuren, maar de fooien van Elizaveta Seller hadden iets spectaculairs, en na de eerste weken bleek de drempel van gêne verbazingwekkend flexibel, zowel binnen de muren van het hotel als in de rest van het dorp. Ze raakten uiteindelijk allemaal gehecht aan die oudere dame die zo nurks praatte maar die zich vriendelijk gedroeg en vrij leek te zijn van enige zwaarmoedigheid. Veel mensen waren ervan overtuigd geraakt dat ze was gekomen voor zaken, en er gingen geruchten over een indrukwekkend casino dat naast het circuit zou verrijzen. Maar de oudjes die overdag bij de bouwplaats stonden te kijken, tegen de metalen hekken aan geleund, koesterden het vermoeden dat ze in werkelijkheid op zoek was naar een schat, in dat moeras. In zekere zin zaten ze er niet ver naast. Op een dag zei Strauss, de detective, tegen haar dat ze toch op zijn minst aan hem, de vinder van het circuit, kon vertellen waarom ze zo geïnteresseerd was in die onzinnige wirwar van onberijdbare bochten.

'Het is geen circuit, het is een leven,' liet ze zich ontvallen.

Strauss beschikte noch over de verbeelding, noch over het optimisme die nodig waren om daar iets uit af te leiden.

'Een leven?'

Even was Elizaveta Seller in de verleiding om hem alles te vertellen, van A tot Z, zonder voorbehoud. Ze vond het een aanlokkelijk vooruitzicht om de bekrompen ziel van die man geweld aan te doen door hem te onthullen hoe diep een hartstocht kan zijn en hoe geraffineerd een lot. Maar ze had meteen spijt van haar hooghartigheid, en probeerde zichzelf voor te houden dat alle geliefden zichzelf als uniek beschouwen, en dat niemand het ook echt is. Het kostte haar heel veel moeite, maar het lukte.

‘Heb ik u ooit verteld dat u sprekend op Gloria Swanson lijkt?’ zei ze.

Op 7 mei 1969 verscheen ingenieur Bloom aan haar tafeltje, tijdens het ontbijt, en deelde haar mede, niet gespeend van enig venijn, dat het circuit klaar was. Elizaveta Seller was net bezig een snee geroosterd brood te besmeren met boter. Ze legde haar mes neer en richtte haar blik op de ingenieur. Hij ontroerde haar, want hij had gewerkt als een paard om iets te bouwen waarvan hij nooit zou weten wat het was.

‘Ik ben u mijn excuses verschuldigd, ingenieur Bloom,’ zei ze.

Bloom maakte een lichte buiging.

‘Ik heb u vaak overdreven bars behandeld. Ik kan niet zeggen dat het me spijt, maar ik geef toe dat het een volkomen overbodige lichtzinnigheid is geweest. Ik moet u juist zeer erkentelijk zijn.’

Bloom maakte nog een lichte buiging.

‘U staat op het punt me een van de mooiste dagen van mijn leven te schenken.’

Toen realiseerde ze zich dat dat niet helemaal juist was.

‘Hoewel *schenken* technisch gesproken niet de meest geschikte term is,’ voegde ze eraan toe.

Ze bracht de dag door alsof het een gewone dag was. Die avond sloot ze zich op in haar kleine salon en ze haalde een oud, in leer gebonden dagboek uit een tas te voorschijn. Er zaten half loshangende blaadjes in, die een beetje uitstaken, en ze stopte ze geduldig terug op hun plek. Toen begon ze te lezen, en ze las alles, van begin tot eind. Zonder haast. Toen ze bij de laatste regel was gekomen, klapte ze het dagboek dicht en bleef lang zitten nadenken, in de stilte van de nacht. Toen liep ze naar de schrijftafel, nam een pen, sloeg het dagboek weer open op de eerste lege bladzijde en begon te schrijven. Ze ging urenlang door, zonder ooit iets te verbeteren of door te strepen, almaar schrijvend, zoals het in haar opkwam. Wat een lange tijd, dacht ze, had ik al behoefte om dit verhaal te schrijven. Het was al twee uur in de ochtend toen ze zich realiseerde dat er een gelukkige vermoeidheid over haar ogen gezakt was. Ze schreef nog één regel, glimlachend, klapte het dagboek toen dicht en stopte het weer in de tas. Ze viel in slaap op haar fauteuil, zonder zich zelfs maar om te kleden. Toen het licht van de dageraad haar wekte, besloot ze alles heel zachtjes te doen, om de twee jongelui die in de andere kamer lagen te slapen niet wakker te maken. Ze waste zich, ze maakte zich op, en ze trok een chique, gepaste jurk aan die ze speciaal voor de gelegenheid van huis had meegenomen. Hij had een mannelijke snit, en dat was ook onvermijdelijk gezien het gebruik dat ze ervan zou maken. Maar tegelijkertijd ontbrak het hem niet aan de pracht noch de gewaagdheid van een avondjapon. Ze verliet de kamer zonder een geluid, verscheen in de ontbijtzaal, en vroeg om een caffé latte, met de mededeling dat ze verder niets zou consumeren. In de zaal zat alleen een Frans echtpaar, dat discussieerde over de veronderstelde superioriteit van de Engelse marmelades. Toen ze het hotel verliet, trof ze Strauss, die op haar stond te wachten. Hij was netjes gekleed en had een overvloed aan brillantine op zijn hoofd. Elizaveta Seller bedacht dat hij net Gloria Swanson was die een schaal gelei over haar hoofd had gekregen.

Ze had zoveel tijd gehad om deze dag voor te bereiden dat ze geen enkel detail had verwaarloosd. Ze was uiteraard niet van plan om de auto zelf te besturen, maar ook het idee om hem toe te vertrouwen aan haar gebruikelijke chauffeur had haar ontoereikend geleken. Even had ze een echte coureur overwogen, maar toen had ze zich zijn overbodige opmerkingen over het vreemde circuit voorgesteld. Uiteindelijk had ze gekozen voor een testrijder. Ze had gevraagd om eentje die jong was en, indien mogelijk, niet lelijk. Strauss had er een voor haar gevonden. Wat de auto betrof, wist ze dat ze er niet zomaar een kon kiezen. Die moderne had ze instinctief al afgekeurd, in de overtuiging dat die, vanuit een zogezegd *stilistisch* oogpunt, niet gepast zouden zijn. Ze probeerde zich te herinneren of Ultimo ooit enige voorkeur voor een bepaald model had laten doorschemeren, maar het was gewoon zo dat hij automobielen bijna niet zag, omdat hij ze beschouwde als een nutteloos uitvloeisel van de schoonheid van wegen. Dus koos ze ten slotte voor de Jaguar XK120. Het was een prachtige open tweezitter die ze in 1950 had gekocht. In die tijd was ze net weer begonnen met leven, en een van de absurde dingen die ze noodzakelijk had gevonden om te doen was dat ze had deelgenomen aan een race van gekken, die in Italië werd gehouden, en die Mille Miglia heette. Hij was bestemd voor beroepscoureurs, maar ook voor amateurs. Ze reden over de gewone wegen, van alledag. Zij had de Jaguar gekocht en had als meerijder een Russische heer gekozen, die eveneens weduwnaar was en die in het verleden erg sportief was geweest. Uiteindelijk had ze het zo leuk gevonden dat ze de automobiel na de race had gehouden, als herinnering. Hij was zilverkleurig. Op de motorkap, en op de zijkanten, stond het nummer, in rode cijfers. Het was een mooi nummer. 111. Op een gegeven moment leek dat haar de geschikte auto voor het circuit van Ultimo. Terwijl de werkzaamheden nog in volle gang waren had ze hem laten opsturen, per schip, vanuit Italië. Ze zag hem die ochtend terug, daar voor de startstreep, prachtig en glimmend. Met de testrijder achter het stuur. Onbeweeglijk op de vier banden van glanzend rubber. Fantastisch, dacht ze.

Ze zei tegen Strauss en Bloom dat ze moesten maken dat ze wegkwamen en ze liep naar de Jaguar. Er waren geen getuigen en geen toeschouwers, daarover was ze heel stellig geweest. Ze gebaarde naar de testrijder om hem duidelijk te maken dat hij haar niet hoefde te helpen met instappen en ze nam plaats op de lege stoel, van rood leer. Ze trok het portier dicht en genoot van de mechanische klik die werd verzekerd door de nauwgezette Engelse technologie. Ze wendde zich tot de testrijder.

'Prachtige dag, nietwaar?'

'Het is net of we niet in Engeland zijn.'

'Waar komt u vandaan, jongeman?'

'Uit Frankrijk. De Midi.'

'Mooie plekken.'

'Ja, mevrouw.'

Elizaveta Seller bekeek hem aandachtig. Ze wijdde even een dankbare gedachte aan Strauss. Hij had er inderdaad een gevonden die er niet slecht uitzag.

'U bent testrijder.'

'Ja, mevrouw.'

'Wat is dat voor beroep?'

De jongeman haalde zijn schouders op.

'Een beroep als elk ander.'

'Ja, maar wat doen jullie dan precies?'

'Het komt erop neer dat we in een auto rijden tot hij op is. We leggen duizenden kilometers af en noteren alles wat er gebeurt. Als hij op is, zijn we klaar.'

'Het klinkt niet erg opwindend.'

'Dat ligt eraan. In de fabriek werken is erger.'

'Inderdaad.'

Alleen hun stemmen klonken, midden in dat grote niets. Het leek net een lege, onoverdekte kathedraal.

'Hebben ze u verteld wat we zo meteen gaan doen, jongeman?'

'Ik geloof van wel.'

'Laat eens horen.'

'We vertrekken en we rijden rond. En we stoppen wanneer u het wilt.'

'Perfect. Hebt u het circuit al uitgeprobeerd?'

'Een paar rondjes. Het is een beetje vreemd. Het lijkt geen circuit.'

'Nee?'

'Het lijkt meer een tekening. Alsof iemand iets heeft willen tekenen op het platteland.'

'Precies.'

'Hebt u een idee wie het heeft gemaakt, en waarom?'

Elizaveta Seller aarzelde even. Ze keek de jongeman aan. Hij had zwarte ogen, en mooie lippen. Het was jammer dat het nu te laat was.

'Nee,' zei ze.

Vervolgens vroeg hij of ze gewoon over het parcours wilde rijden of dat het haar ook om de snelheid ging, alsof het echt een race was. Rij maar zo hard als u kunt, zei ze, en stop pas als ik u het teken geef. Hij knikte dat hij het begrepen had, maar toen voegde hij er nog iets aan toe.

'Ik moet u waarschuwen dat het als circuit op zich niet erg veilig is, vooral niet met hoge snelheid.'

'Als ik rust had willen hebben was ik wel thuis blijven origamien.'

'Oké. Zullen we vertrekken?'

'Heel even nog.'

Elizaveta Seller sloot haar ogen. Ze probeerde zich Ultimo achter het stuur voor te stellen, op een dag vele jaren geleden, aan de start van zijn circuit. Een ronkende motor, in de stilte van het platteland. Geen enkele getuige, geen sterveling. Alleen hij en die achttien bochten, gedistilleerd uit een heel leven.

Dag Ultimo, dacht ze.

Ik heb er een poos over gedaan, maar hier ben ik dan. Ik heb alles bestudeerd. Ik ken het circuit uit mijn hoofd en elke opmerking die je hebt geschreven, bij elke bocht, zou ik zo kunnen opzeggen. Het zal allemaal goed gaan, en ik zal me verliezen in jouw leven, zoals jij het wilde. De zon schijnt. En er is geen kans dat het misgaat.

Ze deed haar ogen open.

'Nu kunnen we vertrekken,' zei ze.

Er was geen inleiding, en niet eens een echt begin: de auto racete meteen weg, met die snelheid waarmee de breedte van de baan wordt gereduceerd tot een gespannen zenuw die strak tussen de wielen moet worden gehouden. Aan het eind van het rechte stuk dacht Elizaveta Seller dat het al was afgelopen voor het was begonnen, en dat ze zich daar op het platteland te pletter zouden rijden, als een dolgedraaide kogel. Ze was al dood toen de Jaguar op wonderbaarlijke wijze een lange bocht naar links vond, smal en lang. Hij wierp zich erin en Elizaveta wist nog net te bedenken dat ze werd gered door de buik van de U van Ultimo, zoals Florence die in rood had geschreven op de kartonnen doos met geheimen van haar zoontje. Ze had zich eigenlijk iets rustigers voorgesteld. Zoals het intellectuele genoegen om een voorwerp en de bijbehorende omschrijving bij elkaar te zien passen. Ze had niet aan de snelheid gedacht. Nu was alles een flits, snel en bruut, bloedheet, en gevaarlijk. Er was geen redenering meer, het was enkel emotie. Bijna zonder adem te halen stortte ze zich van de ene in de andere bocht, als in een afgrond, en ze ontdekte dat ze het leven van Ultimo niet aan het lezen was, maar aan het leven, in een krankzinnig tempo. Er was alles wat ze wist, maar de automobiel ging sneller dan haar brein en arriveerde steeds als eerste, zodat alles een verrassing was, en een zweepslag voor haar hart. Ze beklom de virages van de berg Tarso alsof het de stappen van een grove tango waren, daalde verbluft af langs de hals van een beeldschone vrouw en doorliep als een lange ademhaling de zachte bocht van het voorhoofd van een oude mathematicus die op zoek was naar zijn zoon. Zonder dat ze het in de gaten had bevond ze zich op de bult van Piassebene, schreeuwend tijdens de sprong, en beseffend wat het wil zeggen om de koelbloedigheid te hebben je eigen naam te schreeuwen terwijl de aarde je de lucht in schiet. Ze rustte uit op het lange rechte stuk dat Ultimo naar het ziekenhuis had gebracht, waar zijn vader lag, en dat haar eerlijk gezegd even het stellige gevoel gaf dat ze vanaf nu alles onder controle zou hebben. Maar toen werd haar de adem weer benomen door de zachte, uitgerekte S van de contouren van een vork die Ultimo had overgehouden aan een desastreuze aftocht, en die hij had gekozen als enige bocht van een hele oorlog. Ze raasde door bochten die stonden voor een dierenrug, en een glimlachende mondhoek, en een zonsondergang. Ze werd een kronkel in de rivier en een indruk in het kussen, en even was ze de vrouw die verborgen meereed in de eerste automobiel die dat jongetje ooit had gezien. Ze scheurde over de kiel van een schip, de bolle kant van een Amerikaanse maan en een wapperend zeil op de Theems. Ze was de kogel en het schot, met onvoorstelbare snelheid, tot ze zich voor de laatste bocht bevond, die op de tekening werd verklaard met één eenvoudig woord: *Elizaveta*. Ze had zich vaak afgevraagd wat zij te maken had met die zo ordelijke, onpersoonlijke bocht. Ze kreeg nog net de kans om te begrijpen, met haar ogen, wat ze plotseling over zich heen voelde storten, terwijl de automobiel over de zachte muur omhoog reed en weggeschoten door de centrifugale kracht tollend de beminnelijke acrobatie van vier rubberbanden hangend aan een parabolische bocht uitvoerde. Elizaveta voelde al haar gewicht verdwijnen, en ze besefte dat ze vloog zonder zich van de aarde los te maken. Ze kon onmogelijk ademhalen. Maar ze zei zachtjes, en glimlachend:

'Wat een klootzak.'

Toen voelde ze dat de bocht overging in het rechte stuk vanwaar ze waren vertrokken, met een zachtheid die in het leven niet eens voorstelbaar was. Een tel later zaten ze alweer in de stokkende adem van Ultimo, op die landingsbaan, onder de klappen van de slavendrijvers, tussen de krijgsgevangenen, waar alles was begonnen. Ze verroerde zich niet. Ze liet de automobiel opnieuw op de ramp afrijden om op het eind de troost te vinden van een bocht in de vorm van een U, in rode verf, op een kartonnen doos.

De automobiel bleef maar rondrijden, gedurende een tijd die door geen enkele wijzer ooit is gemeten. Elizaveta telde niet hoe vaak ze het rechte stuk voor de eindstreep zag, maar ze merkte dat langzaam maar zeker begon te gebeuren wat Ultimo haar zo vaak had proberen uit te leggen. Ze voelde dat elke bocht geleidelijk oploste in de onlogische orde van een enkele handeling, en ze vond in haar eigen geest de cirkel die niet bestond, behalve voor haar. In het hart van de snelheid vond ze de perfectie van een eenvoudige ring. Ze dacht aan de oneindige chaos van elk leven, en aan het verfijnde vermogen van de dingen die hieraan uitdrukking weten te geven in één afgeronde figuur. En ze begreep wat ons ontroert in boeken, in de blik van kinderen en in solitaire bomen, midden op het platteland. Toen ze zich realiseerde dat ze was afgedaald tot in het geheim van die tekening, sloot ze haar ogen, ze zag de ogen van Ultimo, ze glimlachte. Toen legde ze een hand op de arm van de jongen achter het stuur. De automobiel minderde vaart alsof hij zich had losgemaakt van de onzichtbare kracht die hem tot op dat punt had meegesleurd. Op de uitloop nam hij nog twee bochten, die met die ouderwetse traagheid weer gewoon bochten leken. Toen, op het rechte stuk, kwam de auto tot stilstand.

De jongen zette de motor af.

Er klonk weer een stilte die voor altijd verloren had geleken.

Elizaveta Seller streek haar jurk recht, die er verfomfaaid uitzag door de wind en de snelheid.

'Goed gedaan,' zei ze.

'Dank u.'

'U hebt het heel goed gedaan.'

Ze stapte uit de Jaguar en liep met trage passen in de richting van de twee mannen die op de heuvel op haar wachtten. Ze zag er ineens moe uit, en misschien zelfs besluiteloos. Ze merkte het zelf ook, maar ze had geen zin om zich anders voor te doen dan ze was. Ze liep langzaam de heuvel op, want ze was aan het nadenken. Voor de eerste keer voelde ze een hevig verlangen om Ultimo in haar armen te klemmen, en hem aan te raken, en zijn lichaam te voelen. Het kan me allemaal niets meer schelen, dacht ze, ik wil alleen dat. Ik wil iets wat verloren is, zei ze bij zichzelf.

Toen ze bij ingenieur Bloom aankwam, bleef Elizaveta Seller niet eens staan. Terwijl ze gewoon doorliep gebaarde ze alleen even naar het circuit en zei enkel, op gebiedende toon:

'Verwoest het.'

Ingenieur Bloom was in die zes maanden veranderd.

'Zoals u wilt, mevrouw,' zei hij.

Elizaveta Seller stierf elf jaar later, aan de oever van een meer, in Zwitserland. Het was een van die meren die lijken te zijn getekend door de hand van een chirurg, als medicatie voor de aarde. Een van die meren waarvan niemand precies weet of ze nu vrede of verdriet verstrekken. Aangezien Elizaveta Seller daar woonde, was het daar dat haar hart ermee ophield.

Misschien is het nodig om te verduidelijken, voor de meest bedachtzame en nieuwsgierige lezers, dat in dit boek – zoals in al mijn boeken overigens – de historische gegevens bijna altijd juist zijn, of dat tenminste zouden willen zijn, maar hand in hand gaan met enige verzonnen variaties die ik hier en daar heb rondgestrooid. Zo is bijvoorbeeld het verhaal van Itala grotendeels trouw aan de feiten, maar is meneer Gardini uiteindelijk een samenvoeging geworden van vele verschillende pioniers, en dus een verzonnen personage. De ouverture gaat over een race die echt heeft plaatsgevonden, maar is ook een samenvatting van veel van de verhalen die er de dagen erna aan bijgedragen hebben om die race tot een legende te maken. Wat Caporetto betreft, in dat hoofdstuk heb ik niets hoeven verzinnen omdat de werkelijkheid alle fantasie overtrof. De militaire basis van Sinnington heeft nooit bestaan, maar er waren in het echt wel veel van dat soort vliegveldjes, die in vredestijd vaak werden omgebouwd tot racecircuits. Steinway & Sons dacht inderdaad dat de pianola de piano buitenspel zou zetten, en concentreerde zich daadwerkelijk op het idee om leraressen op pad te sturen om pianolessen cadeau te doen; ik kan echter niet garanderen dat dat gebeurde op de manier en in de jaren zoals in dit boek beschreven. Zo zou ik kunnen doorgaan, maar waar het om gaat is dat iedereen begrijpt dat de Geschiedenis, in deze bladzijden, een beetje minder echt is dan die te zien is op History Channel, maar wel veel echter dan die je kunt vinden in *Honderd jaar eenzaamheid*. (Trouwens, de grens tussen inachtneming van historische feiten en fantasie neemt vaak surreële vormen aan. Toen ik *Zijde* schreef, verzon ik de naam van het dorpje waarin de hoofdpersonen woonden door twee namen te combineren die ik in een atlas had gevonden. Het resultaat was Lavilledieu. Jaren later ontving ik een brief van de burgemeester van een dorpje in het zuiden van Frankrijk. Het dorpje heette Lavilledieu. In zijn brief legde de burgemeester me uit dat ze in die streek in de negentiende eeuw de kost verdienden met het kweken van zijderupsen. Hij nodigde me ook uit om hun nieuwe gemeentebibliotheek te komen openen. Ik ben uiteraard gegaan. Het is me bijgebleven als een fantastische dag. Een andere keer overkwam het me dat een Engelse lezeres van me in een personage uit *Oceaan van een zee* haar zus herkende, die al heel lang verdwenen was. Ze was ervan overtuigd dat ik haar had leren kennen, en dat ik haar verhaal in mijn boek had beschreven. Ze vroeg of ik haar kon helpen haar zus te vinden. Een antwoord schrijven, in dat soort gevallen, is iets wat zomaar wéken in beslag kan nemen.)

Over zussen gesproken, ik wil nog iets zeggen. Vijf procent van de auteursrechten over dit boek belandt niet in mijn zak, maar in die van een pas opgerichte vereniging genaamd Casa *Oz*. Ze houden zich bezig met kinderen die een ernstige of ongeneeslijke ziekte hebben, en met hun families. Ze onderzoeken manieren om iedereen te helpen om op de minst onmenselijke manier te leven tijdens een zo wrede fase in hun leven. Wie er meer over wil weten kan terecht op deze site:

www.casaoz.org

Als het aan mij lag, zou ik liever niet eens willen weten dat er ernstig zieke kinderen bestaan; dat is iets waar ik vreselijk bang voor ben. Maar onder de oprichters van Casa *Oz* bevindt zich een zus van me. Zij is al over dat probleem heen, en zij weet het. Dus heeft ze me ervan overtuigd om mijn hoofd uit het zand te halen. Over het algemeen ben ik geneigd vertrouwen te hebben in hen die wonden genezen die ze van dichtbij kennen. Depressieve psychoanalytici, urologen die constant naar de wc moeten, dat soort mensen. Vandaar dat het idee om Casa *Oz* te helpen me een goed idee leek. Dat is alles.

La primavera italiana

Italiaanse literatuur bij De Bezige Bij

ALESSANDRO BARICCO *Dit verhaal*

Baricco veroverde de wereld met weergaloze romans als *Land van glas* en *Zijde*. *Dit verhaal* is opnieuw een proeve van Alessandro Baricco's meesterschap. Van de roman werden in Italië al meer dan 30.000 exemplaren verkocht.

'Onder het lezen ben je werkelijk één met het boek,soms roep je 'Ooooh!' en applaudisseer je.' – *La Repubblica*

CLAUDIO MAGRIS *Blindelings*

Magris geldt al jaren als een grootheid binnen de Italiaanse letteren. Zijn bekendste werk, *Donau*, is een moderne klassieker en vertaald in meer dan twintig landen. Zijn nieuwe roman *Blindelings* is een hoogst originele, poëtische roman en een ontroerende en soms verbijsterende reis door de tijd. Het boek werd door de Italiaanse pers direct tot een meesterwerk uitgeroepen.

Italiaanse klassiekers
in een voordelige editie!
Claudio Magris
DONAU
€ 15,-
€ 19,90
Federico de Roberto
De onderkoningen
CESARE PAVESE
JOUW LAND
VERZAMELDE ROMANS
ca.
€ 19,90
Claudio Magris
Donau
Biografie van een rivier
Federico de Roberto
De onderkoningen
Cesare Pavese
Jouw land
Verzamelde romans
www.debezigebij.nl

Als u intens van Italië kunt genieten,
heeft u de smaak al aardig te pakken.
de smaak van
Italië
Lago Maggiore
Het andere Milaan
De keuken van 'la mamma'
Zucchero en Conte in Nederland
exclusief interview Alessandro Baricco
De Smaak van Italië verschijnt tweemaandelijks
en is hét magazine over lifestyle, reizen en
gastronomie. Met De Smaak van Italië ervaart en
proeft u op authentieke wijze 'la dolce vita'.
Tijd voor het magazine.
NU OVERAL TE KOOP
€ 4,95

Mijn speciale dank aan Donatella Biffignandi. Met grote ruimhartigheid en verbluffende vakkundigheid heeft ze altijd antwoord gegeven op al mijn vragen over automobielen, races, coureurs. En dat is nog het minste. Waarvoor ik haar pas echt dankbaar ben is dat ze een kopie van een door haar geschreven artikel over Parijs-Madrid 1903 op mijn tafel heeft laten glijden. 'Misschien hebt u hier iets aan,' zei ze, met dat typische Sabaudische gevoel voor understatement (Donatella Biffignandi leidt de bibliotheek van het automobielmuseum in Turijn). Kortom, als zij er niet was geweest, zou dit boek op bladzijde 21 zijn begonnen en zou het dus een slechter boek zijn geweest. Dus nogmaals hartelijk dank!

Van de vele boeken die me hebben geholpen bij het schrijven over oorlog of automobielen wil ik er graag twee met name noemen, vol bewondering en dankbaarheid. *Cuori e motori* van Daniele Marchesini is de prachtige tekst die me voor het eerst op het idee heeft gebracht om een roman over autoraces te overwegen. *Il rumore sordo della battaglia* van Antonio Scurati is daarentegen de roman die me een bepaald, nogal gevaarlijk idee van verbondenheid heeft geleerd dat ik later weer heb zien opduiken in de regels waarin ik probeerde de waanzin van de loopgraven te begrijpen. Dank dus aan Scurati en Marchesini, en aan de uitgevers die hun boeken hebben gepubliceerd!

Hoe dan ook, mijn passie voor de Eerste Wereldoorlog (het is niet te geloven waar mensen allemaal een passie voor kunnen ontwikkelen) dank ik aan Paola Lagossi, die onder meer ook de waardevolle redacteur van deze bladzijden is geweest. Bedankt Lag!

En ik mag niet vergeten dat Paolo Stefi me heeft bedolven onder een berg videobanden waarop ik vervolgens de Eerste Wereldoorlog heb gezien. En het zien is niet hetzelfde als erover lezen!

Dus dank aan Stefi en aan Hobby&Work. Ze hebben me alles gratis toegestuurd!

Ik heb een hekel aan uitroeptekens. In deze regels zet ik er zoveel neer omdat de enige toon waarop ik kan bedanken die surrealistische toon is die Vonnegut altijd hanteert in zijn boeken, een wonderlijke mix van dronkenschap en Engelse humor. Door hem kom ik aan al die uitroeptekens. Lang leve de grote Vonnegut!

Ik heb er drie jaar over gedaan om *Dit verhaal* te schrijven (met lange tussenpozen, waarin ik een heleboel andere dingen heb gedaan, overigens). In al die tijd hebben bepaalde mensen met me meegeleefd en me beschermd tegen de wereld en tegen mezelf. Maar hoe ze heten zeg ik niet! Dat is privé.

Ik zeg daarentegen wel dank aan Damir Jellici en Gianluigi Toccafondo. De omslagen van dit boek* (en ik heb er veel lol in om het meervoud te gebruiken) zijn van hun hand. Ze zijn geweldig! Het is een feest om met hen te werken! Als je je boek door Fandango laat uitgeven kun je het zelf ook ervaren!

Iedereen van Fandango. Laten we zeggen iedereen, want het is een heel goed antidepressivum om bij hen kantoor te houden. Maar in het bijzonder dank ik hen die hard hebben gewerkt om dit boek op de allerbeste manier uit te geven. Zo heten ze: Filippo Bologna, Giovanni Ferrara, Manuela Maddamma, Emanuele Scaringi en Tiziana Triana. Om maar niet te spreken van Laura Paolucci! Ook bedankt namens Ultimo, jongens!

Verder heb je Rosaria Carpinelli, die hen heeft geleid in deze onderneming. Zij is al jarenlang mijn baas, zogezegd. Eerst zat ze in een kantoor met ficus, uitzicht over Milaan en secretaresse. Nu zit ze in een kamer vol Romeinse zon en IKEA-schappen. Dat is

* Noot van de uitgever: de Italiaanse editie van *Dit verhaal* kent vier verschillende omslagen.

nou mijn idee van carrière maken! Bedankt en mijn complimenten, Rosaria!

Domenico Procacci. Goed, daar valt weinig over te zeggen. Hij is producent zoals ik schrijver ben, en in veel milieus klinkt dat wellicht als een belediging, maar in onze omgeving is dat juist een groot compliment! Zo zijn wij nu eenmaal! Bedankt, makker.

En ten slotte: als ik niet al lang geleden had besloten om op te houden boeken op te dragen aan iemand, zou ik dit boek hebben opgedragen aan Valentino Rossi. Ik heb hem nooit ontmoet en ik weet ook niet goed wat voor iemand hij is. Maar dat verhaal dat hij van Honda overstapte op een motor die voor geen meter liep, is een van de mooie dingen van de laatste jaren. Ik heb er veel van geleerd. Waarschijnlijk, hoe idioot het ook moge lijken, is het een van de dingen waardoor ik bij Fandango ben beland. Iedereen krijgt de leermeesters die hij verdient. Dank dus aan Valentino, schaamteloosheid, moed en talent. Alle snelheid waarover in dit boek verteld wordt is voor hem! Laat iemand het in godsnaam tegen hem zeggen!

Ik heb op dit moment besloten dat ik vanaf mijn volgende boek geen dankbetuigingen meer schrijf.